초한지

4

초한지

4

이문열 지음

서초 패왕 西楚覇王

楚漢志

RHK
알에이치코리아

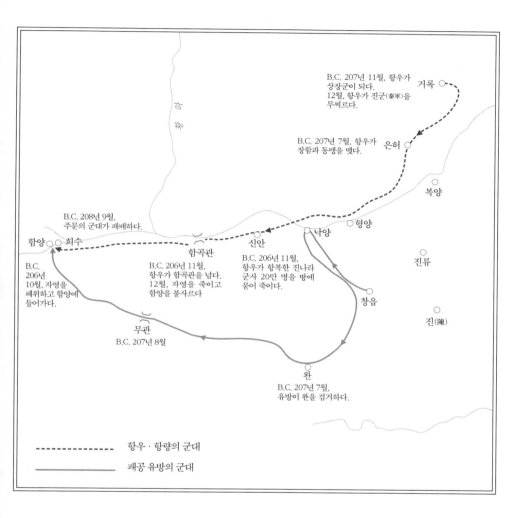

B.C. 207년 11월, 항우가
상장군이 되다.
12월, 항우가 진군(秦軍)을
무찌르다.

B.C. 207년 7월, 항우가
장함과 동맹을 맺다.

B.C. 208년 9월,
주문의 군대가 패배하다.

B.C. 206년 11월,
항우가 함곡관을 넘다.
12월, 자영을 죽이고
함양을 불사르다

B.C. 206년 11월,
항우가 항복한 진나라
군사 20만 명을 땅에
묻어 죽이다.

B.C.
206년
10월, 자영을
폐위하고 함양에
들어가다.

무관
B.C. 207년 8월

완
B.C. 207년 7월,
유방이 완을 검거하다.

거록

은허

복양

형양

낙양

신안

함곡관

함양   희수

진류

창읍

진(陳)

- - - - - - - - -   항우 · 항량의 군대
─────────   패공 유방의 군대

유방 · 항우의 진격로

차례

4
서초 패왕 西楚霸王

楚漢志

무너지는 제국

이세황제 호해는 조고에게 속아 의심 없이 망이궁으로 옮겨 앉았지만, 그래도 진나라에게 천하를 아우르고 황제를 일컬을 만큼 총애를 보냈던 하늘이라 그런지 진나라가 무너져 내리는 것을 끝내 무심하게 보아 넘기지는 않았다. 조고가 처음 거사하기로 작정했던 8월 기해일(己亥日)이 가까운 어느 날 밤, 이세황제는 꿈에 흰 호랑이가 나와 자신의 수레 왼쪽 덧말[左驂馬]을 물어 죽이는 꿈을 꾸었다. 그 꿈을 괴이쩍게 여긴 이세황제는 복자(卜者)에게 물어 꿈을 풀어 보게 하였다.

"경수(涇水, 함양 동쪽의 강물)의 귀신이 성나 재화를 불러일으키고 있습니다."

복자가 점괘를 뽑아 보고 이번에는 그렇게 일러 주었다. 이에 이세황제는 망이궁에서 다시 정성으로 재계한 다음, 경수의 귀신에게 제사를 올리며 흰말 네 필을 경수에 빠뜨렸다.

하지만 그렇게 제사로 귀신을 달래 놓고도 이세황제의 마음은 편치 않았다. 무언가 더 큰 재앙을 미리 일러 주는 조짐 같아 불안해하다가 문득 곁에 두고 부리는 신하에게 말했다.

"관동의 도적들은 어찌 되었느냐? 그리고 요즘 승상은 왜 보이지 않느냐? 어서 사람을 보내 승상에게 도적들은 어찌 되었는지 물어보아라!"

그런 이세황제의 목소리에는 제법 노기까지 서려 있었다. 조고에게 사신으로 가게 된 자가 마침 조고의 사람이라 그와 같은 황제의 노기를 부풀려 전했다. 그러잖아도 불안해하던 조고는 그 말을 듣자 올 것이 왔다고 보았다. 두려워 떨다가 가만히 사위 염락과 아우 조성을 불러 말했다.

"황제가 나의 간언을 받아들이지 않더니만 이제 일이 급해지자 우리 집안에 그 죄를 뒤집어씌우려 한다. 이대로 손을 놓고 당할 수만은 없는 일이다. 나는 이제 황제를 폐위하고 공자 영(嬰)을 새 임금으로 세우고자 하는데 너희들은 어떠냐? 공자 영은 어질고 스스로를 낮추는 이라 백성들이 모두 그의 말을 따른다고 한다. 거기다가 시황제의 핏줄이니 새 임금으로 세워도 별로 모자람이 없을 것이다."

염락과 조성도 그리된 마당에는 어쩔 수 없는 일이라 여겼다. 말없이 고개를 주억거려 조고의 뜻을 따랐다. 이어 조고는 진작부터 제 사람으로 세워 놓은 낭중령을 불러 한편으로 끌어들였다. 그런 다음 다시 손발처럼 부리는 내시들을 궁궐 안에 풀어 거짓으로 도적이 들었다고 외치고 다니게 했다.

"도적이다! 산동에서 반역을 일삼던 도적 떼가 그새 함양에 이르러 궁궐로 쳐들어왔다."

그들이 소리치고 뛰어다니며 소동을 부리자 궁궐 안은 곧 벌집을 쑤셔 놓은 듯 시끄럽고 어지러워졌다. 그들 중에는 흰옷으로 갈아입고 성 밖을 뛰어다니며 산동의 유민군(流民軍) 흉내를 내는 자들도 있었다.

조고는 도적이 들었다는 핑계로 염락에게 군사들을 일으키게 하는 한편, 그 늙은 어미를 자신의 부중에 데려가 가둬 놓게 했다. 사위라고는 하지만 염락은 피가 섞이지 않은 딸[養女]의 남편이라 속속들이 믿지 못했다. 혹시라도 염락의 마음이 변할까 걱정이 되어 그 어미를 인질로 잡아 둔 셈이었다.

오래잖아 염락이 군사 천여 명을 모아 오자 조고는 염락과 낭중령에게 그 군사를 내어주며 말했다.

"너희들은 지금 즉시 망이궁으로 가서 이세황제 호해를 죽여 버려라. 위령(衛令)이든 낭관(郎官)이든 너희들을 막는 자가 있으면 또한 모두 죽여도 좋다!"

염락과 낭중령이 군사들을 이끌고 망이궁 전문(殿門)으로 밀고 들자 놀란 위령과 복야(僕射)가 달려 나와 막았다.

"이곳은 황제 폐하께서 머물고 계시는 금중입니다. 두 분은 무슨 일로 군사를 이끌고 여기까지 오셨습니까?"

그러자 염락은 다짜고짜 위령과 복야를 묶게 하고 꾸짖었다.

"산동의 도적 떼가 함양에 들어 여기까지 왔는데 어찌하여 막지 않았는가?"

"군사들이 궁궐을 빙 둘러막아 삼엄하기 그지없는데 어떻게 도적이 감히 궁궐 안으로 들어온단 말입니까? 더구나 이곳은 제가 아침부터 지킨 곳인데 도적은커녕 수상한 그림자도 얼씬하지 않았습니다."

묶인 위령이 어이없다는 듯 그렇게 말했다. 그러나 염락은 그 말에 대꾸 한마디 변변히 해 주지 않고 그 위령을 목 베게 한 뒤 군사를 몰아 망이궁 안으로 쳐들어갔다.

그때 망이궁 전문 안에는 많지 않은 낭관과 환관들밖에 없었다. 염락이 군사를 이끌고 대전 앞으로 밀고 들자 놀란 그들이 몰려나왔다. 염락은 한마디 말조차 건네 보는 법 없이 군사들을 시켜 그들에게 활을 쏘게 했다.

낭관과 환관들은 갑작스러운 화살 비에 어찌할 줄 몰라 하며 허둥댔다. 어떤 자들은 크게 겁먹고 달아나고, 어떤 자는 칼을 뽑아 들고 맞섰다. 그러나 워낙 염락이 이끈 군사들이 많아 그들 힘으로는 당해 낼 수가 없었다. 잠깐 동안에 수십 명이 죽임을 당하자 그나마도 앞을 막는 사람이 없어졌다.

그때쯤 해서는 이세황제 호해도 궁궐 안에 변괴가 일어난 걸 알았다. 비명과 함성 소리가 가까워지자 곁에서 벌벌 떨고 있는 시중에게 물었다.

"도대체 누구냐? 어디 도적이 쳐들어온 것이냐?"

그 말을 들은 시중이 알아본답시고 대전을 나갔으나 어디로 숨어 버리고 돌아오지 않았다. 대신 염락의 군사들에게 다친 낭관 하나가 피투성이가 되어 달려와 알렸다.

"폐하, 도적이 든 것이 아니라 모반입니다. 함양령 염락이 낭중령과 함께 군사를 이끌고 망이궁으로 쳐들어와 위령과 복야를 죽였습니다. 지금 이리로 오고 있는데, 폐하를 해치려는 뜻 같습니다. 저희 낭관들과 환관들이 죽기로 그들을 막아 보았으나 워낙 중과부적이라 어찌해 볼 수가 없었습니다. 저들이 이제 곧 대전으로 들이닥칠 것이오니 어서 피하시옵소서……."

하지만 고변치고는 너무 늦은 것이었다. 그 낭관의 말이 미처 다 끝나기도 전에 대전 문을 걷어차는 소리가 나며 염락이 군사들과 함께 들이닥쳤다.

대전 안으로 들어선 염락은 이번에도 문답 한마디 나누는 법 없이 활부터 쏘게 했다. 이세황제의 용상이 올려져 있는 단[御座]을 둘러싼 휘장을 향해서였다. 염락의 군사들이 쏜 화살이 휘장을 뚫고 용상 위에 앉아 있던 이세황제의 발 아래로 떨어졌다. 이세가 성난 목소리로 곁에서 시중드는 신하들을 불렀으나, 바깥의 비명 소리에 이미 겁을 먹은 신하들은 아무도 나서서 막으려 들지 않았다. 모두 두 팔로 머리를 싸맨 채 숨어 버리고 오직 환관 하나만 곁에 남아 이세를 지켰다.

"염락은 조고의 사위이다. 조고는 짐이 그렇게 불러도 오지 않다가 이제 사위에게 군사를 딸려 보내 그 흉측한 마음을 드러냈다. 대전에서 함부로 사람을 죽이고 용상에 활을 쏘아 대는 것을 보니 조고는 짐을 해치고 나라를 도적질하려고 함에 틀림이 없다. 이토록 엄청난 대역죄가 꾸며져 일이 이 지경에 이를 때까지는 느껴지는 기미가 적잖이 있었을 터, 그런데도 그대는 어찌 진작 짐에게 그걸 일러 주지 않았던가?"

이세가 용상 뒤로 몸을 숨기며 그 환관을 나무라듯 말했다. 환관이 민망해하는 눈길로 이세를 올려다보며 받았다.

"아뢰옵기 황송하오나, 신이 감히 아뢰지 못했기에 여태껏 목숨을 부지할 수 있었음을 통촉하시옵소서. 오늘 같은 날이 오리라는 것은 진작부터 헤아릴 수 있었습니다만, 만약 제가 그걸 폐하께 아뢰었다면 어떻게 지금까지 살아남을 수 있었겠습니까? 벌써 조 승상의 올가미에 걸려 목숨을 잃었을 것입니다."

"조고가 그렇게 무서웠던가? 조고의 위세가 그렇게 대단했단 말인가?"

"그 모든 위세는 폐하께서 내려 주시지 않았습니까? 호랑이 앞에 여우가 걸어가면 짐승들은 여우가 무서워서가 아니라 호랑이가 무서워 엎드립니다. 그런데도 호랑이가 뒤에서 그 일을 바로잡지 않고 오래 가만히 보고만 있으면, 마침내 그 위세는 여우의 것이 되어 버립니다. 지난 한 해 폐하께서는 한낱 보이지 않은 조짐이었을 뿐이었고, 우리 눈에 보이는 황제는 바로 조 승상이었습니다."

"그렇다면 조고는 이날을 위해 짐(朕)이란 호칭을 그렇게 풀이했던가. 짐의 위세를 가로채기 위해 짐을 오직 조짐으로서 신하들이 보이지 않는 곳에 머물게 했다는 것인가. 참으로 내가 어리석었구나……."

이세황제가 그렇게 때늦은 후회를 하고 있는데 염락이 칼을 차고 신을 신은 채 전상(殿上)으로 올라왔다. 뒤따라온 군사들이 어렵잖게 휘장 뒤에 숨어 있는 황제를 찾아내 염락 앞으로 끌고 갔다. 염락이 거만하게 눈을 치켜뜨고 서서 기다리다가, 군사들이 발아래 내팽개치듯 끌어다 놓은 이세를 쏘아보며 말했다.

"족하(足下)는 교만하고 방자하여 사람을 벌하고 죽이는 데 잔혹하기 짝이 없었소. 이제 천하 백성들이 모두 반역하여 들고일어났으니, 족하 스스로 어찌해야 할지를 깊이 헤아려 보시오."

그러는 염락은 이미 황제의 신하가 아니라 죄수에게 형벌을 집행하러 온 형리에 지나지 않았다. 이세가 분노를 억누르고 물었다.

"이 모두가 승상이 하는 일 같은데, 짐으로 하여금 먼저 승상을 만나게 해 줄 수는 없느냐? 승상을 만나 보고 무엇을 어떻게 해야 할지 결정하겠다."

"아니 되오. 일이 화급해 그럴 겨를이 없소. 족하께서 쓸데없이 머뭇거리다가 역도들에게 사로잡히기라도 하는 날이면 어떤 끔찍한 꼴을 당할지 모르오. 그 전에 족하를 한칼에 베어 편하게 저승으로 보낼지언정, 공연히 시간을 끌다 역도들에게 넘어가게 하지는 않을 것이오!"

염락이 칼자루를 어루만지며 단숨에 거절했다. 그리고 비웃듯 덧붙였다.

"그런 한가로운 소리를 하는 걸 보니 아직 꿈에서 깨지 못한 듯하구려. 족하는 이제 황제가 아니오."

그제야 모든 일을 되돌리기는 틀려 버렸음을 어렴풋이 알아챈 이세가 잠시 생각에 잠겼다가 한풀 꺾인 목소리로 말했다.

"좋다. 그럼 황제의 자리에서는 물러나겠다. 대신 군(郡) 하나를 얻어 그곳의 왕으로 지낼 수는 없겠느냐?"

"그것도 천하 모든 백성들이 허락하지 않을 것이오. 족하께서는 지난날 너무 많은 사람을 죽이고 너무 모질게 백성들을 들볶았소. 그래 놓고 도대체 어느 군에 가서 어느 백성의 왕이 되겠다는 말이오?"

"그렇다면 만호후(萬戶侯)가 되어 남은 평생 의식(衣食)이나마 넉넉하게 살게 해 줄 수는 없다고 하던가?"

다시 한참 뒤에 이세가 그렇게 물었으나 염락은 여전히 험한 눈길로 노려보며 고개를 가로저었다. 풀이 죽은 이세가 다시 한참 생각에 잠겼다가 이윽고 긴 한숨과 함께 처량하게 빌었다.

"그럼 한낱 이름 없는 백성이 되어 처자를 거느리고 하늘이 주신 목숨이나 누리며 살게 해 줄 수는 없겠소? 여러 공자들처럼 말이오."

그러자 염락이 벌컥 성을 내며 소리쳤다.

"나는 승상의 명을 받고 천하를 위해 족하를 벌하여 죽이려고 왔소. 어떻게 죽느냐를 고르는 일 말고는 족하가 무슨 말을 해도 나는 받아 줄 수가 없소!"

궁색하게 백성들 핑계를 댈 것도 없이 조고의 뜻을 바로 전한 셈이었다. 이어 염락은 군사들에게 앞으로 나아가라는 손짓과 함께 거침없이 명을 내렸다.

"아무래도 말로 해서는 아니 되겠다. 여봐라, 무엇들 하느냐? 어서 죄인 호해를 끌어내 목을 베어라!"

그제야 자기가 해야 할 일이 무엇인지를 알아차린 이세가 밀려드는 군사들에게 소리쳤다.

"멈춰라! 그게 정녕 짐이 가야 할 길이라면 구차하게 너희들의 손을 빌지 않겠다. 짐이 스스로 처결할 것이니 잠시만 기다려라."

그새 황제로서의 위엄을 되찾아서인지 그 말을 들은 군사들이 얼어붙은 듯 제자리에 멈춰 서서 이세를 바라보았다. 이세가 허리에서 보검을 뽑더니 하늘을 우러러보며 소리쳤다.

"간악한 조고가 내 형 부소(扶蘇)를 죽인 뒤로 우리 영씨(嬴氏, 진나라 왕성(王姓)) 핏줄을 수없이 죽게 하더니 이제는 황제인 나까지 죽이는구나. 하늘이 있다면 조고는 반드시 영씨의 손에 그 삼족과 함께 죽임을 당하리라!"

그런 다음 날 선 칼날을 목에 대고 길게 그었다. 조고의 꾐에 빠져 형 부소를 죽이고 제위에 오른 지 세 해째 8월 기해날의 일이었다.

이세황제 호해가 시뻘건 피를 쏟으며 숨이 끊어지는 순간 제국(帝國)으로서의 진나라도 끝이 났다. 염락이 돌아가 조고에게 호해가 스스로 목숨을 끊었음을 알리자, 조고는 기다렸다는 듯 조정 대신들과 여러 공자들을 궁궐로 불러들여 놓고 말했다.

"우리 진나라는 본시 천하의 서북쪽에 치우쳐 있는 한낱 제후 국에 지나지 않았소. 그런데 시황제께서 천하를 하나로 아울러 다스리셨기 때문에 황제를 일컫게[稱帝] 되었던 것이오. 이제 옛 육국이 각기 하나씩 자립하여 진나라의 다스림이 미치는 땅은 갈수록 줄어들고 있소. 따라서 진나라의 임금은 헛된 이름만으로 황제라 일컬어서는 아니 될 것이오. 예전처럼 진왕(秦王)으로 돌아가는 게 마땅하오!"

언제나 보이지 않는 금중에 거처하는 이세황제 호해를 대신해 진작부터 보이는 황제 노릇을 해 온 조고의 말을 어느 누가 그르다 할 수 있겠는가. 그리하여 시황제가 만세를 이어 가기를 바랐던 진 제국은 어이없이도 이세(二世)로 끝나고 말았다.

제멋대로 진 제국을 왕국으로 되돌린 조고는 이어 그 왕위마저 자신이 미리 정해 둔 인물로 채웠다.

"공자 영은 사람됨이 어질고 너그러우실뿐더러 스스로를 낮출 줄 아는 분이라 백성들이 한결같이 우러르고 있소. 또 그분은 잔악한 호해의 주살을 피해 살아남은 공자 중에 시황제의 가장 가까운 핏줄이 되시니, 지금으로서는 우리 진나라 왕실의 적통이시기도 하오. 그분을 우리 진나라의 왕으로 모시는 게 어떻겠소?"

말로는 묻고 있었지만 그 또한 이미 결정된 일이나 다름없었다. 이에 어쩌다 용하게 살아남은 시황제의 조카 자영은 자신도 모르는 사이에 진왕으로 정해졌다.

처음 모반을 꾀할 때 조고에게는 스스로 영씨를 대신해 제위에 오를 뜻이 있었다. 그러나 사슴을 가리켜 말이라 우기면서[指鹿爲馬] 알아보니 쉽지 않을 것 같아 거사 날짜까지 미루며 때가 무르익기를 기다리기로 했다. 나중에 일이 뜻밖으로 급박하게 돌아가 원래 날을 잡은 대로 이세황제 호해를 죽였을 때도 마찬가지였다. 조정 대신들과 왕실 공자들을 궁궐로 불러 모으기 전에 스스로 황제의 옥새를 차고 궁궐 안에 있는 신하들의 눈치를 살폈으나 아무도 조고를 황제로 받들어 주려고 하지 않았다. 거기다가 멀쩡하던 궁궐이 금방이라도 무너질 듯 심하게 흔들렸다. 그것도 한 번이 아니라 세 번씩이나 흔들리고 뒤틀리며 기왓장을 날리자 조고도 마침내는 제위에 오르기를 단념했다.

'내가 황제가 되는 것은 하늘이 허락하지 않고 신하들도 받아들이지 않는구나. 안 되겠다. 황실 종친 중에 내가 다루기 좋은 공자를 골라 호해의 뒤를 잇게 하는 수밖에 없다…….'

그러면서 공자들을 하나하나 손꼽아 보다가 자영(子嬰)을 고른 뒤에 조정 대신들과 종친들을 궁궐로 불러 모은 것이었다.

갈수록 험하게 돌아가는 천하 형세도 조고가 제위를 단념한 까닭이 되었을 수도 있다. 장함이 항우에게 항복한 뒤로 관중 땅과 진나라는 힘센 관동 제후들의 전리품이 되어 있었다. 저마다 보수(報讎)와 설한(雪恨)을 내세우며 군사를 이끌고 함양으로 몰려들고 있는데, 비어 있다고 넙죽 제위에 올랐다가 누구에게 무슨 꼴을 당하게 될지 몰랐다. 다루기에 만만한 공자를 골라 방패막이로 세워 놓고 자신은 전처럼 숨어 있는 임금 노릇을 하는 게 나을 듯했다.

자영이 도로 제후국으로 쪼그러든 진나라의 왕으로 정해지자 다음 일은 죽은 이세황제의 장례를 치르는 것이었다. 조고는 이세황제 호해를 평민의 예로 장사 지내고, 두현 남쪽 의춘원(宜春

苑)에 묻어 주었다.

호해의 장례가 끝나자 조고는 자영에게 글을 보내 즉위를 준비하게 했다.

이세황제 호해가 잔학하고 무도하여 그 죄가 하늘의 해를 가릴 만하였소. 사람을 함부로 죽이고 혹독한 부역과 조세로 백성들을 쥐어짜니, 보다 못한 조정 대신들이 이윤(伊尹)과 곽광(霍光)의 옛일을 본받아 호해를 내치었소. 그러자 호해가 스스로 목숨을 끊어, 대신들은 의논 끝에 왕실의 적통이요 너그럽고 어지신 공자를 진왕으로 받들기로 하였소. 공자께서는 먼저 재계로 몸과 마음을 깨끗이 한 뒤에 묘현(廟見)의 예를 치르고 옥새를 받도록 하시오.

묘현의 예란 왕위에 오를 사람이 처음으로 종묘에서 조상에게 제례를 올리고, 다시 백관을 모아 서로 보는 의식을 치른 뒤 옥새를 받아 왕위에 오르는 것을 말한다. 자영은 살얼음판 같은 궁중에서 부드러우면서도 빈틈없는 처신 하나로 그날까지 목숨을 부지해 온 사람이었다. 조고로부터 그런 글을 받자 반갑기보다는 걱정부터 되었다. 살아남기 위해 애쓰는 동안 누구보다 조고의 간교함을 잘 알게 되었기 때문이었다.

자영은 조고가 일껏 황제를 시해해 놓고 왕위를 자신에게 내미는 게 수상쩍었다. 가만히 사람을 풀어 조고 주변을 살피게 하는 한편 관동의 형편도 알아보게 했다. 오래잖아 풀어놓은 사람

가운데 하나가 놀라운 소식을 전해 주었다.

"무관을 넘어 들어온 초나라 장수 하나가 몰래 사람을 보내 조고를 만나 보고 갔다고 합니다. 둘 사이에 무슨 수작이 오가고 있는 게 분명합니다. 이는 조고의 아우 조성(趙成)의 가동이 귀띔해 준 말이라 믿어도 됩니다."

거기다가 관동의 형세도 심상치 않았다. 장함의 항복으로 진나라의 주력은 사실상 무너진 셈이라 언제 제후군(諸侯軍)이 함곡관을 깨고 함양으로 밀고 들지 모른다는 소문이었다. 남쪽으로는 초나라 군사 한 갈래가 밀고 들어오는데, 이미 무관에 이어 요관(嶢關)까지 떨어졌다는 말도 들렸다.

자영이 그 몇 가지 소식을 모아 앞뒤로 끼워 맞춰 보니 조고가 왜 스스로 왕위에 오르지 않고 자신에게 떠넘기려 하는지 훤히 알 듯했다. 겉으로는 감격한 듯 재계를 준비하면서도 속으로는 조고의 흉계에서 벗어날 궁리를 하느라 머리를 쥐어짰다.

재궁(齋宮)에 들어 재계를 드린 지 닷새째 되던 날 마침내 계책을 정한 자영은 두 아들을 불러 놓고 말하였다.

"승상 조고가 이세황제를 망이궁에서 시해하고는 나를 끌어다 진나라 왕으로 삼으려고 한다. 겉으로는 의로움을 내세우고 있으나, 실은 여러 신하들이 자신을 역적질한 죄로 죽일까 두려워 잔꾀를 부리고 있다. 듣기로 조고는 초나라와 몰래 약조하여 진나라 종실을 모두 죽여 없애고, 스스로 관중의 왕이 되려는 속셈이라 한다. 이제 나로 하여금 종묘에 제사를 드리게 하는 것도, 틈을 보아 묘당 안에서 나를 죽이려는 흉계에 지나지 않으니 마땅히 계책을 세워야 할 것이다."

"그렇다면 어찌하실 작정이십니까?"

자영의 아들들이 걱정스레 물었다. 자영이 목소리를 낮추어 일러 주었다.

"너희들은 가만히 재물을 풀어 장사를 모으고, 가동들을 단속하여 이곳 재궁에다 숨겨 놓아라. 나는 병을 핑계 대고 묘현의 예를 미루려 한다. 내가 며칠이고 계속 이 재궁에 틀어박혀 있으면, 의심 많은 조고는 틀림없이 제 발로 나를 찾아와 내막을 살펴보려 할 것이다. 하지만 그가 나를 왕으로 세웠다 하여 크게 경계하지는 않을 터이니, 그때 장사와 가동들을 불시에 풀어 조고를 덮치도록 하라. 그러면 조고를 죽이기는 어렵지 않을 것이다."

듣고 보니 빈틈없는 계책이라 자영의 아들들은 아비가 시키는 대로 채비를 갖추었다. 이때 재궁에 나와 있던 환관 한담(韓談)도 자영 편에 가담하여 조고를 죽이는 일을 거들기로 했다.

한편 조고는 자영이 재계에 들어간 지 닷새가 넘도록 묘당에 들려고 하지 않자 슬그머니 마음이 조급해졌다. 잇따라 몇 차례나 사람을 재궁으로 보내 자영을 재촉했다.

"새 임금님께서는 환후가 있으시어 당장은 묘현의 예를 올리시기 어렵다고 합니다. 좀 더 기다려 달라는 분부십니다."

자영을 부르러 갔던 사람들이 돌아와 조고에게 그렇게 알렸다. 저마다 똑같은 대답이라 공연히 불길한 느낌이 든 조고가 말했다.

"묘현의 예를 올리지 않으면 아직 온전한 임금이 못 된다. 그

22

런데 그 일이 하루하루 미뤄지고 있으니, 나라에 임금이 없는 것이나 다름없다. 밤이 길면 꿈자리도 사나운 법, 즉위를 하루라도 더 늦출 수가 없으니 다시 한번 다녀오너라."

하지만 다시 조고의 심부름을 갔다 온 사람의 말도 이전과 마찬가지였다. 자영이 깊이 병들어 누워 자리에서 일어나지도 못한다고 알려 왔다. 다급해진 조고가 더는 참지 못하고 드디어 스스로 자영을 찾아 나서려 했다.

"조금만 기다리십시오. 제가 군사를 모아 오겠습니다."

승상부를 떠나려는 조고를 사위 염락이 가로막았다. 조고가 가는 눈을 치떠 염락의 주위를 돌아보다 말했다.

"나를 호위하기 위한 것이라면 지금 네가 거느리고 있는 군사만으로도 넉넉하다. 쓸데없이 머뭇거리지 말고 어서 가자."

"겨우 여남은 기를 데리고 승상부를 나가 자영이 재계하고 있는 재궁을 찾아가는 것은 매우 위태로운 일입니다. 도중에 흉측한 무리가 엿볼 수도 있거니와, 자영인들 어떻게 믿겠습니까?"

그 말에 조고가 차게 웃었다.

"우리가 갑자기 궁궐을 나서는데 누가 알고 엿볼 수 있단 말이냐? 거기다가 자영은 바로 내가 힘들여 진왕으로 올려세운 자다. 나 때문에 천승의 자리에 오르게 되었는데 무엇 때문에 딴마음을 먹겠느냐?"

평생을 빈틈없는 헤아림과 의심으로 자신을 지켜 온 조고였다. 하지만 그때는 이미 사신(死神)이 씐 탓인지 조금도 자영을 의심하지 않았다. 꾸짖듯 염락의 입을 막고 그 길로 자영이 재계를 드리고 있는 재궁으로 달려갔다.

　한달음에 재궁에 이른 조고는 많지 않은 군사들조차 대문 밖에 세워 둔 채 염락만 데리고 안으로 들어갔다. 자영이 누워 있다는 방 안으로 이끌리어 가서야 조고는 비로소 무언가 심상치 않은 낌새를 느꼈다. 아파 움직이지도 못한다던 자영이 자리에 단정하게 앉아 있고, 그 뒤로는 범 같은 두 아들이 칼을 찬 채 시립하고 있었다. 하지만 그래도 조고는 머지않아 목 위에 떨어질 칼날은 아직 전혀 느끼지 못했다. 평소 믿고 부리던 환관 한담이 평온한 얼굴로 자영의 아들들 곁에 서 있어 더욱 그랬는지도 모를 일이었다.

　"나라에는 하루도 임금이 없어서는 안 되고, 종묘에서 제례를 드리는 일은 임금의 자리에 오르기 위해 반드시 치러야 할 의식입니다. 공자께서는 그와 같이 중대한 일을 어찌하여 하루하루 미루시기만 하십니까?"

　조고는 제법 나무라는 투로 자영에게 말했다. 뜻밖에도 자영이 매섭게 조고를 노려보며 꾸짖었다.

　"황제를 시해한 역적 놈이 감히 나랏일을 걱정하는 것이냐? 여봐라, 무엇들 하느냐? 어서 저 간특한 내시 놈을 끌어내 목을 쳐라!"

　자영의 그런 외침에 먼저 두 아들이 칼을 뽑아 들었고, 뒤이어 칼과 도끼를 든 백여 명의 장사들이 재궁 구석구석에서 뛰쳐나왔다. 염락이 칼을 빼 들고 어떻게 조고를 지켜 보려 했으나 어림없는 일이었다. 조고는커녕 제 한 몸도 지키지 못하고 구슬픈 비명과 함께 칼과 도끼 아래 숨을 거두었다.

　사위 염락이 피를 쏟으며 죽는 걸 보고서야 조고는 비로소 눈앞으로 다가선 죽음의 그림자를 실감했다. 두려움으로 갑자기 굳어 오는 몸을 날려 달아나 보려 했으나 될 일이 아니었다. 어느새 칼을 빼 든 환관 한담이 앞길을 막아서는 걸 보자 조고는 온몸에서 힘이 쭉 빠졌다. 휘청하며 멈춰 서는데 한담이 뿌린 허연 칼 빛이 가슴을 스쳤다. 이어 뒤따라온 장사들의 칼이 어지럽게 쏟아져 조고는 재궁 뜰을 벗어나지 못하고 다져진 어육 꼴이 나고 말았다. 겉보기에는 처참하기 짝이 없는 죽음이었으나, 그가 쌓은 일생의 악업(惡業)에 비해서는 너무 싱거운 종말이었다.

　하지만 그 뒷일로 보면 조고가 받은 응보도 결코 헐하지는 않았다. 조고를 죽이고 기세를 몰아 궁궐로 들어간 자영은 갈팡질팡하는 낭관들과 궁궐 호위 군사들을 휘몰아 조고의 잔당을 뿌리 뽑았다. 그 통에 조고를 도와 못된 짓을 일삼던 무리 수백 명이 죽고, 아우 조성을 비롯해 조고에게 빌붙어 온갖 영화를 누리던 피붙이들도 모두 죽임을 당했다. 뿐만이 아니었다. 마침내 궁궐 안을 장악한 자영은 조고의 삼족을 모두 잡아들여 함양 저잣거리에서 차례로 목을 베게 함으로써 백성들에게 엄한 본보기로 삼았다.

　그런데 여기서 한 가지 짚어 보고 갈 것은 『사기』「고조본기(高祖本紀)」에 나오는 몇 구절이다. 거기에는 이세황제를 시해한 조고가 패공에게 사자를 보내 관중의 땅을 나누고 각기 왕이 될 것을 제안한 것으로 되어 있다. 패공은 그걸 거짓으로 알고 조고와

협약을 맺는 대신 힘으로 무관을 깨뜨리고 관중으로 들어갔다고 하는데, 이는 아무래도 앞뒤가 잘 맞지 않는다. 이세황제가 죽임을 당한 때와 무관이 떨어진 때는 다 같이 이세황제 3년 8월이지만 무관이 떨어진 게 먼저이다. 또 조고는 이세황제를 죽인 뒤 그날로 자영을 진왕으로 세웠으며, 며칠 안 돼 자영에게 죽어, 멀리 요관 밖에 있는 패공에게 사자를 보내고 자시고 할 겨를이 없었다.

자영은 궁궐 안팎에 퍼져 있는 조고의 세력을 모조리 뿌리 뽑고 나서야 비로소 묘현의 예를 올렸다. 옥관을 쓰고 화불(華紱, 옥새에 달린 띠)을 차고 황옥(黃屋, 누른 비단으로 덮개를 한다.) 수레에 오른 뒤 백관을 이끌고 칠묘(七廟, 제후는 오묘, 천자는 칠묘를 두었다.)를 배알했다. 그런 다음 엄숙한 절차에 따라 왕위에 오르니 그 위엄이 제법 진나라 성시를 떠올리게 하는 데가 있었다.

하지만 그때는 이미 제후국으로 돌아간 진나라도 돌이킬 수 없는 멸망의 늪 속으로 잠겨 들고 있었다. 이세황제의 어지러운 정치로 높은 벼슬자리는 소인배들이 모두 차고앉아, 조정은 할 일을 제대로 하지도 못하면서 높은 벼슬과 이로움만을 다투는 그들로 날마다 악머구리 들끓듯 하였다. 자영이 홀로 꾀를 짜내고 과감히 결단하여 교활한 역적 조고를 죽였으나, 그것만으로는 무너져 내리는 진나라를 구해 낼 수 없었다.

그리하여 자영 부자의 장한 거사가 있었음에도 불구하고, 파하는 잔치처럼 진나라의 마지막 날은 다가왔다. 백여 년 뒤 반고(班

固)가 한(漢) 효명 황제의 물음에 답해 말한 것처럼, 자영이 그렇게 애써 붙들어 보려 한 진나라는 '손님과 인척들이 서로 수고로움을 달래 줄 틈도 없이[賓婚未得盡相勞], 잔칫상의 음식이 미처 목구멍을 넘어가기도 전에[粲未及下咽], 그리고 마신 술이 아직 입술을 제대로 적시지도 못한[酒未及濡脣]' 때에, '초나라 군사들이 관중을 도륙하고 진인이 패상으로 날아들어[楚兵已屠關中 眞人 翔霸上]' 속절없이 망해 버리고 만다.

가의(賈誼)는 『과진론(過秦論)』에서 진나라를 그 지경으로 만든 이세황제의 허물을 이렇게 요약하였다.

……진 이세황제가 즉위하자 천하의 모든 사람들이 목을 길게 빼고 그 정치를 지켜보고 있었다. 추위에 떠는 사람에게는 누더기 옷도 도움이 되고, 굶주린 사람에게는 술지게미도 달게 여겨지는 법이다. 따라서 천하 백성들의 애달픈 하소연은 새로 임금 되는 이에게는 바른 다스림의 밑거름이 되는 것이니, 이는 고달픈 백성에게는 어진 정치를 베풀기 쉽다는 뜻이다.

만약 이세황제가 충신과 현인을 뽑아 신하와 임금이 한마음으로 세상을 걱정하고 상복을 입은 채로 선제(先帝)의 잘못을 바로잡으며 토지를 백성들에게 나누어 주며 천하의 인재를 예로 대우하였다면, 사면령을 내려 감옥을 비우며 형벌을 면제해 주고 곤궁한 사람들을 구휼하며 세금을 가볍게 하고 노역을 줄여 위신(威信)과 인덕(仁德)으로 백성들을 대했다면 천하 뭇 사람이 그에게로 모여들었을 것이다.

그리하여 천하의 백성들이 모두 기쁜 마음으로 자기가 서 있는 자리에서 편안히 생업을 즐기며 오직 변란이 발생할까만을 두려워한다면, 설령 교활한 백성들이 있다 할지라도 군주를 배반할 마음을 먹지 않을 것이다. 바른 길에서 벗어난 신하[不軌之臣]도 간교한 꾀를 꾸밀 수 없을 것이며, 포악하고 어지러운 짓거리와 간악한 일들도 그칠 것이다.

그런데 이세황제는 그러한 방도를 취하지 않고 거꾸로 포악 무도한 짓을 되풀이하여 종묘와 백성들에게 해를 끼쳤다. 아방궁을 새로 짓기 시작하였으며, 형벌을 번잡하게 하여 죽이고 벌주는 일을 엄혹하게 하였다. 다스림이 가혹하고 상벌이 형평을 잃었으며, 세금의 징수에 한도가 없고 부역이 많아 관리들조차 감당해 낼 수 없는 지경에 이르렀고, 백성들은 곤궁한데도 군주는 백성들을 구휼할 줄 몰랐다.

이렇게 되자 역모와 사술(詐術)이 한꺼번에 발생하고, 윗사람과 아랫사람이 서로 책임을 미루며, 죄를 지은 자가 많아져 형벌 받은 사람들이 거리를 메울 정도로 천하 백성들은 고통을 당했다. 그리하여 위로 군후(君侯)와 공경(公卿)으로부터 아래로 이름 없는 백성에 이르기까지 사람들은 모두 스스로 위태롭게 여기는 마음을 품었으며, 몸은 궁핍하고 고단한 실정에 처하여 모두들 자신들을 불안하게 여겼기 때문에 쉽게 동요되었다. 진승이 탕왕이나 무왕의 현능함을 지니지도 못하였고, 공후(公侯)의 존귀한 신분이 아니었는데도, 대택에서 한번 팔을 휘둘러 봉기하자 천하의 백성들이 모두 이끌렸던 것은 그들이 한결같이 위난에 처해 있었기 때문이다.

따라서 앞선 임금들은 일의 처음과 끝의 변화를 보고서 존망의 기미를 깨달아, 백성을 다스리는 이치는 다만 그들을 편안하게 해 주는 데 있음을 알고 그렇게 하는 데 힘썼을 뿐이었다. 이렇게 하면 설령 천하의 바른 길을 벗어난 신하가 있더라도 그들을 따르고 돕는 자가 없었을 것이다. '안정된 백성들은 더불어 의를 행하고 위난에 던져진 백성들은 함께 어울려 그릇된 일을 하기 쉽다.'는 말은 바로 이를 이름이다.

천자가 귀한 몸으로 온 천하를 소유하고서도 그 자신이 죽음을 면하지 못한 것은 바로 기울어져 가는 것을 바로잡는 방법이 잘못되었기 때문이다. 이것이 바로 이세황제의 허물이다…….

패상의 진인(眞人)

　이끌던 장졸을 모조리 풀고도 며칠이나 힘든 싸움 끝에 무관
(武關)을 차지한 패공 유방은 한동안 그곳에 쉬며 군사를 정비했
다. 관중을 지키는 네 개의 관문 중 하나라 그런지 무관을 지키
는 진군의 저항은 만만치 않았다. 진나라에서 이름난 장수가 거
느린 것도 아니요, 관중에서 골라 보낸 군사도 아니었으나, 패공
은 적지 않은 장졸과 물자를 잃고서야 겨우 그들을 쳐부수고 관
문 안으로 들어갈 수 있었다.

　무관에 머문 지 보름, 지친 군사들이 기력을 되찾고 잃은 물자
도 넉넉히 채워졌다 싶자 패공은 다시 군사를 움직였다. 이세황
제 3년 9월 중순의 일이었다. 관중에 들었다고는 하나 무관에서
함양에 이르기 위해서는 아직도 넘어야 할 험한 고개가 많았다.

5백 리가 넘는 길 곳곳에 자리 잡은 진나라의 성곽들과 관애(關隘)가 그랬다.

그중에서도 가장 먼저 패공의 앞길을 가로막은 것은 요관이었다. 요관은 무관 서쪽이요, 남전 남쪽에 있는 요산(嶢山) 기슭에 세워진 관문이었다. 비록 무관만큼 높고 험한 길목은 아니었으나, 무관에서 한 번 크게 곤욕을 치른 패공은 먼저 사람을 보내 요관의 사정부터 살펴보게 했다. 그런데 정탐을 갔던 군사가 돌아와 뜻밖의 소식을 전했다.

"진나라에 큰 변고가 일어났다고 합니다. 승상 조고가 이세황제를 죽이고 공자 자영(子嬰)을 진왕(秦王)으로 세웠는데, 진왕이 된 자영이 다시 조고를 죽인 일이 그렇습니다. 자영은 병을 핑계로 묘현을 미루어 조고를 재궁(齋宮)으로 꾀어낸 뒤, 두 아들을 시켜 조고를 베어 죽이고 그 삼족을 모두 없앤 뒤에야 왕위에 올랐습니다. 그런 다음 안으로 어지러운 조정을 추스르는 한편 밖으로는 관문마다 새로운 장수들을 뽑아 보내 방비를 굳건히 했다는 소문입니다. 요관에도 자영이 새로 뽑아 보낸 장수와 군사들이 와서 지키는데, 그 기세가 자못 날카롭다고 합니다."

그 말을 듣자 유방은 크게 걱정이 되었다. 곧 막빈과 장수들을 불러 모아 놓고 요관의 형편을 일러 주며 계책을 물었다. 장량이 일어나 말했다.

"관중에 있는 진나라 군사들은 아직 강성하여 옛날의 기세가 살아 있습니다. 결코 가볍게 여겨서는 아니 될 것입니다. 하지만 제가 따로 풀어놓은 군사들에게서 들으니, 이번에 자영이 새로 뽑아 보낸 진나라 장수는 백정의 자식이라고 합니다. 백정의 자식이라면 장사치와 마찬가지로 돈이나 재물로 쉽게 그 마음을 움직일 수 있습니다. 바라건대 패공께서는 본진(本陣)과 함께 잠시 이곳에 머물러 계시고, 먼저 사람을 보내 싸우지 않고 항복받을 길을 열어 보는 것이 어떻겠습니까? 5만 명이 먹을 군량을 마련하게 하고, 모든 산 위에 깃발을 꽂고 군막을 세워 의병(疑兵)으로 우리 군사가 대군인 양 꾸민 뒤에, 많은 재물로 적장을 달래 보도록 하십시오. 역 선생 이기(食其)나 육가(陸賈)처럼 말을 잘하는 이들에게 금은보화를 듬뿍 주어 적장들을 달래게 한다면 요관뿐만 아니라 다른 성읍을 지키는 장수들도 어렵지 않게 매수할 수 있을 것입니다."

유방이 들어 보니 그럴듯한 계책이었다. 곧 군사를 멈추게 하고 먼저 사람을 보내 많은 군사가 먹을 군량과 잠잘 군막을 사들이게 하여 거느린 군사가 5만 명이 넘는 대군으로 보이게 꾸몄다. 그런 다음 역이기와 육가에게 황금 수만 냥과 거기까지 오는 길에 거둔 보물 중에 진귀한 것을 골라 주며 서쪽으로 보내 진나라 장수들을 달래 보게 했다.

그때 요관을 지키는 장수는 주괴(朱魁)란 자였다. 함양성 밖에서 소와 돼지를 잡아 팔던 백정의 아들이었는데, 용력이 뛰어나고 눈치가 빨라 병졸에서 장수로 뛰어오를 수 있었다. 그러나 자랄 적에 보고 들은 것이 그뿐이었던 탓인지, 장량이 헤아린 대로 재물에 약해 그 때문에 종종 일을 그르쳤다.

새 임금의 믿음을 입어 수도 함양의 목줄기 같은 요관을 맡게 된 주괴는 우쭐하여 큰소리부터 쳤다.

"나 주 아무개가 요관을 지키는 한, 나는 새도 요산을 넘지 못할 것이다!"

그리고 말뿐만 아니라 실제로도 방비를 전보다 배나 굳게 했다. 낮은 곳은 높이고 엷은 곳은 두텁게 하여 성벽을 굳건히 하였으며, 군사들을 다잡아 언제든 적을 맞을 채비를 갖추게 하였다. 뿐만 아니라 몰래 정탐하는 군사들을 풀어 다가오는 초나라 군사들의 움직임도 살펴보게 하였다.

오래잖아 정탐하러 갔던 군사가 돌아와 주괴에게 말했다.

"적의 세력이 뜻밖에도 강성해 보였습니다. 군량을 사들이는 데 5만 명이 먹을 것이라며 시골 구석구석을 들쑤시고 다닙니다. 또 군막도 5만 명이 쓸 것이라며 베란 베는 다 끌어모으고 있습니다. 이미 지니고 있는 것도 있을 터인데 다시 5만 명이 쓸 것을 더 모은다니, 도대체 몇 만 대군이 오고 있는지 알 길이 없습니다."

"속지 마라. 놈들의 허장성세(虛張聲勢)다."

주괴가 가장 병법에 밝은 척 그렇게 받았으나 마음속으로는 걱정스럽기 그지없었다. 그런데 다시 관문을 지키는 젊은 낭장이 들어와 알렸다.

"웬 술 취한 늙은이가 나귀 한 마리와 시중꾼 하나를 데리고 관문 앞에 와서 장군께 뵙기를 청하고 있습니다."

"나를 안다고 하더냐?"

"예. 장군의 성함을 대면서 만나 뵙고 긴히 여쭐 말씀이 있다고 했습니다."

"그 늙은이 이름이 무어라고 하더냐?"

"역이기라고 하지만, 그보다는 '고양 땅의 한 술꾼[高陽一酒徒]'이라고만 장군께 전해 달라고 합니다."

"보아하니 무관을 넘었다는 유방인가 뭔가 하는 초나라 장수가 보낸 세객인 듯하구나. 들여보내라. 내 들어 보고 흰소리를 한다면 그 늙은 것의 혀를 잘라 놓겠다."

주괴가 이번에도 큰소리치며 역이기를 불러들이게 했다. 오래지 않아 등이 휘어지도록 짐을 실은 나귀의 고삐를 끌고 있는 육가와 함께 늙은 역이기가 관 안으로 들어왔다. 두 다리가 꼬이고 몸이 흔들거리는 게 몹시 취해 보였다.

주괴가 기다리는 객사로 안내된 역이기는 나귀와 육가를 뜰에 세워 두고 홀로 방 안으로 들어갔다. 역이기가 손을 내저어 방 안에 있는 사람들을 내쫓는 시늉을 하며 말했다.

"내 장군께 긴히 드릴 말씀이 있소이다. 잠시 좌우를 물리쳐 주시지 않으시겠소?"

그런 역이기의 청을 들어 부리던 사람을 모두 방 밖으로 내보낸 주괴가 손으로 칼집을 툭툭 치며 을러댔다.

"노인장, 무슨 일로 나를 찾았는지 모르지만 칼에는 노인을 알아보는 눈이 없으니 조심하시오. 도적들의 세객으로 와서 함부로 혀를 놀리다가는 흰 터럭 뒤집어쓴 그 머리가 어깨 위에 남아나지 않을 것이오!"

그 말에 역이기가 한바탕 껄껄 웃더니 취한 시늉을 그만두고 말했다.

"이 늙은 것이 장군을 속이려 들 리 있겠습니까? 다만 이리로 오는 도중에 알지 못할 물건을 주운 것이 있어 그게 무엇인지 눈 밝으신 장군께 여쭙고자 왔습니다."

그러고는 소매에서 주먹만 한 금덩이 하나를 꺼내 주괴에게 내밀었다.

"어떤 곳에 이렇게 빛나면서도 무거운 돌덩이가 수북하게 쌓여 있었습니다. 그중에 몇 덩이를 가져왔는데 장군께서는 이게 무엇인지 아시겠습니까?"

주괴가 받아 보니 틀림없이 순금덩이였는데 어림잡아도 닷 근 (그때의 한 근은 2백 그램 정도였다.)은 되어 보였다.

"이건 황금 아니오? 정말 몰라서 물으시는 거요?"

주괴가 어이없어하며 되물었으나 그 목소리는 이미 욕심으로 떨리고 있었다. 그때 역이기가 다시 소매에서 뭔가를 꺼내 내밀었다.

"이런 것도 그 곁에 많이 있었습니다만 이 늙은 것은 도무지 눈이 어두워서……. 장군께서는 무엇인지 아시겠습니까?"

주괴가 얼결에 받아 보니 이번에는 스스로 빛을 내고 있는 듯한 굵은 구슬이었다. 듣기로 한 알이 천금에 값한다는 야명주(夜明珠) 같았다. 이제는 눈길까지 완연히 달라진 주괴가 스스로 역이기에게 한 발 다가서며 물었다.

"이런 구슬이 하나도 아니고 여럿 있다 했소? 그게 어디요? 어디 그런 데가 있었소?"

하지만 역이기는 대답 대신 능청스러울 만큼 딴전을 피웠다.

"그런데 오다가 한곳에서는 이것들과는 달리 끔찍한 것도 보았습니다."

"그건 무엇이었소? 어디서 무엇을 보셨소?"

"관문에 매달린 진나라 장수의 머리였습니다. 패공 유방에게 맞서다 죽은 무관 수장의 머리였지요."

그제야 주괴는 퍼뜩 정신이 들었다. 재물 때문에 반나마 흩어진 얼을 다잡으며 칼집을 움켜쥐었다.

"이 늙은이가 정말로 도적들의 세객이었구나. 내게 무슨 수작을 부리려는 것이냐?"

목소리는 제법 높았으나 이미 처음의 위엄은 찾아볼 수 없었다. 그때 역이기가 부드럽게 달래듯 말했다.

"나는 장군을 양쪽 어디로든 모셔 갈 수 있습니다. 어떻게 하시겠습니까? 나를 따라 금은보화가 쌓인 곳으로 가시겠습니까? 아니면 나를 죽이고 이곳 관문에 장군의 머리를 매달게 하시겠습니까?"

"그 무슨 요망스러운 소리냐?"

"바꿔 말해, 천명을 받들어 우리 패공께 요관을 열어 주고 살아 부귀를 누리시겠습니까? 아니면 천명을 어기고 패공께 맞서다가 끝내는 머리 없는 귀신이 되시겠습니까?"

나지막하지만 듣기 섬뜩한 소리였다. 하지만 너무 갑작스러운 물음이라 그런지 주괴는 얼른 대답하지 못했다. 그때 역이기가 다시 은근하게 덧붙였다.

"이미 하늘은 진나라를 버렸습니다. 거기다가 진나라는 장군께 땅을 떼어 준 것도 아니고 백성들을 갈라 맡기지도 않았습니다. 곧 장군께서는 반드시 지켜 내야 할 봉토도 백성도 없는데 무엇 때문에 망해 가는 진나라를 위해 목숨을 던지시려는 것입니까? 차라리 우리 초나라에 투항하여 남은 삶을 새로이 도모함만 같지 못합니다."

그러자 한동안 말이 없던 주괴가 이윽고 긴 한숨과 함께 입을 열었다.

"듣고 보니 반드시 틀린 말은 아니나, 이 요관은 나 혼자 지키는 게 아니오. 부장 한영(韓榮)과 사마 경패(耿覇)가 있어 각기 한 갈래 군사를 거느리고 있으니, 설혹 마음을 바꾼다 해도 나 혼자서는 관을 내줄 수가 없소."

역이기가 기다렸다는 듯 그 말을 받았다.

"그 일이라면 걱정하시지 말고, 먼저 바깥에 있는 나귀에 실린 짐과 제가 데리고 온 사람을 안으로 불러들여 주십시오. 그런 다음 한(韓) 장군과 경(耿) 장군을 불러 주신다면 그 두 분을 달래는 일은 우리가 맡겠습니다."

그러고는 나귀에 싣고 온 금은보화를 안으로 옮기게 하면서 아울러 육가도 불러들이게 했다. 주괴도 사람을 보내 부장 한영과 사마 경패를 객사로 불렀다.

먼저 육가가 방 안으로 들어오자 역이기가 주괴에게 육가를 짤막하게 소개했다.

"여기 이 사람은 성이 육(陸)씨요, 이름을 가(賈)라 하며 초나라 땅에서 나고 자란 선비입니다. 남의 이목을 피하기 위해 종자처럼 꾸미고 있으나, 실은 이 늙은이와 함께 막빈으로 패공을 모시고 있습니다. 이번에 이 늙은 것을 돕기 위해 이렇게 따라왔는데, 변설로 천하를 종횡하던 소진과 장의의 풍도가 있습니다."

그러고는 육가에게 슬며시 눈짓을 보내며 말했다.

"여기 이 주 장군께서는 크게 의기를 내어 우리 패공의 뜻을 받들겠다 하시네. 그런데 수하에 있는 두 장수가 따라 주지 않을까 걱정이라 하니 이제는 자네 언변을 좀 빌려야겠네. 잠시 후에 그들이 오거든 재주껏 달래 주 장군의 걱정을 풀어 드리게."

"알겠습니다. 두 분 장군이나 불러 주십시오."

육가가 방 안의 사정을 훤히 알고 있는 것처럼 대답하고는 날라 온 자루에서 금은보화들을 꺼내 탁자 위에 쌓았다. 금덩이, 은덩이와 보배로운 구슬들이 저마다 잘 닦아 둔 것이라 그런지 절반쯤만 꺼내 쌓았는데도 방 안이 훤해질 만큼 번쩍거렸다.

"이는 패공께서 장군께 먼저 보내시는 정표입니다. 우리 대군이 일없이 이 요관을 지나게 된다면 다시 이번의 곱절로 보답을 하겠다고 약속하셨습니다."

"뭐, 패공의 뜻을 따르는 까닭이 반드시 재물 때문만은 아닙니다. 이제 진나라의 천명이 다했다니 새 주인을 찾고 있을 뿐입니다."

주괴가 멋쩍은 듯 우물거렸다. 육가가 재빨리 그 말을 받았다.

"패공께서도 한 줌 재물만으로 장군의 마음을 사시려는 것은 아닙니다. 만일 이 요관을 통해 함양에 이르고, 마침내 무도한 진나라를 쳐 없앨 수 있다면 패공은 장군을 상장군에 만호후로 올리겠다고 하셨습니다."

그러자 주괴의 입이 자신도 모르게 헤벌어지더니 마침내 뜻을 정한 듯 얼굴에서 웃음기를 거두고 결연히 말했다.

"그렇다면 미력하나마 저도 패공을 위해 개나 말의 수고로움을 마다하지 않겠습니다. 거느린 장졸들과 함께 초나라 군사의 길라잡이가 되어 함양을 치고, 진나라가 망하는 걸 제 눈으로 보겠습니다."

그때 주괴의 부장 한영과 사마 경패가 방 안으로 들어왔다. 장사치의 아들인 경패와 달리 한영은 왕공의 후예라는 자부가 있었으나 재물 앞에서 약하기는 경패와 다름이 없었다. 두 사람 모두 탁자 가득 쌓여 있는 금은보화를 눈부신 듯 바라보았다.

"두 분 장군께서도 잘 오셨습니다. 잠시만 기다리십시오."

육가가 마치 전부터 두 사람을 잘 알고 지내 온 사람처럼 말해놓고 자루에 남아 있던 금은보화를 방 한구석에 놓여 있는 다른 탁자 위에 주르르 쏟았다. 주괴에게 준 것에 못지않게 그 광채가 눈부셨다.

"이것은 패공께서 두 분 장군께 보내신 것입니다."

한영과 경패는 어리둥절했으나 생각지도 않은 금은보화가 보따리로 굴러든 게 싫지는 않은 듯했다. 덥석 받지는 못해도 표정은 기껍기 그지없었다.

"이게 무엇이며, 패공은 누구요?"

짐짓 낯빛을 엄하게 하며 물었다. 그들의 표정을 보고 어느 정도 마음을 놓았는지 주괴가 육가를 대신해 물음을 받았다.

"패공 유방은 이번에 무관을 깨뜨리고 관중으로 드신 초나라 상장군이시네. 우리에게 이렇게 과분한 물품을 보내신 것은 함양으로 가는 길을 빌기 위함인 듯하네."

그래 놓고는 슬며시 한영과 경패의 눈치를 살폈다. 재물을 보낸 것이 패공 유방이란 것을 알자 일순 두 사람의 얼굴이 굳어졌으나 오래가지는 않았다. 매섭게 뿌리치기보다는 어떻게 받아 넣을까 궁리하는 표정으로 경패가 주괴에게 물었다.

"장군께서는 어쩌시겠습니까?"

그때 다시 육가가 슬며시 끼어들었다.

"장군들께서 길을 열어 주시지 않으면 무관에서 보름이나 쉬면서 군량과 병장기를 갖춘 5만 명의 강병이 관을 부수러 올 것입니다. 지난겨울 탕군(碭郡)을 떠난 이래 세 태수를 죽이고, 한 태수를 사로잡았으며, 다시 두 태수의 항복을 받은 패공의 군사들입니다. 패공께서는 스물한 개의 성을 떨어뜨리고, 다섯 개의 성을 싸움 없이 얻으셨습니다."

그 말을 받듯 주괴가 무거운 표정으로 경패와 한영을 보며 말했다.

"무관은 관중을 지키는 네 관 가운데 하나로 세상이 다 아는 천험(天險)의 땅이었소이다. 거기다가 무관을 지키던 장수는 우리 진나라가 알아주던 맹장이요, 군사도 만 명이 넘었소. 하지만 패공이 한번 칼을 들어 후려치니 하루아침에 모두 도륙되고 말

40

았는데 우리 요관은 어떻소? 지리도 무관만 못한 데다가 군사도 겨우 몇 천에 지나지 않소. 그나마 내가 함양에서 데려온 군사는 조련도 되지 않은 잡병이라 패공의 5만 정병이 이르면 앞일은 불 보듯 훤하오. 두 분 장군은 어떻게 생각하시오?"

그래 놓고 경패와 한영이 한동안이나 대꾸가 없자 달래듯 덧붙였다.

"비록 공자 자영이 조고를 죽이고 겨우 왕실을 붙들었으나, 이미 우리 진나라의 운세는 다한 것 같소. 옛말에 이르기를 시세를 알아야 영웅이라 했으니 어떻소? 우리 이쯤에서 한번 시세의 흐름을 갈아타 보지 않겠소? 또 장부는 자기를 알아주는 자를 위해 죽는다 했는데, 패공께서 우리를 알아보시고 이렇게 귀한 예물까지 보냈으니 어찌 거절하겠소?"

경패와 한영도 패공이 보낸 사람들이 먼저 와서 퍼뜨린 소문은 듣고 있었다. 그 엄청난 대군이 몰려들면 끝내 요관을 지켜 낼 수 있을 것 같지 않았다. 거기다가 많은 재물로 달래 오니 마음이 움직이지 않을 수가 없었다. 오래잖아 두 사람이 한목소리를 내어 말했다.

"저희들은 오직 장군의 뜻을 따를 뿐입니다. 장군께서 패공을 따르시겠다면, 저희들도 창칼을 거꾸로 돌려 함께 함양으로 가겠습니다."

결국 육가는 황금과 보옥을 소진과 장의 삼아 별로 많은 말을 허비하지 않고도 두 사람을 달랠 수 있었다. 한영과 경패가 자신을 따라 주자 기세가 살아난 주괴가 역이기를 보고 말했다.

"가서 패공께 전하시오. 우리 세 사람은 패공께 관문을 열어드릴 뿐만 아니라, 군사들을 이끌고 함께 함양을 쳐 진나라를 무너뜨리는 일을 도울 것이오. 다만 일이 성사된 뒤에는 우리를 잊을까 걱정되니 미리 패공께 몇 가지 약조를 받아야겠소."

그러고는 저잣거리에서 고기를 팔던 백정의 자식답게 흥정까지 걸어 왔다.

"장군께서 패공께 얻고자 하는 게 무엇입니까?"

역이기가 어려울 것 없다는 표정으로 그렇게 받았다. 주괴가 한영, 경패와 잠시 쑤군거리더니 목소리를 가다듬어 말했다.

"공이 있으면 천한 농군도 왕이 되는 세상이오. 만약 패공께서 진나라를 쳐부수고 천하를 얻게 되면, 관중 땅은 우리 세 사람에게 내려 주셨으면 하오."

"내 패공께 아뢰어 반드시 장군들의 뜻이 이루어지도록 하겠습니다."

역이기는 그 엄청난 욕심에 절로 코웃음이 나왔으나 억지로 참고 말하면서 고개를 끄덕였다. 그때 육가가 나서서 거들었다.

"함양을 치는 데 장군들이 앞장서 준다면 몇 백 리 땅뿐이겠습니까? 세 분 모두 왕으로 봉하여 대대로 영화를 누릴 수 있도록 해 드리겠습니다."

그러자 세 사람은 더욱 입이 헤벌어졌다. 크게 잔치를 열어 역이기와 육가를 융숭하게 대접한 뒤에 패공 유방에게로 돌려보냈다.

나는 듯 말을 달려 패공에게로 돌아온 역이기와 육가는 요관에서 있었던 일을 전했다. 패공이 몹시 기뻐하며 말했다.

"내 이번에는 창검에 피를 묻히지 않고도 요관을 지날 수 있겠구나. 그렇게만 된다면 관중왕(關中王)은 바로 나다!"

그때 무언가 깊은 생각에 잠겨 있던 장량이 차분한 목소리로 말했다.

"반드시 그리 쉽게 보실 일이 아닌 듯합니다. 패공께서는 오히려 급히 군사를 일으켜 오늘 밤으로 요관을 들이치는 게 좋겠습니다."

"아니, 선생 그게 무슨 말씀이오? 뇌물을 주어 적장을 매수하자고 하신 것은 선생이 아니었소? 그런데 이제 와서 군사를 쓰자니 어찌 된 일이오?"

패공이 알 수 없다는 눈길로 장량을 바라보며 물었다. 장량이 숨결 한번 흩트리지 않고 조목조목 그 까닭을 일러 주었다.

"적장은 재물에 눈이 어두워 진나라를 저버리려 하고 있습니다만, 그 욕심이 지나쳐 걱정입니다. 금은보화에 더하여 왕공의 작위까지 얻고자 하는 것은 한낱 궁벽한 산골 관을 지키는 장수가 감히 바랄 바가 아닙니다. 그저 욕심에 겨워 사방을 둘러보지도 않고 마음을 정한 듯하니, 그 병졸들이 따라 주지 않을까 두렵습니다. 만약 병졸들이 그들을 따라 항복해 주지 않는다면, 그들만을 믿고 관 안으로 들어간 우리가 자칫 위험에 빠질 수도 있습니다. 차라리 그들이 마음 놓고 있을 때 갑자기 들이쳐 힘으로 관을 빼앗는 것이 낫겠습니다."

적을 헤아리고 꾀를 펼치는 데는 누구보다 밝은 장량이었다. 적장을 두 번 속이는 독한 계책이지만 장량이 권하자 패공은 그대로 따랐다.

그날 밤이었다. 군사들을 이끌고 밤길을 재촉해 요관에 이른 패공은 삼경 무렵 갑작스레 관문을 들이쳤다. 그때 주괴와 한영, 경패는 저희끼리 흥에 겨워 주고받은 술에 취해 모두가 곯아떨어져 있었다. 장수가 그 모양이니 병졸들이라 해서 굳게 관을 지키고 있을 리 없었다. 갑작스러운 야습에 위아래가 모두 놀라 허둥거리는 사이에 관문은 깨지고 초나라 군사들이 물밀듯 안으로 쳐들어왔다.

취해서 자다가 갑옷조차 제대로 걸치지 못하고 밖으로 뛰쳐나온 주괴는 이내 일이 글렀음을 알아보았다. 곁에 두고 부리던 군사가 끌고 온 말에 올라 몇 번 칼을 휘둘러 보다가 서북쪽으로 말머리를 돌려 달아나기 시작했다.

장졸 약간과 더불어 요관을 빠져나간 주괴는 날이 샐 무렵에야 달아나기를 멈추고 뒤따라온 군사들을 수습해 보았다. 보기(步騎) 합쳐 몇 백 명밖에 되지 않았다. 주괴가 낙담해 있는데 갑자기 요란한 말발굽 소리와 함께 한 떼의 인마가 달려오는 소리가 들렸다.

"적이 어느새 여기까지 따라왔구나!"

주괴가 탄식하면서 다시 달아나려는데 졸개 하나가 소리쳤다.

"다가오는 것은 적병이 아닌 듯합니다. 기치가 정연하지 못하고 황급히 쫓겨 오는 형색인 걸로 보아 우리 군사들 같습니다."

그 말에 정신을 차린 주괴가 새벽 으스름 속에 다가오는 군사를 살펴보니 정말로 그랬다. 자신을 뒤쫓는 초나라 군사가 아니라 관을 버리고 도망쳐 오는 진나라 군사들이었는데, 앞장서 달려오는 것은 다름 아닌 부장 한영과 사마 경패였다.

  "밤새 장군을 찾았습니다. 무사하셔서 실로 다행입니다."

  주괴를 알아보고 달려온 한영과 경패가 멀쩡한 얼굴로 말했다. 요관을 버린 게 간 곳 모르게 없어진 주괴를 찾기 위해서였다고 우기는 듯했다. 주괴도 애써 부끄러움을 감추고 분한 기색으로 받았다.

  "우리가 간사한 초나라 놈들에게 속았소. 관문을 열어 주겠다는데 굳이 치고 들 줄 누가 알았겠소?"

  "간사할 뿐만 아니라 표독스러운 놈들입니다. 반드시 뼈아픈 일패(一敗)를 안겨 주어 원수를 갚아야 합니다."

  경패가 그렇게 말하자 한영도 맞장구를 쳤다.

  "그렇습니다. 흩어진 군사를 모아들인 뒤에 크게 적을 맞받아쳐 혼쭐을 내 줘야 합니다. 저희들이 데려온 것만 해도 천 명은 넘고, 또 오면서 돌아보니 쫓기며 뒤따라오는 우리 보졸들도 많았습니다. 이쯤에서 수습하면 수천 군사는 어렵잖게 모을 수가 있습니다. 그들을 알맞은 곳에 숨겨 두고 기다리다가 한번 호되게 역습해 보는 게 어떻겠습니까? 뒤쫓아 오는 적병이 있다 해도 그리 대군은 아닐 것입니다. 패공이란 자가 아무리 모진들, 밤길을 재촉해 먼 길을 달려온 뒤인 데다 날이 새도록 요관을 치느라 지쳐 빠진 군사를 다시 한꺼번에 모두 내몰 수야 있겠습니까?"

주괴도 들어 보니 옳은 소리 같았다. 잘만 되면 요관을 잃은 죄를 씻을 뿐만 아니라 공을 세울 길도 있어 보였다. 주괴가 고개를 끄덕여 허락하고 한영, 경패와 함께 패군을 수습하기 시작했다.

한나절을 기다리며 이리저리 긁어모아 보니 밤사이 요관을 도망쳐 나온 군민이 5천 명에 가까웠다. 주괴는 그들을 풀어 인근의 장정들을 끌어내게 하는 한편 가까운 남전으로 사람을 보내 구원을 빌었다. 해가 지기 전에 남전에서 다시 3천 명을 보내와서 그날 주괴가 모은 군사는 그럭저럭 1만 명을 헤아리게 되었다.

주괴는 남전 남쪽 골짜기에 군사를 감추고 뒤쫓는 초나라 군사들이 이르기를 기다렸다. 간밤의 승리에 취해 많지 않은 군사로 서둘러 뒤쫓아 온 그들을 쳐부수어 승세를 탄 뒤 뒤따라오는 패공의 대군을 역습하겠다는 속셈이었다.

하지만 어찌 된 셈인지 패공이 이끄는 초나라 군사들은 그날 밤이 지나고 다음 날이 되어도 뒤쫓아 올 줄 몰랐다. 하루를 더 기다려 답답해진 주괴가 사람을 풀어 알아보니 뜻밖의 소식이 들어왔다.

"초나라 군사는 오늘 아침에야 모든 장졸을 한꺼번에 움직여 요관을 출발했다고 합니다. 행군이 아니라 산보라도 하는 것처럼 느릿느릿 다가오는데, 깃발은 들판을 덮고 번쩍이는 창칼은 멀리서 보기에도 눈이 부실 지경이랍니다. 거기다가 패공은 거느린 군사들에게 엄명을 내려 백성들의 재물은 터럭 하나 건들지 못하게 하고 있습니다. 이에 백성들은 마치 이기고 돌아오는 저희

편 군사를 맞듯 초나라 군사들을 반기며 스스로 그들에게 술과 밥을 갖다 바치고 있다는 소문입니다."

뿐만이 아니었다. 다음 날은 더욱 기막힌 전갈이 들어왔다.

"백성들이 귀띔을 해 주어 초나라 군사는 저희들이 숨은 골짜기를 알고 있다고 합니다. 지금은 길을 바꾸어 우리를 따돌리고 바로 남전을 향하고 있습니다."

그 말을 듣자 주괴는 그대로 있을 수가 없었다. 곧 한영과 경패를 불러 의논했다.

"적이 우리의 매복을 알고 길을 돌아 남전으로 가고 있다 하니 어찌하였으면 좋겠소?"

"그렇다면 우리가 적을 찾아가는 수밖에 없지 않겠습니까? 가만히 군사를 움직여 불시에 들이치면 적은 군사로도 얼마든지 대군을 깨뜨릴 수 있습니다."

경패가 그렇게 나왔다. 너무도 어이없게 요관을 잃은 일이 새삼 걱정스러워진 듯했다. 한영도 그대로 달아날 수는 없다 싶었던지 경패와 뜻을 같이했다.

"그렇소. 우리가 한번 크게 공을 세워 요관을 잃은 죄를 덜지 않으면, 함양으로 돌아간다 해도 성하게 살아남기는 어려울 것이오. 물러나더라도 되든 안 되든 오늘 밤 한번 부딪쳐 본 뒤에 물러납시다."

주괴가 그렇게 말하고는 야습을 준비했다.

하지만 백성들의 마음이 돌아서 버렸으니 야습마저 뜻 같지 못했다. 주괴 나름대로는 몰래 군사를 움직인다고 삼경에 하무까지 물리고 진채를 떠났으나 그 소문이 먼저 초나라 군사들의 귀에 들어가고 말았다. 어렵게 초나라 진채에 닿았을 때는 이미 패공이 대군을 풀어 그들을 기다리고 있었다.

"안 되겠다. 남전으로 가 보자. 그곳 현령과 힘을 합쳐 다시 적을 막아 보자!"

싸움다운 싸움도 해보지 못하고 군사를 태반이나 잃은 주괴가 말머리를 돌려 달아나며 소리쳤다. 한영과 경패도 딴소리를 할 처지가 못 되었다. 주괴를 따라 꽁지가 빠지게 남전으로 달아났다.

남전 현령은 주괴가 일찍부터 알고 지내던 사람이었다. 며칠 전 주괴가 위급하다는 전갈과 함께 구원병을 청해 와 군사 3천을 보내 놓은 뒤 소식을 기다리는데, 주괴가 장졸 몇 백명과 함께 새벽같이 달려와 성문을 두드렸다. 성문을 열어 주괴의 군사들을 맞아들인 현령이 걱정 가득한 얼굴로 물었다.

"나는 장군을 믿고, 있는 군사 없는 군사를 다 긁어 3천을 보냈는데 어찌 된 일이오? 요관은 어찌하여 그리 쉽게 적군에게 떨어졌고, 그곳을 지키던 군사들은 모두 어디 갔소? 도대체 얼마만한 적군이 관중으로 들어왔다는 것이오?"

"적군은 패공 유방이라는 자가 이끄는데 그 머릿수가 5만이나 된다 하오. 무관을 깨뜨린 뒤에 보름이나 군사를 쉬게 하면서 군량과 병참을 갖춘 터라 그 기세가 여간 사납지 않았소이다. 거기다가 먼저 사자를 보내 화평을 의논하는 척하다가 갑자기 들이치는 바람에 낭패를 당하고 말았소."

주괴가 그렇게 둘러댔다. 남전 현령이 더욱 낙담한 표정으로 받았다.

"그렇다면 이 작은 성에서 버텨 보기는 틀린 일 같소. 장군께 보내 드린 3천을 빼면, 성안에는 싸울 만한 사람이 많지 않고, 모아 둔 군량도 없소이다. 거기다가 성벽마저 낮고 얇으니 무슨 수로 한창 기세가 오른 5만 대군을 당해 내겠소? 차라리 성을 버리고 패상(覇上)으로 물러나는 게 낫겠소이다. 패상은 패수(覇水)가에 있는 크지 않은 현이지만, 산 하나만 넘으면 함양이라 지키는 군사도 많을 뿐만 아니라, 함양으로부터 대군의 구원을 바랄 수도 있소."

그때 다시 경패가 나섰다.

"현령께서도 진나라의 엄한 법을 잘 알고 계실 것이오. 장수가 싸움 한번 않고 지키는 땅을 적군에게 내어주면 어찌 되겠소? 설령 함양까지 무사히 돌아간다 해도 끝내는 목이 어깨 위에 남아나기 어려울 것이오."

"그렇소. 가진 힘을 다해 적과 맞서 본 뒤에야 진나라의 국법에 용서를 구할 수 있소. 정히 성안에서 싸우기 어렵다면 지리(地利)를 얻을 수 있는 곳에 매복했다가 적에게 한바탕 크게 타격을 주고 패상으로 물러나야 할 것이오."

한영도 경패를 거들어 그렇게 말했다. 그러자 잠시 생각에 잠겼던 남전 현령이 자신 없는 말투로 입을 열었다.

"그럼 이렇게 하는 것이 어떻겠소? 여기서 북쪽으로 30리쯤 가면 대군이 패상으로 가기 위해서는 반드시 지나야 할 골짜기가 하나 있소. 남은 군사를 긁어모아 그곳에 매복하는 한편 지금 당장 패상에 사람을 보내 구원병을 요청해 보도록 합시다. 패상에는 3만이 넘는 우리 대군이 있으니 제때에 구원을 와 준다면 먼 길을 온 초나라 군사 5만쯤은 얼마든지 당해 낼 수 있을 것이오."

그러자 주괴가 주먹을 움켜쥐며 현령의 기운을 돋워 주었다.

"그것 참 좋은 계책이오. 우리에게 그곳이 어딘지 일러 주시고 얼른 패상으로 사람을 보내시오. 함양을 지켜 내고 못 지켜 내고가 이번 싸움에 달려 있다고 한다면 패상 수장(守將)은 모든 군사를 들어 우리를 도울 것이오!"

이에 현령은 그 자리에서 사람을 패상으로 보내 남전의 급한 사정을 알리고 대군을 내어 구해 주기를 빌었다. 그런 다음 성을 버리고 주괴 등과 더불어 남전 북쪽 관도가 지나는 골짜기에 군사를 감추었다.

그때 패상을 지키던 진나라 장수는 조고 패거리에게 뇌물을 바쳐 장수 자리를 산 자였다. 조고의 삼족이 몰살당하는 것을 보고 불안해하던 차에 초나라 군사가 남전에 이르렀다는 말을 듣자 오히려 잘됐다 싶었다. 초나라 군사를 크게 이겨 공을 세움으로써 조고 패거리에게 빌붙어 벼슬을 산 죄를 용서받을 기회로 삼으려 했다. 자신이 거느리고 있던 군사뿐만 아니라 패상 현내의 장정들을 되는 대로 긁어모아 남전으로 달려갔다.

패상의 군사 3만이 남전 북쪽의 골짜기에 이르자 그곳에 먼저 와서 숨어 있던 주괴의 무리는 크게 기세가 올랐다.

"패상의 대군이 이르렀으니 이제는 머릿수로도 한번 해볼 만하다. 구차하게 골짜기에 숨어서 기다리기보다는 당당하게 들판에 나가 진세를 벌이고 초나라 놈들과 한번 싸워 보자! 제대로 싸워 보지도 않고 간사한 꾀와 속임수만으로 여기까지 온 놈들이라 우리 대군을 보면 절로 기세가 꺾일 것이다."

그러면서 겁 없이 골짜기를 나가 관도를 끊고 들판에다 진세를 크게 벌였다.

패공 유방은 싸움 한번 없이 얻은 남전성 안에서 하루를 쉰 뒤에 다음 날도 느지막해서야 군사를 움직였다. 그것도 성 안팎 백성들에게 온갖 인심을 다 써 가며 천천히 오는 길이라, 겨우 30리밖에 안 되는데도 진군이 진세를 펼치고 있는 벌판에 이르렀을 때는 가을 해가 벌써 중천에 올라 있었다.

"남전 북쪽 골짜기에 적의 대군이 기다린다고 합니다. 이번에는 패상에서 수만 군사가 구원을 와서 우리보다 작지 않은 군세라고 들었습니다."

미리부터 사람을 풀어 진군의 움직임을 차분히 살피고 있던 장량이 별로 놀라는 기색 없이 패공 유방에게 그렇게 알려 주었다. 적이 대군이란 말에 패공은 적지 아니 긴장했다. 걱정스러운 눈길로 장량을 마주 보며 물었다.

"그렇다면 우리도 이쯤에서 진채를 내리고 적의 대군에 맞설 채비를 해야 되지 않겠소?"

"하지만 행군을 멈추고 새삼 진세까지 펼치실 것은 없습니다.

비록 적의 머릿수는 많으나 무관, 요관이 잇따라 떨어진 터라 은
근히 겁을 먹은 군사들입니다. 용맹한 장수를 앞세워 한 번 더
기세를 꺾은 뒤에 남은 대군을 들어 한꺼번에 밀어붙이면 적군
은 틀림없이 뭉그러져 달아나고 말 것입니다.”

장량이 알 듯 말 듯하게 웃음기를 띠며 그렇게 받고는 주변에
둘러선 장수들을 돌아보았다.

그때 유방의 장수들은 관중으로 든 뒤의 잇따른 승리에 취해
기세가 한껏 올라 있었다. 전날 남전 남쪽의 싸움이 수월했던 터
라 한껏 용맹을 뽐내지 못한 것이 아쉽다는 듯 서로 앞장을 서려
했다. 그들 중에서도 번쾌가 큰 칼을 뽑아 들고 달려 나와 말했다.

“무관 이래 싸움에 앞장서 본 적이 없으니 이번에는 제가 한번
나서 보겠습니다.”

갑주로 온몸을 가린 관영이 질세라 말을 몰아 번쾌를 가로막
으며 말했다.

“현성군(賢成君, 당시 번쾌의 봉호)께서는 패공을 지켜야 하니 내
게 선봉을 미뤄 주시오. 나야말로 남양의 싸움 이래 이렇다 할
공을 세운 바 없어 때를 기다려 왔소.”

그러고는 패공에게 두 손을 모아 군례를 바치더니 허락도 받
지 않고 말 배를 박차 적진으로 돌진하였다. 적진에서 한 장수가
말을 박차 마주쳐 나오며 소리쳤다.

“나는 대진(大秦)의 장군 주괴다. 다가오는 적장은 이름을 밝
혀라!”

“요관을 팔아 먹으려다 한밤중에 놀라 달아난 백정 놈의 아들

이로구나. 나는 대초(大楚)의 기장(騎將) 관영이다!"

"난리 통에 출세한 수양현의 비단 장수 놈이로구나. 내 네놈의 멱을 따 주겠다!"

싸우고 쫓기는 동안에 얻어들은 듯 주괴도 그렇게 관영을 알은체했다. 하지만 별로 내세울 것 없는 서로의 밑천을 들추는 사이에 감정이 격해진 탓인지 둘은 말이 엇갈리자마자 창칼을 휘둘러 격렬하게 맞붙었다.

관영과 주괴의 싸움이 한창 불을 뿜는데 다시 적진에서 두 장수가 말을 달려 뛰쳐나왔다. 주괴의 부장 한영과 사마 경패였다. 특히 경패의 말이 빨라 때마침 적진을 등지고 싸우는 관영의 등 뒤로 다가가는 기세가 보기에 몹시 위태로웠다.

"어딜!"

호분령 주발이 코웃음과 함께 강한 활에 살을 먹여 시위를 당겼다. 시위 소리와 함께 바람같이 날아간 화살은 그대로 경패의 목줄기를 꿰뚫어 놓았다. 경패가 구슬픈 비명과 함께 말에서 굴러 떨어지자 뒤따라오던 한영이 주춤했다.

그때 다시 초군(楚軍) 쪽에서 쇠테 두른 수레바퀴 소리와 함께 싸움 수레 한 대가 달려 나왔다. 등공(藤公)이 된 하후영이 직접 모는 수레였다.

"내가 적의 선두를 갈기갈기 찢어 놓겠소!"

창수(槍手) 둘만 좌우에 태운 하후영이 빠르게 수레를 몰아 적진으로 돌진하면서 그렇게 소리쳤다. 곡우(曲遇)의 싸움에서 진나라 장수 양웅(楊雄)을 몰아대던 때를 떠올리게 했다. 그때 하후영은 홀로 예순여덟 명을 사로잡고 8백5십 명에게서 항복을 받아 냈다.

"나도 간다!"

주발이 안장에 활을 걸고 창을 꼬나들며 말 배를 찼다. 역시 상갓집을 돌며 피리를 불던 옛 모습은 이미 어디서도 찾을 수가 없었다. 주발까지 말을 몰아 달려 나가자 다른 장수들도 참지 못했다. 저마다 병장기를 꼬나들며 적진으로 내달을 기세들이었다. 패공이 팔을 휘둘러 장수들을 말리고 장량을 돌아보며 물었다.

"이래도 되는가?"

"예, 됩니다. 다만 이제부터 장수들은 단기(單騎)로 달려 나가지 말고 각기 이끄는 군사들과 함께 나가게 하십시오. 이번에는 계략이고 진법이고 할 것 없이 기세로 밀어붙이면 될 듯합니다."

장량이 미소와 함께 그렇게 대꾸하더니 패공을 대신해 여러 장수들에게 명을 내렸다.

"장군들은 각기 이끄는 군사들과 한 덩이가 되어 적진을 뚫고 나갔다가 제자리로 돌아오도록 하시오. 반드시 적을 쳐부술 필요는 없소. 머리와 꼬리가 서로를 돌볼 수 없도록 적을 갈라놓기만 하면 되오. 그러면 다음 일은 다시 패공께서 군령으로 일러 주실 것이오."

그러자 남은 장수들이 각기 이끌던 군사들과 더불어 함성을 올리며 한꺼번에 적진으로 밀고 들었다. 공을 다투어 내닫는 것이라 그 기세가 여간 날카롭지 않았다.

그때는 이미 관영이 번개 같은 창 솜씨로 주괴를 찔러 말에서 떨어뜨리고, 주발이 한영을 덮쳐 한창 몰아낼 때였다. 손이 남아 돌게 된 관영이 때마침 당도한 하후영의 싸움 수레와 함께 적진 속으로 뛰어들었다. 패상을 지키던 진나라 장수가 그들을 가로막으려 하는데 갑작스러운 함성과 함께 초나라 장졸들이 한 덩이가 되어 사태 지듯 밀려왔다.

억지로 머릿수를 늘리고 기세를 돋운다고 돋우었으나, 진나라 군사들은 이미 져서 쫓기는 데 익숙해진, 망해 가는 나라의 군사들이었다. 그때까지는 서로 기운을 북돋아 가며 버티었으나 초나라 장졸이 한 덩어리가 되어 매섭게 파고들자 이내 흔들렸다. 마주쳐 나가 싸우기보다는 움츠러들어 지키려고만 했다.

초나라 장졸들은 그런 진군 사이를 거침없이 쪼개고 나갔다가 다시 그들 본진으로 돌아갔다. 그러자 진나라 군사들은 오른쪽과 왼쪽, 앞과 뒤가 서로 돌볼 수 없게 토막이 나고 말았다. 멀리서 그런 진나라 진세를 차갑게 살피고 있던 장량이 패공에게 나직하게 말했다.

"패공, 지금입니다. 전군을 들어 적을 들이치도록 하십시오. 중군도 도필리와 잡일꾼만 남기고 모두 내보내야 합니다."

패공 유방도 그때쯤은 장량의 뜻을 알아차렸다. 말없이 고개를 끄덕이고 장량이 이르는 대로 명을 내렸다.

"모든 장수들은 각기 거느린 군사들과 한꺼번에 내달아 적을 무찌르라. 위수 남쪽의 진나라 병력은 모두 여기 모인 듯하니, 이 한 싸움으로 함양에 이르기까지 남은 길을 깨끗이 쓸어버리도록 하라!"

그러고는 자신도 말에 올라 칼을 뽑아 들었다. 병법에 밝은 것도 무예에 능한 것도 아니었지만 패공 유방에게도 싸움의 미묘한 기미를 날카롭게 뚫어 볼 줄 아는 본능적인 감각이 있었다. 그런데 이제 그 감각이 패공을 몰아대 두렵더라도 앞장서게 했다. 번쾌와 노관이 갑병들과 더불어 그런 패공을 겹겹이 둘러싸고 장량과 역이기, 육가같이 문약한 막빈들도 저마다 병장기를 뽑아 들었다.

이내 패공 유방이 이끄는 5만 대군은 거센 파도처럼 진나라 진채를 덮쳐 갔다. 그러잖아도 한차례의 난도질 같은 공격으로 토막 나 있던 진군은 그런 초나라 군사들의 엄청난 기세에 질려 버렸다. 선두가 맞받아치는 시늉을 하는 것도 잠시, 먼저 장수들이 말머리를 돌려 달아나고, 그 뒤를 졸개들이 뒤따랐다. 그나마 달아날 틈을 얻지 못한 졸개들은 그대로 병장기를 내던지고 털썩털썩 땅바닥에 주저앉아 그저 목숨만을 빌 뿐이었다.

그때까지 패공 유방은 수많은 싸움터를 누비고, 적지 않은 진나라 군사의 항복을 받아 왔다. 하지만 그것은 어디까지나 원래 진나라 영토가 아니었던 관외에서였다. 관중으로 들면서 싸움의 양상은 크게 달라졌다. 무관에서의 싸움은 진나라 군사들의 매운 맛을 실컷 보게 해 주었고, 장량의 계책이 아니었으면 요관의 싸움도 결코 그리 쉽지만은 않았을 것이다. 거기다가 이번에는 적이 대군인 데다 수도인 함양을 목전에 둔 싸움이라 패공은 앞서의 어떤 싸움에서보다 마음을 다잡고 앞장을 섰다. 그런데 진나라 군사들이 그토록 무력하게 주저앉는 것을 보자 패공은 문득 허망한 느낌까지 들었다.

'이게 대진(大秦)의 제도(帝都) 함양 외곽을 지키던 마지막 방어선이란 말인가. 이들이 강성하던 육국을 차례로 멸망시키고 천하를 아우른 그 무서운 진나라 군사란 말인가. 넉 줄로 어깨를 맞대고 늘어서 청동 창을 내지르면 철벽도 뚫고 나간다던 그 진나라의 보갑대(步甲隊)란 말인가.'

하지만 오래 감상에 빠져 있을 겨를이 없었다. 무엇보다도 승세로 느긋해진 패공의 마음을 어둡게 하는 것은 피를 보고 눈이 뒤집힌 초나라 장졸들이 벌이는 무참한 살육이었다.

"억지로 진군에게 끌려온 백성들은 해치지 말게 하라! 진나라 병사라도 항복하는 자는 죽이지 말고 달아나는 자는 쫓지 말라 이르라!"

일방적인 도살같이 된 싸움터에서 한발 벗어난 패공이 뒤따르는 노관을 돌아보며 말했다.

그때 유방을 에워싸듯 호위하고 있던 장수들과 함께 있던 장량이 다시 나서서 말렸다.

"이 골짜기를 빠져나가면 바로 패상에 이르고, 패상에서 함양까지는 날랜 보졸이 달려 하룻길이 안 됩니다. 그런데 패상을 지키던 군사들이 모두 이곳에 왔으니, 함양성 밖에서의 싸움은 이 싸움이 마지막이 될 것입니다. 모질게 죽이고 내몰아 저들에게 우리 군사를 두려워하는 마음을 심어 줘야 합니다. 그래야만 쫓겨 간 저들의 입을 통해 함양성을 지키는 군사들이 겁을 먹게 될 것입니다."

환원산에서 다시 만난 이래 꾀주머니[智囊]처럼 써 오던 장량의 말이 그러하니 패공 유방은 따르지 않을 수 없었다. 패공이 못 본 척 한쪽으로 비껴 서자 초나라 장졸들은 한층 맹렬하게 진군을 두들겼다. 초나라 군사보다 적지 않은 머릿수에, 제자리에 앉아서 먼 길을 온 적을 막는다는 이점만 믿고 정면으로 맞섰던 진군은 오래잖아 산산조각이 나 흩어졌다. 태반이 무기를 내던지고 항복하고 나머지는 꽁지에 불이 붙은 듯 남전 골짜기[藍田谷]로 빠져나가 패상으로 달아났다.

장량이 다시 패공에게 와서 가만히 일러 주었다.

"적에게 숨 돌릴 틈을 주지 말고 바로 뒤쫓게 해야 합니다. 패상 수장이 대군을 몽땅 끌고 이리로 오는 바람에 패상성 안은 비어 있을 것입니다. 적에게 패군을 수습할 틈을 주지 않도록 하십시오."

그 말을 알아듣지 못할 패공이 아니었다. 다시 장검을 뽑아 들고 말 배를 박차며 큰 소리로 장졸들에게 외쳤다.

"들어라. 후군 한 갈래만 남아 항복하는 적병을 거두고, 나머지는 모두 달아나는 적병을 바짝 뒤쫓아라! 이대로 패상까지 밀어붙여 오늘 밤은 패상 성안에서 쉬도록 하자!"

그러고는 대군을 몰아 남전 골짜기로 적병을 뒤쫓았다. 뒤쫓다 보니 골짜기를 흐르는 개울은 점차 굵어져 냇물이 되었다. 이윽고 골짜기가 끝나자 괴이한 형상의 진흙 언덕이 있는 황무지가 펼쳐지고 따라오던 냇물은 어느새 배를 타고 건너야 할 작은 강물이 되었다.

"이 불모(不毛)한 땅이 흰 사슴이 내닫는 형상으로 보이는지 사람들은 이곳을 백록원(白鹿原)이라고 부릅니다. 물은 여기서부터 패수가 됩니다."

장량이 패공을 뒤따라오며 일러 주었다.

다시 한참을 뒤쫓으니 나무 한 그루 제대로 자라지 않는 거친 들판이 끝나면서 농경지가 펼쳐지기 시작했다. 진군은 장졸과 보졸 기기(步騎)가 한 덩어리가 되어 바람에 휩쓸린 가랑잎처럼 그 들판을 뒤덮으며 달아났다. 저만치 벌판 북쪽으로 제법 큰 성 하나가 희미한 그림자처럼 솟아올랐다.

"패상입니다. 성안에 남아 있던 군사가 있어 저희 편을 구한답시고 맞받아쳐 올지 모르니 여기서 잠시 전열을 정비하는 게 좋겠습니다."

눈길을 모아 앞을 살피던 장량이 말했다. 한나절 가까이 쉬지 않고 내달은 셈이라 패공도 어지간히 지쳐 있었다. 고개를 끄덕이며 말고삐를 당겼다. 그때 그림자처럼 패공을 따르던 노관이 한쪽을 가리키며 소리쳤다.

"적입니다. 적병이 오고 있습니다!"

그 소리에 모두가 노관이 가리키는 곳을 보니 정말로 북쪽에서 자옥하게 먼지가 일며 한 떼의 인마가 달려오고 있었다. 패상 성안에 남아 있던 군사들이 뛰쳐나온 듯 그리 많지는 않아 보였다. 하지만 쫓기던 진군이 되돌아서서 가세한 때문인지 다가올수록 부풀어 가면서 그 기세도 거세졌다. 그때 다시 번쾌가 큰 칼을 울러 메고 나서며 소리쳤다.

"이번에는 제게 맡겨 주십시오. 제가 앞장선 적장의 목을 베어 기세를 꺾어 놓겠습니다!"

하루 종일 이렇다 할 싸움 없이 중군만 지켜 온 번쾌의 청이라 이번에는 패공도 말릴 수가 없었다. 말없이 고개를 끄덕여 허락하자 번쾌가 말을 박차 달려 나가며 소리쳤다.

"누구든 적의 선봉을 짓뭉개 공을 세우고 싶은 자는 나를 따르라!"

그러자 역시 중군 주변을 맴돌던 수십 기가 번쾌를 따라 달려 나가고 다시 보갑 백여 명이 그 뒤를 따라 내달았다.

서로 마주 보고 말을 달린 터라 번쾌는 오래잖아 진군의 선봉과 마주치게 되었다. 번쾌가 큰 쇠북 두드리는 듯한 목소리로 외쳤다.

"나는 대초(大楚)의 오대부 번쾌다. 적장은 누구냐? 이름을 밝혀라."

"세상이 어지러우니 별것이 다 날뛰는구나. 나는 도위 이광(李瓲)이다. 간 큰 도적놈은 어서 목이나 바쳐라!"

앞서 달려오던 진나라 장수는 그러면서 들고 있던 창을 내질러 번쾌의 가슴팍을 노렸다. 번쾌가 가벼운 코웃음과 함께 몸을 비틀어 피하더니 오른손의 큰 칼로 세차게 적장을 후려쳤다. 피하지 못한 적장이 구슬픈 외마디 소리와 함께 피를 뿜으며 말에서 떨어졌다.

진나라 도위라면 결코 조무래기 장수가 아니었다. 그런 도위를 한칼에 벤 번쾌가 내처 적진으로 뛰어들어 큰 칼을 휘두르는데,

마치 옛적 저잣거리에서 개 잡는 몽둥이 후려쳐 대듯 하였다. 잇따라 대여섯 명의 적병이 번쾌의 칼을 맞고 말 위에서 떨어졌다.

뒤이어 번쾌를 따라온 수십 기가 뛰어들어 함부로 찌르고 베어 댔다. 피를 함빡 뒤집어쓰고 사람을 죽여 대는 번쾌와 그 수십 기에 진군의 선두는 얼이 빠졌다. 변변히 맞서 보지도 않고 창칼을 내던지며 말에서 뛰어내려 목숨을 빌었다. 기록에 따르면 그날 거기서 번쾌 한 사람에게 항복한 군사만 마흔여섯 명이었다.

그때 다시 갑옷 걸친 초나라 보졸들이 달려와 번쾌와 기병들의 뒤를 받쳐 주었다. 머릿수는 백여 명밖에 되지 않았으나 그 기세는 하나가 백을 당할 만했다. 저희 편 대장이 죽고 선두 기병들이 모조리 항복하자 진군 선두의 나머지도 싸울 뜻을 잃고 말았다. 얼마간 맞서는 시늉을 하다가 모두 병장기를 내던지고 항복했는데 그 수가 2천9백 명이나 되었다.

그러자 남전에서 거기까지 도망쳐 온 진군도 맥이 빠졌는지 태반이 항복했다. 항복을 마다하는 자들도 패상성 안으로 들어갈 엄두를 못 내고 그대로 달아나 버렸다. 이에 초나라 군사들은 패공이 말한 대로 그날 밤을 패상성 안에서 쉬게 되었다.

"이제는 백성들을 다독일 때다. 몇 만 대군이 왔느니 아무개 대장군이 왔느니 하는 말은 말고, 그저 동쪽에서 한 진인(眞人)이 백성들을 구하고자 패상에 이르렀다고만 하여라."

이튿날 장량은 함양을 염탐하는 군사들을 풀며 당부했다.

20만을 땅에 묻고

장함의 항복을 받고도 한 달이나 더 걸려 하북을 평정한 항우는 이세황제 3년 8월이 되어서야 비로소 서쪽 관중으로 드는 길을 잡을 수가 있었다. 하지만 관중에 가까워질수록 진군의 저항도 거세져 항우는 다시 한 달을 힘든 싸움에 바치고서야 신안에 이르렀다.

신안은 낙양 서쪽 백 리요, 함곡관을 3백 리 앞둔 땅이었다. 신안에서 또 한차례 힘든 싸움을 치른 항우는 성을 얻자 그곳에서 며칠 군사를 쉬게 했다. 굳고 험하기로 이름난 함곡관으로 치고 들어가기 전의 마지막 숨고르기라 할 수도 있었다.

그사이 항우가 이끄는 초나라 군사는 30만으로 부풀어 있었다. 거기다가 장함이 항복하면서 데리고 온 진나라 이졸(吏卒)

20만이 있어 보살펴야 할 머릿수는 50만이 넘었다. 쉬기 위함이라고는 하지만 늦가을인 9월의 숙영이라 대군이 머무는 진중에는 자잘한 일이 많았다. 군량이나 물자를 나르고 갈무리하는 일부터 바람서리를 막아 줄 군막을 세우고 땔감을 모으는 일까지 초나라 시양졸(廝養卒)만으로는 일손이 턱없이 모자랐다.

초나라 군사들은 진작부터 그래 왔듯 항복한 진나라 이졸들을 끌어내 잡일을 시켰다. 첫날 신안성 남문 밖 벌판에 군막을 세우는 일도 그랬다. 창칼을 든 초나라 군사 대여섯 명이 쉰 명 정도의 진나라 항졸(降卒)들을 끌어내어 감시하는 꼴로 일을 시키는데, 초나라 군사들의 항졸 대접이 여간 고약하지 않았다.

"야, 너!"

벌판에 흩어져 일하는 여러 패거리 중에서 초나라 군사 하나가 그렇게 소리치며 방금 판 땅에 기둥을 세우려는 진나라 항졸에게로 다가갔다. 그리고 멀뚱하게 돌아보는 항졸을 독기 어린 눈길로 쏘아보며 대뜸 창대부터 휘둘렀다. 엎드려 일하다가 창대에 등허리를 모질게 맞은 항졸은 비명과 함께 그대로 땅바닥에 쓰러졌다. 그래도 분이 덜 풀렸는지 그 초나라 군사는 한동안이나 쓰러진 항졸을 때리고 짓밟다가 비로소 그 까닭을 밝혔다.

"나쁜 새끼, 이걸 일이라고 해? 그렇게 얕게 구덩이를 파고 기둥을 묻어도 되는 거야?"

그 말을 들은 다른 초나라 병졸 하나가 어이없어하며 그 모진 동료를 나무랐다.

"어이, 너무 심하지 않아? 그만한 일로 왜 그래? 말로 더 깊이 파라고 해도 되는 거 아냐?"

그러자 항졸을 심하게 때린 초나라 군사가 이제는 이까지 부드득부득 갈며 받았다.

"뭐? 심하다고? 모르는 소리 하지 마. 저 진나라 악종한테 한 번 물어보라고. 우리가 역도(逆徒)로 마읍에서 장성(長城)을 쌓을 때 돌 하나 잘못 놓았다고 저것들이 내게 어떻게 했는지."

그런 일은 멀지 않은 곳에서 일하던 다른 패거리에게서도 일어났다. 역시 대수롭지 않은 일로 항졸(降卒) 하나를 초죽음으로 만든 초나라 군사가 있었는데, 알고 보니 옛적 구강에서 수자리[戍] 살 때 당한 원한 때문이었다.

"파수 서다 잠깐 졸았는데 저놈이 어떻게 한 줄 알아? 저도 졸자면서 기강 잡는다고 술 처먹고 밤새도록 내게 채찍질을 해 댔지. 여길 봐. 아직 그때 흉터가 남았을 거야."

때린 초나라 군사가 그러면서 옷을 벗고 등판을 보여 주었는데 거기에는 정말로 굵은 지렁이가 수없이 지나간 자국인 듯 끔찍한 흉터가 남아 있었다.

지난날 천하 서른여섯 군이 시황제의 폭정에 시달릴 때, 초나라를 비롯한 관동 여섯 나라의 장졸들은 여러 가지 일로 진나라에 불려 갔다. 그들은 먼저 부역으로 끌려가 아방궁을 짓고 여산릉(驪山陵)과 만리장성을 쌓았으며, 운하를 파고 물길을 돌렸다. 또 일통천하로 사방에서 맞게 된 오랑캐 때문에 변방 여기저기로 보내져 몇 년씩 수자리를 살기도 했다.

그때 부역을 나오거나 수자리 사는 이들을 감시하고 부린 것이 진나라의 이졸(吏卒)들이었는데, 사람을 거칠고 모질게 다룬 적이 많았다. 엄한 진나라 법을 구실로 욕설과 매질은 말할 것도 없고, 심하게는 형벌로 병신을 만들거나 죽이기까지 했다. 따라서 단 한 번이라도 부역이나 수자리를 살러 간 적이 있으면 그들은 어김없이 진나라 이졸들에게 이를 갈았다.

그런데 진나라 이졸들이 장함을 따라 항복하게 되면서 사정은 바뀌었다. 이제는 제후군의 장졸들이 항복한 진나라 이졸들을 거꾸로 감시하고 부리게 된 까닭이었다. 제후군 장졸들은 진나라 이졸들을 종처럼 부리면서 걸핏하면 학대하고 모욕했는데, 때로는 마음먹고 옛적에 당한 일을 앙갚음하기도 했다.

장함을 따라 항복한 지 두 달이 넘도록 예전에 밑에 두고 부리던 제후군의 장졸들에게 끌려다니며 구박을 받고 혹사를 당하자 항복한 진나라 병사들도 점점 참을 수 없게 되어 갔다. 그러나 승세에 취해 있는 제후군 장졸들의 학대와 모욕은 갈수록 더해졌다. 그 뚜렷한 현상이 바로 신안성 밖에서 일어난 그 두 가지 일이었다.

그 두 일이 빌미가 되어 그날 밤 진나라 항졸들의 움막에서는 심상치 않은 논의가 벌어졌다. 그날 제후군 장졸에게 매를 맞은 사람 중의 하나가 울분에 차서 말했다.

"우리는 장함 장군의 말씀을 믿고 제후군에게 항복하였으나 아무래도 속은 것 같다. 장(章) 장군께서는 우리를 살리기 위함이라고 하였으나, 싸움터에서 죽는 것만이 죽는 것이라더냐? 매 맞아 죽고, 얼어 죽고, 굶어 죽어도 죽기는 마찬가지다. 저 무지막

지한 제후군의 장졸들에게 종살이하고 있는 지금의 우리가 어찌 온전하게 살아 있다고 할 수 있겠느냐?"

"그뿐만이 아니다. 지금 제후군이 관중(關中)으로 들어가 바로 진나라를 쳐 없앨 수 있다면 우리도 풀려나고 가솔에게도 탈이 없게 될 것이다. 하지만 만일 그리되지 못하면 일은 아주 고약하게 된다. 싸움에 진 제후군은 우리를 끌고 동쪽으로 물러날 것이고, 진나라는 우리가 도적 떼에 빌붙었다 하여 우리들의 부모와 처자를 모조리 죽이고 말 것이니 그 일은 어찌할 것이냐?"

다른 진졸 하나가 그렇게 받자 다시 또 다른 목소리가 비분에 떨며 결연히 말했다.

"이제라도 달리 계책을 세워야 한다. 장함 때문에 싸움 한번 제대로 해 보지 못하고 항복했으나 우리는 그래도 20만이나 된다. 마음을 모으고 힘을 합칠 수만 있다면 아직도 때는 늦지 않았다!"

그렇게 시작된 논의는 이 움막, 저 움막으로 옮아 가 곧 불온한 웅성거림이 되었다.

항복한 진나라 병졸들의 움막이 밤늦도록 수런거리자 제후군의 장수 한 사람이 몰래 엿들었다. 듣고 보니 그냥 넘길 수 없는 내용이었다. 이튿날 일찍 항우를 찾아보고 간밤의 일을 알렸다.

"뭐야? 그 버러지 같은 것들이……."

그 장수의 말을 듣고 난 제후군의 종장(縱長) 항우는 화부터 먼저 냈다.

그도 그럴 것이 항복한 진나라 병졸 20만 명은 진작부터 항우의 골칫거리였다. 무기를 주어 싸우게 하자니 영 미덥지 않았고, 그렇다고 그런 대군을 한곳에 가둬 둘 수도 없었다. 장함이 있어 여느 포로처럼 함부로 대할 수도 없었고, 손님처럼 모시기에는 성가시기 짝이 없었다. 머리부터 발끝까지 투혼으로 차 있고, 모든 사고는 전략이라는 바탕 위에서만 이루어지는 항우에게는 언제부터인가 무기력하게 끌려다니는 그들 20만 명까지 먹이고 입혀야 한다는 것 자체가 짜증 나는 일이 되어 있었다.

"당양군(當陽君, 경포)과 포장군을 불러라!"

그 장수가 나가고도 한동안 생각에 잠겼던 항우가 갑자기 곁에 두고 부리는 군사에게 명을 내렸다. 범증이나 계포를 부르지 않고 경포와 포장군을 부르게 한 것부터 다른 뜻이 있었다. 범증이나 계포는 항우가 진나라 항병(降兵)들을 못마땅히 여기는 말만 하면 얼른 좋은 말로 달래 왔다.

"귀찮더라도 관중에 들 때까지만 참으십시오. 지금 상장군께서 저들을 어떻게 대하시는가는 함곡관에 이르는 동안에 촘촘히 늘어선 수많은 성곽과 보루, 관진(關津)을 지키는 진나라 장졸들이 보고 있습니다. 만약 상장군께서 저들을 해치시면, 그 성곽과 관진은 모두 철옹성(鐵甕城)이 되어 앞을 막고 그 안의 진나라 장졸들은 죽을 때까지 우리에게 맞설 것입니다."

따라서 아직도 함곡관을 3백 리 넘게 남겨 두고 있는 곳에서 진졸들을 달리 처결하려 들면 그들은 펄쩍 뛰며 말릴 것임에 틀림없었다. 하지만 항우 자신과 같은 무골인 경포와 포장군은 뜻을 같이해 줄 것 같았다.

오래잖아 경포와 포장군이 항우의 군막으로 불려 왔다. 항우가 두 사람에게 들은 말을 간략하게 전한 뒤에, 쓸데없이 두르거나 덧붙이고 꾸미는 법 없이 자신의 뜻을 밝혔다.

"새로 옹왕(雍王)이 된 장함과 상장군으로 올려세운 사마흔과 진군선봉(進軍先鋒)이 된 동예를 빼면 진나라의 장졸들은 아직 마음으로 복종하는 것이 아니오. 거기다가 머릿수까지 많으니, 관중에 이르러서 우리에게 불복한다면 틀림없이 일이 위태롭게 될 것이오. 차라리 그들을 모조리 죽여 버리고 장함과 사마흔과 동예만 살려 진나라로 들어가는 길잡이로 삼는 것이 어떻겠소?"

그러자 포장군이 잠시 무언가를 망설이다가 범증과 비슷한 말을 했다.

"저들이 짐스러운 것은 틀림없으나 이곳 신안에서 함곡관까지는 아직도 3백 리가 넘는 길이 남았습니다. 우리가 저들을 모조리 죽인다면, 가는 동안에 있는 성곽과 관진을 지키는 진나라 군사들은 모두 싸우다 죽을지언정 항복하지는 않을 것입니다."

하지만 경포는 생각이 달랐다.

"그렇지 않습니다. 오히려 함곡관이 3백 리밖에 남지 않았으니 이제는 귀찮은 짐을 부려 놓을 때입니다. 믿지도 못하는 대군을 등 뒤로 거느리고 관중으로 들어가는 것은 상장군께서 밝게 보신 대로 위태롭기 짝이 없는 일입니다. 부모처자가 있는 땅으로 돌아간 뒤, 저들이 창칼을 거꾸로 돌려 우리에게 덤빈다면 우리는 등과 배로 강한 적을 맞는 꼴이 나고 맙니다."

경포가 그런 말로 항우를 편들었다. 그러자 포장군도 굳이 항우를 말리려 들지 않았다. 입을 다물어 따르겠다는 말을 대신했다.

"그럼 당장 우리 장졸들을 깨워 저들을 쓸어버리게 하면 어떻겠소? 우리 30만이 모두 나서면 무기도 없는 저들 20만을 죽여 없애기는 그리 어렵지 않을 것이오."

뜻이 대강 하나로 모아지자 항우가 다시 성급을 드러냈다. 그때 경포가 신중함으로 나잇값을 했다.

"오늘 밤은 저들의 움막이 여기저기 흩어진 데다 우리 군사들의 군막도 뒤섞여 있어 일이 어렵겠습니다. 우리 군사들을 저들 몰래 가만히 모으기도 힘들거니와, 용케 그리해도 저들이 흩어져 있어 한꺼번에 모두 쓸어버릴 수 없으니 내일 밤으로 미루시는 게 좋겠습니다."

그래 놓고 다시 덧붙였다.

"아무리 우리 군사들의 머릿수가 많고 창칼도 우리 쪽만 있다지만 저들도 만만찮은 대군입니다. 먼저 저들을 아무도 빠져나갈 수 없는 곳에다 몰아 두고 우리 전군을 들어 벼락같이 들이쳐야 일을 깨끗이 마무리할 수 있을 것입니다."

그러자 항우가 갑자기 무언가를 깨달은 사람처럼 말했다.

"내 이 부근에서 싸움이 있을까 하여 지형을 둘러보았더니 여기서 남쪽으로 10리쯤 되는 곳에 묘한 골짜기가 하나 있었소. 작은 언덕 사이로 난 골짜기인데 그 양쪽은 높이 열 길이 넘는 진흙 벼랑이라 짐승 떼를 몰아 사냥하기 좋은 곳이었소. 싸움에서는 적을 그 골짜기 가로 꾀어 돌아갈 길을 막고 세차게 몰아붙이면 모조리 그 벼랑 아래 골짜기로 떨어뜨려 죽일 수 있겠다 싶었는데, 어떻소? 이제 그 골짜기를 한번 써 보지 않겠소?"

"어떻게 쓰시렵니까?"

"내일 항복한 진졸(秦卒)들의 움막을 모두 그 골짜기 양편 진흙 벼랑 위로 옮기게 하시오. 우리 군사들의 군막은 따로 그 바깥을 둘러싸듯 몰아서 세워 두었다가, 내일 밤 삼경이 되면 모두 깨워 일시에 진졸들의 움막을 들이치도록 합시다. 땔나무로 화공을 곁들이면 저들은 하나도 빠져나오지 못하고 모조리 벼랑 아래 골짜기로 떨어져 죽고 말 것이오. 그런 다음 우리 군사를 모두 풀어 그 진흙 벼랑을 헐어 버리면, 20만 가까운 저들의 주검을 따로 묻는 번거로움을 면할 뿐만 아니라, 우리가 한 일을 말 많은 세상 사람들의 눈으로부터 감출 수도 있을 것이오."

20만 명의 목숨을 앗아가는 일이었지만 항우는 아무런 감정이 섞이지 않은 말투로 말했다. 자신이 거느린 장졸이 병에 걸리면 눈물을 흘리며 먹던 밥을 나눠 줄 만큼 자애로운 장수와는 너무도 다른 일면이었다.

전투에서는 한 번도 진 적이 없어 전신(戰神)으로 우러름을 받기까지 한 항우가 천하를 다투는 싸움에서 끝내 지고 비극적인 최후를 맞이하게 된 원인은 여러 가지로 풀이된다. 그런데 그중에서 뒷사람들이 반드시 손꼽는 실책 중의 하나가 항복한 진나라 군사 20만 명을 산 채로 땅에 묻은 일이다.

역사의 패배자란 말을 달게 받아들일 수밖에 없는 평가로서, 그 일은 흔히 항우의 개인적인 악성이나 우매함으로 해석된다.

하지만 그 시대의 사고를 제약할 수밖에 없는 선례들을 조금만 들춰 보면 반드시 그렇게 볼 수만도 없을 듯하다. 멀리 갈 것도 없이 전국시대만 해도 '갱(阬)'이라는 생매장은 포로를 처리하는 수단으로 자주 쓰였다. 병가(兵家)로 분류될 만큼 병법으로 이름 난 장수들도 그랬는데, 특히 항우가 맞서 싸운 진나라의 장수들이 심했다.

그 한 예로 진 소왕(昭王) 때의 장수 백기(白起)는 항복한 조나라 군사 40만 명을 산 채로 땅에 묻었으며 또한 항복한 삼진(三晉)의 군사 13만 명을 목 베어 죽인 적도 있다. 포로를 수용할 시설도 없고, 그들을 먹여 살릴 식량이나 관리할 병력도 넉넉하지 않은 적지에서의 야전(野戰)에서, 당시의 장수들이 고를 수 있는 가장 효율적인 포로 처리 방식이 생매장이라는 집단 학살이었는지도 모른다.

항우는 타고난 전투에서의 맹장이요, 그때는 한창 효율성과 결과를 중시하는 병가의 사고로 굳어 있을 때였다. 한편일 때는 미천한 졸오(卒伍)의 사소한 불편까지도 정성껏 보살펴 주지만, 한번 적이라고 규정되면 그 생명조차도 아무런 의미 없는 현상으로 여길 만큼 비정해져야 하는 게 그 시절 장수 된 자가 갖추어야 할 품성일 수도 있었다.

하지만 그래도 항우를 끝내 변명해 줄 수 없는 것은 그 시절에도 그와 같은 집단 학살이 정당화되지는 못했다는 점이다. 뒷날 소왕에게서 억울하게 자결을 강요받게 된 백기도 항복한 조나라 군사 40만 명을 땅에 묻어 죽인 일로 스스로 목을 찔러 죽는다.

따라서 항우가 항복한 진졸 20만 명을 땅에 묻어 죽인 일은 설령 그만의 특유한 악성이나 우매함 때문이라고는 볼 수 없다 하더라도, 천하를 다스릴 자의 덕성과 거리가 멀었던 것만은 분명하다.

경포의 끔찍한 최후를 두고 벌어지는 논의에서도 마찬가지다. 경포가 모반을 일으켰다가 자향(玆鄕)의 농가에서 목을 잃게 되는 원인을 두고 뒷사람들은 흔히 두 가지 죄를 든다. 하나는 항우가 의제(義帝)를 시해하는 걸 못 본 척한 일이요, 다른 하나는 바로 신안에서 항우를 도와 20만 항졸을 산 채로 땅에 묻은 일이다. 우두머리가 따로 있는데도 그를 비난하는 것은 그만큼 그가 그 일에 주동적이었다는 것을 말해 준다.

하지만 살아 있는 목숨을 20만 명이나 땅에 묻은 일에 대해 비난받아야 할 사람들 중에는 그날 밤의 논의에 끼지 않은 이도 있다. 이를테면 항우군의 군사(軍師)로 있던 범증이 그러하다. 그때 낭중(郞中)이었던 한신은 아직도 무겁게 쓰이기를 바라며 항우의 군막 주변을 맴돌고 있었는데, 항우와 경포의 논의를 엿듣고는 바로 범증을 찾아갔다.

한신은 항우와 경포, 포장군이 꾸미는 일을 범증에게 알린 뒤 간곡하게 말했다.

"군사께서는 반드시 상장군을 말리셔야 합니다. 만약 항복한 진나라 장졸들을 해친다면 우리가 쉽게 관중에 들기는 어려울 것입니다. 아니, 어쩌면 영영 함곡관을 넘지 못하게 될지도 모릅니다."

그런데 범증이 이상했다. 몹시 난감해하면서도 생각에 잠긴 얼굴이더니, 한참 뒤에야 두 손을 마주 잡고 어색하게 부벼 대며 띄엄띄엄 말했다.

"그리되면 신안 서쪽의 진군은 모두 죽기로 싸워…… 우리가 관중에 드는 게 더뎌지겠지만……. 어쩌겠나, 이미 상장군이 그리 마음을 정했다니……. 여럿이 정한 군중의 논의를 이 늙은이가 손바닥 뒤집듯 그리 쉽게 뒤집을 수 있겠나? 더구나 이제 함곡관까지는 3백 리밖에 남지 않았고, 그 사이에는 큰 성곽도 그리 많지 않은데……."

그러고는 얼른 일어나 항우를 말리러 가려 하지 않았다. 이미 정해진 항우의 뜻을 굳이 거스르고 싶지 않은 듯했다.

몇 번 더 간곡한 말로 범증의 마음을 돌려 보려던 한신도 끝내는 마음을 바꿔 먹지 않을 수 없었다. 겨우 낭중 주제에 공연히 상장군의 뜻에 맞서다가 홀로 화를 당하느니, 입을 다무는 편이 스스로를 지키는 길이라 여기고 적당히 말을 얼버무렸다. 그러나 범증의 군막을 나와 자신의 숙소로 돌아가는 한신의 가슴속은 그날 밤의 하늘처럼 어둡고 무겁기 짝이 없었다.

'군사니 아부니 하는 칭호가 다 허울뿐이었구나. 군사들의 스승이 어디 있고, 상장군의 버금아비[亞父, 항우가 범증을 부른 호칭]가 어디 있느냐. 벌써 주인의 눈치를 보기 시작한 늙은 청지기가 있을 뿐이다. 나는 범증의 깊이 있는 헤아림과 침착이 항우의 과격함과 성급을 달래고 억눌러 우리 군사를 마지막 승리로 이끌 줄 알았는데 그것도 아니구나. 끝내 함께 갈 수 있는 사람들이 아니다. 내 이제 섬길 주인을 다시 찾아야겠구나…….'

한신은 그렇게 중얼거리며 자신의 군막으로 돌아갔다. 1년이 넘게 따라다니며 틈이 날 때마다 계책을 올렸으나 받아들여지지 않은 서운함보다는, 이제 항우가 하려는 일이 더욱 한신을 절망하게 만들었다.

범증까지 나서서 막지 않으니 20만 항졸을 모조리 없애 버리려는 항우의 뜻은 이후 아무런 거침없이 진척되었다. 날이 밝자 경포와 포장군은 항복한 진나라 장졸들의 움막을 모두 항우가 지정한 골짜기 양편 진흙 벼랑 위로 옮기게 했다. 그런 다음 다시 초나라 군사들이 묵을 군막을 그들 군막 바깥쪽으로 겹겹이 세우게 해, 초나라 군사들이 길을 열어 주기 전에는 아무도 그 골짜기 위 벼랑 바깥쪽으로 빠져나올 수 없게 했다.

해 질 무렵 하여 경포와 포장군은 다시 항졸들의 움막에 술까지 넉넉히 돌렸다. 흠뻑 취해 잠들게 함으로써 한밤중에 당할 기습을 더욱 방비하기 어렵게 만들기 위함이었다. 이에 비해 초나라 군사들은 하루 종일 쉬면서 그날 밤에 있을 끔찍한 야습을 남몰래 채비하게 했다. 그리고 날이 저물자 고기와 밥을 배불리 먹인 뒤 병장기를 갖추고 군호(軍號)가 있을 때까지 기다리게 했다.

그날 밤 삼경이 되자 경포와 포장군은 가만히 명을 내려 군사들을 모두 군막에서 불러냈다. 그리고 기병과 보갑(步甲)을 앞세운 3만 대군을 일시에 골짜기 위 벼랑 쪽으로 몰아넣으면서 그곳 움막에서 잠들어 있는 진나라 장졸들을 갑자기 들이치게 했다.

"움막마다 닥치는 대로 불을 지르고, 움직이는 것은 모두 죽여

라. 항졸들은 그 누구도 이 벼랑 바깥쪽으로 빠져나오게 해서는 안 된다. 모두 골짜기 쪽으로 밀어붙여 벼랑 아래로 떨어뜨려라!"

경포와 포장군이 몸소 칼을 빼 들고 앞장서며 외치자 초나라 군사들이 기다렸다는 듯 그 명을 받들었다. 일부러 골짜기 양편 진흙 벼랑 끝으로 몰아 놓은 항졸들의 움막마다 불을 지르고, 자다가 놀라 뛰쳐나오는 항졸들을 마구 베고 찔렀다. 그들 뒤에는 다시 5만의 초군(楚軍)이 벼랑 바깥쪽으로 빠져나오는 길을 막고 있어, 항졸들이 뚫고 나오려 해도 뜻을 이룰 수가 없었다.

형세가 그러하니, 골짜기 위 벼랑 바깥쪽의 소란에 미리 움막에서 빠져나온 골짜기 쪽의 항졸들은 어쩔 수 없이 뒤로 밀렸다. 그러자 보다 골짜기에 가까운 안쪽 움막들도 모두 깨어나 영문도 모르면서 뒤로 몰렸다. 곧 골짜기 위 벼랑 바깥쪽에서 일기 시작한 맹렬한 불길과 처절한 비명 소리에 쫓긴 20만 항졸들이 거대한 물결을 이루듯 골짜기 쪽 벼랑 위로 밀려갔다.

마침내 모든 항졸들이 다 잠에서 깨어나 움막을 뛰쳐나오고, 그 선두는 진흙 벼랑 끄트머리에서 멀지 않은 곳에 이르렀다. 그제야 자기들 앞이 수십 길 진흙 벼랑으로 끝나 있음을 상기한 항졸들 가운데 몇몇이 소리 높여 외쳤다.

"멈추어라! 이대로 가면 곧 수십 길 낭떠러지다. 초나라 놈들은 우리를 그리로 몰아 낭떠러지 아래로 떨어뜨려 죽일 심산이다. 저희 창칼에 피 묻히지 않고 우리를 모조리 진흙 골짜기에 파묻어 죽이려고 한다. 돌아서라. 어차피 죽을 바에야 돌아서서 싸우자. 맨손으로라도 싸우다가 한 놈이라도 쳐 죽이고 죽자!"

하지만 그때는 모든 게 이미 늦은 뒤였다. 그들의 목소리는 더 많은 겁먹고 놀란 외침에 속절없이 묻혀 버렸다. 그리고 죽음의 덫에 걸려 반나마 넋이 나간 20만 항졸은 막을 길 없는 거센 물결처럼 진흙 벼랑 위를 휩쓸며 모두를 골짜기 쪽으로만 밀어 냈다.

이윽고 진흙 벼랑 끝으로 내몰린 항졸들의 선두가 비명과 함께 골짜기로 떨어졌다. 처음 떨어진 수백 명 대부분은 떨어지는 대로 머리가 깨지거나 창자가 터져 바로 죽었다. 그러나 다음 줄, 다음 줄이 차례로 그 위에 떨어지면서 사정은 달라졌다. 두텁게 쌓인 사람의 시체 위에 떨어지니 전처럼 쉬 목숨이 끊어지지 않았다. 하지만 그들 위에 다시 다른 사람들이 겹겹이 떨어지자 그들 대부분도 눌려 죽거나 숨이 막혀 죽어 갔다.

나중에는 그런 진흙 벼랑 끝의 사정이 골짜기 바깥쪽에서 몰리고 있는 항졸들에게도 알려졌다. 막다른 골목에서는 쥐도 고양이를 문다는 말대로 그때야 이를 악문 항졸들이 맨손으로 초나라 군사들에게 덤벼들어 보았으나 될 일이 아니었다. 온몸을 갑주로 두른 초나라 기병이나 보갑들이 휘두르는 날카로운 창칼에 사냥당하는 짐승처럼 죽어 갔다.

"제발 목숨만 살려 주십시오. 무엇이든지 시키는 대로 하겠습니다! 제발 목숨만……."

항졸들 중에는 아예 땅바닥에 엎드려 그렇게 애처로운 목소리로 빌어 보기도 했지만 살 수 없기는 맞서고 있는 패거리나 다름없었다. 피 맛을 보고 눈이 뒤집힌 초나라 군사들은 군령을 핑계로 마음껏 그런 항졸들을 마구잡이로 찌르고 베었다.

그 무렵 초나라에 항복해 옹왕(雍王)으로 높여진 장함과 상장군 사마흔, 진군선봉(進軍先鋒) 동예는 항우의 군막에 있었다. 초저녁부터 항우가 불러 술잔을 내리는 바람에 영문도 모르고 취해 가고 있는데 문득 멀리서 희미하게 함성 소리가 들렸다. 장함이 진나라의 마지막 명장답게 긴장하여 술잔을 내려놓으며 물었다.

"이 무슨 함성입니까? 어제, 그제의 싸움으로 부근에서 상장군께 맞설 만한 진군은 없어졌는데 어찌 된 일입니까?"

"별일 아닐 게요. 우리 군사들 사이에 시비가 있거나, 간 큰 패잔병들이 몰려다니다 소란을 피우는 것이겠지요."

항우가 그렇게 말하면서 다시 장함에게 술을 권했다. 군사를 부리는 일이라면 그 누구보다 날카롭고 재빠른 감각을 자랑하는 항우가 그렇게 나오자 장함도 마음을 놓았다. 거푸 몇 잔을 더 받고 거나해서야 자신의 군막으로 돌아가 잠이 들었다.

그사이에도 신안 남쪽 골짜기에서는 끔찍한 살육이 이어졌다. 항복한 진나라 장졸 20만이 워낙 대군인 까닭에 일방적인 도살이라 해도 그들을 모두 죽이는 것은 작은 일이 아니었다. 한편으로는 진흙 벼랑 끝 낭떠러지로 항졸들을 밀어붙이고, 다른 한편으로는 진흙 벼랑 위에서 저항하는 그들을 개돼지 잡듯 함부로 죽여도, 20만 모두를 쓸어버리기 위해서는 초나라 군사들도 모두 밤을 새워야 했다.

이윽고 날이 희붐하게 밝아 오자 마침내 골짜기 위 진흙 벼랑 위에는 초나라 군사들을 빼면 아무도 살아 움직이는 사람이 없었다. 20만 항졸 일부는 시체가 되어 골짜기 양편 진흙 벼랑 위를 덮었고, 나머지는 모두 수십 길 골짜기 바닥으로 떨어져 죽거나 신음하며 겹겹이 쌓여 있었다. 경포가 사람을 보내 항우에게 그 일을 알렸다.

"밤새 본진에 남아 푹 쉰 우리 군사들에게 삽과 괭이에다 흙을 퍼 담을 자루를 주어 그 골짜기로 보내시오. 그들로 하여금 골짜기 양편의 낭떠러지를 허물게 하면 거기 있는 항졸들을 모두 땅에 묻을 수 있을 것이오. 군사들을 재촉하여 사람들의 눈과 귀가 쏠리기 전에 자취도 남김없이 그 모두를 묻어 버리도록 하시오!"

자신의 군막에서 안 자고 기다리던 항우가 이번에는 계포를 불러 영을 내렸다. 전날에야 그 계책을 들은 계포 역시 잠을 못 이루고 있다가 그와 같은 항우의 명을 받자 들어서 아는 대로 말했다.

"벼랑 아래로 떨어진 항졸들은 태반이 아직 숨이 끊어지지 않았다고 합니다. 진흙 벼랑 위쪽에도 죽은 척 쓰러져 있다가 목숨을 구걸하는 진나라 이졸들이 많다고 하는데 그들은 어찌하면 좋겠습니까?"

"죽었건 살았건 모두 묻어 버리시오. 이미 저질러진 일이니 차라리 모조리 파묻어 깨끗이 입을 막는 수밖에 없소."

항우가 충혈된 눈으로 그렇게 말하고는 다시 잔을 들었다. 그 철석같은 심장도 20만의 목숨이 죽어 가며 울부짖는 소리에 끝내 무심할 수만은 없었음에 틀림이 없다.

군막을 나간 계포는 곧 항우가 시키는 대로 했다. 밤새 아무것도 모르고 본진에서 잘 쉰 군사 10만을 데리고 그 골짜기로 가서 경포와 포장군이 밤새 저질러 놓은 끔찍한 일을 마무리 지었다. 먼저 진흙 벼랑 위를 뒤덮듯 쓰러져 있는 항졸들부터 산 자, 죽은 자를 가리지 않고 모조리 벼랑 아래 골짜기로 쓸어 넣은 다음, 그 양편 진흙 벼랑을 허물어 또한 죽은 자와 산 자를 가리지 않고 모조리 깊숙하게 묻어 버리고 말았다.

자신이 거느렸던 장졸 20만이 밤사이 산 채로 땅에 묻혀 버린 것을 장함이 안 것은 그 이튿날 늦은 아침이었다. 간밤의 과음으로 머리가 무거워 군막 밖이 밝아도 일어나지 못하고 잠자리에서 뒤척이고 있는데 사마흔이 허옇게 질린 얼굴로 들어와 소리쳤다.

"장군 일어나십시오. 큰일 났습니다!"

"무슨 일이오?"

매사에 차분한 사마흔이 그러는 게 심상치 않아 장함이 놀라 일어나며 물었다. 사마흔이 지그시 이를 사리물며 말했다.

"신안성 남쪽 골짜기 곁에 머물고 있던 우리 군사 20만이 밤새 연기같이 사라졌습니다. 잔심부름하는 졸개 하나 남지 않았습니다!"

"그건 도대체 무슨 소리요?"

"어젯밤 소란이 아무래도 마음에 걸려 아침에 가 보니 그들이 거처하던 움막은 모두 불타고 장졸들은 하나도 보이지 않았습니다. 초나라 군사들의 말로는 경포와 포장군이 5만 군사를 이끌고 가서 잠들어 있는 그들을 모두 진흙 벼랑 끝으로 몰아붙인 뒤, 수십 길 골짜기 아래로 쓸어 내렸다고 합니다. 그리고 이 아침 다시 군사들을 이끌고 간 계포가 골짜기 양쪽 진흙 벼랑을 허물어 죽고 살고를 가리지 않고 그들을 모조리 묻어 버렸다는 것입니다."

그때 다시 동예가 뛰어들었다. 눈물을 씻고 있는 게 그도 진나라 장졸들이 모두 죽은 일을 안 것 같았다.

"도위도 그 일로 왔는가? 항복한 우리 장졸들이 밤새 모두 함몰되었다는 것……."

"그렇습니다. 장군. 정말 어찌 이럴 수가 있습니까? 20만의 죄 없는 목숨을 어찌 하룻밤 새 한 구덩이에 묻어 버릴 수가 있단 말입니까? 장군이 항복하신 것도 저들을 살리고자 하심이 아니었습니까?"

그 말에 장함도 천 길 낭떠러지로 떨어지는 느낌이 들었다. 그때까지도 항복의 욕됨을 덜어 주는 가장 큰 구실이 그들 장졸들을 살린다는 것이었다. 그런데 이제 그 구실이 없어졌으니, 남은 것은 자신의 영달밖에 없었다. 그 뒤 장함은 끝내 옛적의 기개를 되찾지 못하고 항우의 손발이 되어 구차히 살다가 비굴하게 죽어 가게 되는데, 그 시작은 그날의 아뜩한 추락의 느낌에서 비롯된 것은 아니었는지 모르겠다.

그때는 범증도 진나라 장졸들이 산 채 묻힌 골짜기를 찾아보고 후회를 되풀이하고 있는 중이었다.

'아뿔싸! 내가 인정머리 없고 식견이 짧았구나. 그 뜻을 거슬러 마음을 상하게 하는 일이 있더라도 상장군을 깨우치고 말렸어야 했다. 이제 관중으로 들어가면 저들의 부모 형제와 처자를 만날 것인데, 어떤 말로 그들을 달랠 수 있단 말이냐? 부모 형제를 다섯만 쳐도 이를 가는 백만 명의 원수가 기다리는 땅에서 어찌 쉽게 이기기를 바랄 수 있겠느냐? 아아, 무안군(武安君, 진나라 명장 백기)의 마지막 한탄이 이제는 남의 일이 아니게 되었구나……'

범증의 그런 느낌은 이내 현실이 되어 나타났다. 어두운 밤 외진 곳에서 일어난 일이고, 항우도 장졸들을 단속하였으나, 항우가 항복한 진나라 장졸 20만을 산 채 땅에 묻어 버렸다는 소문은 마른 들판에 붙은 불길처럼 재빨리 번져 갔다. 그리고 소문을 들은 진나라 군민들은 그때부터 성문을 닫아걸고 죽을 때까지 싸우며 버티었다.

항우는 이태 전 양성(襄城)에서도 끝내 항복하지 않고 버티던 군민 몇 천 명을 산 채로 묻어 버린 적이 있었다. 그 뒤 항우와 맞서게 된 성읍은 힘이 부친다 싶으면 제풀에 겁을 먹고 항복하였는데, 이번에는 거꾸로였다. 어림도 없는 군세를 가지고도 죽을 때까지 맞서 싸울 뿐 항복할 줄을 몰랐다.

항병 20만을 묻어 죽인 이른 바 '신안의 갱(坑)' 때문에 항우가 이끄는 초나라 군사들의 서진(西進)은 더욱 더뎌질 수밖에 없었다. 함곡관까지 3백 리 길밖에 안 된다고는 하나 크고 작은 성들이 적지 않았는데, 그것들을 하나하나 떨어뜨려 지키는 진나라 장졸들의 시체를 밟고 지나가야 하니, 50리 나아가는 데 사흘이요, 백 리 나아가는 데는 열흘이 걸렸다. 특히 안읍(安邑)과 섬현(陝縣)에서의 싸움은 거록에서의 피투성이 싸움을 떠올리게 할 만큼 치열했다.

원래 항우는 신안에서 바로 섬현으로 가서 그 성을 떨어뜨린 다음에 함곡관으로 치고 들 생각이었다. 그러나 세작을 풀어 사방을 살피던 범증이 가만히 항우를 찾아보고 말했다.

"섬현 북쪽에 안읍이 버티고 있어 아무래도 뒤가 걱정됩니다. 듣기로 안읍에는 부근에서 맡은 땅을 스스로 지킬 힘이 없는 진나라 장졸들이 모두 모여 그 세력이 자못 크다고 합니다. 저희끼리 부풀려 말하기로는 5만 대군입니다."

"하지만 안읍은 섬현에서 백 리 길이 넘지 않소? 먼저 섬현을 치고, 안읍이 움직이면 그때 안읍을 치면 될 것이오."

관중으로 가는 길이 뜻 같지 않아 심사가 잔뜩 틀어져 있던 항우가 퉁명스레 받았다.

"백 리 길이라지만 날랜 군사로 달려오면 하룻길에 지나지 않습니다. 거기다가 섬현 또한 군세가 만만치 않다는 소문입니다. 섬성(陝城)은 함곡관의 외곽인 셈이라 원래도 지키는 군사가 적지 않았는데, 평음, 성고와 신안에서 쫓겨 간 군사가 더해져 지금 성안에 있는 군사만도 3만이 넘는다고 합니다."

"까짓 3만쯤이야 우리 대군을 들어 들이치면 쉬 떨어뜨릴 수 있소. 안읍에서 우리 뒤를 엿볼 틈이 없을 것이오."

"반드시 그렇게 볼 수만도 없습니다. 우리 군사가 30만이라고는 하나 3만의 진군이 성안 백성들과 한 덩어리가 되어 성벽을 베고 죽기를 다짐하며 맞서 오면 며칠 안에 성을 떨어뜨리기는 어렵습니다. 그때 안읍에서 가만히 군사를 내어 우리 등 뒤를 치면 우리는 크게 위태로워집니다. 또 코앞에 함곡관이 있어 거기서 구원이라도 나오게 되면 우리는 세 갈래로 적을 맡게 됩니다. 안읍을 먼저 떨어뜨린 뒤에 섬현으로 가야 합니다."

이에 항우는 군사를 북쪽으로 돌려 안읍으로 갔다.

들은 대로 안읍의 군세는 5만 명에 가까웠다. 그것도 신안의 생매장 소문을 듣고 놀라움과 분노로 옛 진군의 투지를 되살린 대군이었다. 여기저기서 모여들어 급히 얽은 군사 같지 않게 짜임이 정연하고 사기마저 높았다.

항우는 항복을 권해 보는 법조차 없이 대군을 들어 바로 안읍성을 치게 했다. 저편도 먹은 마음이 있어 호락호락 물러나지 않았다. 성벽을 부수면 안에서 다시 쌓고 불을 지르면 물로 끄며 악착스레 맞섰다. 그리하여 닷새나 버티다가 마지막에 항우가 몸소 앞장서 성벽 위로 뛰어올라 적장 대여섯 명을 잇따라 참살(斬殺)하고서야 성을 내주었다.

"이제 섬현으로 가자!"

안읍성을 떨어뜨린 항우는 숨 돌릴 틈도 없이 군사를 섬현으로 돌렸다. 그러나 이번에도 섬현으로 바로 갈 수는 없었다. 뒤로 풀어 둔 세작이 달려와 동쪽의 급한 소식을 전했다.

"진나라의 전(前) 군수와 현령 몇이 5만 군사를 모아 낙양을 차지하고 신안을 되찾아 갔다고 합니다. 그사이 저들의 세력이 늘어 지금은 10만 대군으로 자랐는데, 곧 관중의 진군과 호응하여 생매장된 20만 동족의 원수를 갚을 것이라고 큰소리치고 있습니다.”

급한 소식은 더 있었다. 남쪽에 풀었던 세작이 뜻밖의 소문을 전했다.

“패공 유방이 무관을 넘었다고 합니다. 그 뒤 다시 요관을 깨고 관중으로 들어가 벌써 패상에 이르렀다는 소문도 있습니다.”

그 말에 항우는 오랫동안 잊고 지내다시피 한 패공 유방을 떠올렸다.

기억 속의 유방은 겉으로는 한없이 무능하고 무력해 보이지만, 속은 기이할 만큼 큰 배포와 은근하면서도 벗어나기 어려울 만큼 끈끈하게 안아 오는 힘으로 차 있던 사내였다. 거느린 세력도 크지 않고 그 자신의 군사적 재능도 이렇다 할 게 없어 무시해 오고는 있어도 항우의 마음 한구석에는 늘 어두운 그림자를 드리우고 있었다. 그런데 이제 그 소문을 듣고 나니 항우는 새삼 장대하게 부풀어 오른 유방을 느낄 수 있었다.

‘비록 1만 명도 안 되는 군사로 떠났지만 그라면 정말로 관중에 들어갈 수 있었을지도 모른다. 서두르지 않으면서도 가장 빠른 길을 이미 알고 있어, 그때 두말없이 회왕(懷王)의 명을 받들었을 것이다. 내가 관동에서 진나라의 주력을 맞아 피 튀기는 싸움을 벌이는 동안 그는 느물느물 웃어 가며 비어 있는 하남을 거둔 뒤에 방비가 약한 무관을 넘었다……. 내가 싸움에만 골몰하여 너무 오래 관동에서 우물거렸구나. 지난날 회왕은 먼저 관중에 든 사람을 관중왕으로 삼는다고 하지 않았던가. 천하 대사에는 우스갯소리가 없는 법, 자칫하면 저 시골 건달에게 관중왕 자리를 빼앗기고 말겠구나…….'

그러자 항우는 갑작스레 마음이 급해졌다. 마음 같아서는 바로 함곡관을 깨고 관중으로 짓쳐 들고 싶었지만 싸움이란 게 그렇지가 않았다. 급한 마음을 억누르며 대군을 낙양으로 몰았다.

하지만 적은 이미 항우의 강점과 약점을 고루 알고 있었다. 한때 진 제국의 관병이었던 군사답지 않게 되도록 항우와 정면으로 맞서기를 피했지만, 그렇다고 쉽게 져 주지도 않았다. 여러 갈래로 나누어 맞서다가 힘이 부치면 미련 없이 흩어져 달아나 버렸다. 그러다가 초나라 군사가 돌아서면 어디선가 뒤쫓아 와 등짝을 후려쳤다.

그 바람에 항우는 다시 열흘이나 낙양 부근에서 허비하고서야 그들이 다시 모여 자신을 뒤쫓을 수 없을 만큼 멀리 쫓아 버릴 수 있었다. 그리하여 항우가 지친 군사를 이끌고 섬현에 이르렀을 때는 벌써 겨울로 접어든 10월이었다.

그사이 섬현은 항우의 대군을 맞을 만반의 채비를 갖추고 있었다. 성벽의 두께와 높이를 더하고 성벽 위에는 통나무와 바윗덩이를 쌓아 두어 초군의 공성(攻城)에 대비했다. 또 군량과 땔감을 넉넉히 모아 오랜 농성전에도 버텨 낼 수 있도록 했다.

"들어라. 우리 초군 한 갈래는 벌써 무관을 넘어 관중으로 들었다고 한다. 여기서 더 우물거리다가는 그들에게 공을 모두 뺏기고 만다. 우리도 어서 이 성을 떨어뜨리고 함곡관을 넘어 관중으로 들어가자. 함양을 차지하고 무도한 진나라의 명줄을 끊어 놓는 일을 우리 강동 남아들의 공으로 삼자!"

항우가 그렇게 외치며 앞장서 싸움을 돋우었으나 섬성은 쉽게 떨어지지 않았다. 거기다가 성을 지키는 진나라 장수도 예사내기 가 아니었다.

"저들은 항복한 우리 군사 20만을 산 채 땅에 묻은 흉악스러 운 놈들이다. 항복해도 죽을 바에야 끝까지 싸우다 죽자. 아직도 부근에는 우리 진나라 세력이 많이 남아 있으니 우리가 잘 버티 면 머지않아 반드시 구원을 올 것이다. 더구나 새 황제께서는 나 라를 가다듬고 대군을 보내 함곡관을 지키게 하셨다고 한다. 이 곳은 함곡관의 입술 같은 곳이니, 대군이 이른 함곡관에서도 가 만히 있지는 않을 것이다. 입술이 없어지면 이가 시린 법[脣亡齒 寒], 대군을 거느리고 있으면서 어찌 우리 섬성이 깨어지는 것을 뒷짐 지고 구경만 하겠느냐?"

군민들을 모아 그렇게 기운을 북돋우니, 성안의 6만 군민들은 겁내지 않고 힘을 다해 맞섰다. 초나라 군사들이 멀리서 몰려오 면 화살 비를 퍼붓다가 성벽 아래로 다가들면 돌과 통나무를 우 박처럼 쏟아 냈다. 구름사다리를 대면 기다란 막대로 밀어내고, 갈고리 달린 밧줄을 걸면 밧줄을 잘라 버렸다.

그 바람에 항우는 닷새가 지나도 군사만 잃고 성벽 위에 한번 뛰어올라 보지도 못했다. 거기다가 계절은 북녘의 한겨울로 접어 들고 있었다. 대개가 따뜻한 강남에서 나고 자란 초나라 군사들 에게는 그 추위만도 괴롭기 짝이 없었다. 부근에는 넓고 기름진

들이 없어 형양, 성고 지방에서 날라와야 하는 군량도 날이 갈수록 달리기 시작했다.

그런데 다시 항우를 분통 터지게 하는 소식이 들려왔다.

"평양 태수가 대군을 이끌고 와 안읍을 되찾아 갔습니다. 지금은 인근의 군세를 모아 이곳 섬성을 구하러 오겠다고 큰소리치고 있다고 합니다."

정탐 나간 군사들로부터 그런 말을 들은 항우는 곧 경포를 불렀다.

"당양군은 지금 곧 군사 5만을 이끌고 안읍으로 가시오. 가서 안읍성을 되찾고, 달아나는 적을 뒤쫓아 북쪽으로 멀리 평양성까지 짓밟아 버려야 하오. 그런 다음 성벽은 허물어 버리고 우리에게 맞선 자들은 늙고 젊고를 가리지 말고 모조리 죽여 버리시오. 이미 너그러움으로 저들을 달래기는 틀렸으니, 두려움으로 억누르는 수밖에 없소. 감히 우리에게 맞서면 20만 명이 아니라 백만 명이라도 묻어 버릴 수 있음을 저들에게 똑똑히 보여 주시오!"

그리고 다시 환초와 용저를 불러 말했다.

"장군들은 각기 군사 3만을 이끌고 하남으로 내려가 남아 있는 진나라 세력을 모조리 쓸어버리도록 하라. 섬성이 이렇게 굳건히 버티는 것은 부근에 적잖게 남아 있는 저희 세력을 믿기 때문이다. 그러나 동으로 낙양에서 올 원군이 없고, 북으로 안읍 평양이 깨어진 데다, 다시 남양마저 믿을 수 없게 된다면 성안의 적들도 마음이 바뀔 것이다!"

그래 놓고 자신은 남은 군사로 섬성을 에워싸고만 있으니, 거기서 다시 여러 날이 허비되었다.

석 줄만 남은 법

　　10월도 중순을 넘어서면서 패상(覇上)의 추위는 부쩍 매서워
졌다. 위수(渭水)와 패수(覇水)가 합쳐지는 곳에서 멀지 않은 벌
판의 밤하늘은 그새 10만 명으로 부풀어 오른 패공 유방의 군사
들이 피운 화톳불로 벌겠다. 함양에서 보낸 정탐꾼들은 멀리 위
수 가에서 그것만 보고도 겁을 먹고 돌아선다는 풍문이 돌 정도
였다.

　　병사들이 피운 화톳불을 퍼 담아 온 청동화로로 훈훈해진 군
막 안에서 패공 유방과 장량이 머리를 맞대고 수군대고 있었다.
매사에 느긋하고 서두는 법이 없는 패공이 그날따라 얼굴에 초
조한 빛까지 띠며 가라앉은 목소리로 물었다.

　　"자방(子房), 아직도 함양에선 아무런 소식이 없소?"

무관과 요관을 깨뜨리고 괴산을 넘은 패공의 군사들이 다시 남전 남북에서 두 번이나 격전을 치르고 패상에 이른 지 벌써 한 달이었다. 그동안 패공은 장량의 말을 따라 급하게 함양으로 쳐들어가는 대신 멀리서 에워싼 형국으로 함양을 압박하며 기다리는 쪽을 계책으로 삼았다. 패상 북쪽 벌판에 진을 치고 군사들을 쉬게 하는 한편 기마대와 발 빠른 보졸들을 흩어 대군이 에워싼 듯 함양성 밖 이곳저곳을 휘젓고 다니게 했다.

그러자 관중의 백성들까지도 진나라가 곧 망할 것이라 여기고 패공의 진채로 몰려들어 남전에서 겨우 5만 명을 넘긴 군사는 그사이 배로 불어났다. 또 함양 동쪽으로 신풍, 홍문 같은 고을뿐만 아니라 서쪽 백여 리 되는 폐구에까지 초나라 깃발을 앞세운 군사를 보내자, 인근 진나라 군현을 맡고 있던 벼슬아치들까지도 패공에게 항복해 왔다. 하지만 함양의 진나라 조정으로부터는 아직도 아무런 소식이 없었다.

기다리다 못한 패공은 마침내 진왕(秦王) 자영(子嬰)에게 스스로 항복을 권하는 사자를 보내기로 했다. 패공 밑에서 일하는 진나라 출신 가운데 말 잘하는 사람을 골라 함양성 안으로 들여보냈다. 그게 사흘 전의 일이었는데, 패공은 지금 그 뒤의 소식을 묻는 중이었다.

"예, 아직은 아무런 대답이 없습니다. 함양 조정은 그저 성문을 굳게 닫아걸고 조용히 살피기만 하고 있습니다. 그러나 오래가지는 못할 것입니다."

그렇게 대답하는 장량의 말투에는 은연중에 자신감이 배어 있었으나, 패공의 표정은 밝아지지 않았다. 오히려 한층 뚜렷하게 걱정을 드러내며 다시 물었다.

"혹시 우리가 공연히 시간을 끌어 저들에게 스스로를 추스를 틈만 준 것은 아니오?"

"그렇지 않습니다. 항우가 대군을 거느리고 관동에 버티고 있는 한 동쪽에서 구원을 올 군사는 없습니다. 또 장함을 보낼 때도 죄수와 역도(役徒)들을 긁어모아 보냈을 만큼 관중에도 군사로 뽑아 쓸 사람은 남아 있지 않습니다. 거기다가 벌써 한 달 가까이나 우리 군사들이 사방에서 함양에 압박을 주고 있으니, 진왕 자영은 머지않아 스스로 항복해 올 것입니다."

무엇을 믿는지 장량은 여전히 자신 있게 말했다. 그러자 패공의 얼굴도 조금 펴졌다. 하지만 마음이 아주 놓이지는 않는지 장량을 가만히 바라보며 조심스레 물었다.

"자방이 그렇게 말하니 믿지 않을 수 없지만 왠지 불길하구려. 이제쯤이면 불시에 군사를 내어 함양을 바로 들이쳐 보는 것도 한 방책이 되지 않겠소?"

그런데 장량이 무어라 대답하기도 전에 갑자기 군막 밖이 수런거리더니 노관이 상기된 얼굴로 뛰어 들어왔다.

"패공, 왔습니다. 드디어 함양에서 밀사가 왔습니다."

"함양에서 밀사가 왔다고?"

은근히 애태우며 기다렸지만 막상 오고 나니 얼른 믿기지 않아 패공이 되물었다.

"그렇습니다. 진왕 자영이 보낸 사자라고 합니다. 우리가 함양성 안으로 들여보냈던 사람과 함께 왔습니다."

대답하는 노관의 목소리는 적잖이 들떠 있었다. 노관도 패공이
나 장량처럼 함양에서 오는 사자를 애타게 기다려 왔음에 틀림
없었다. 그제야 패공이 재촉하듯 말했다.

"사자를 이리로 들게 하라!"

그 말에 노관이 군막을 나가 밖에서 기다리던 사자를 불러들
였다.

"저는 진의 중대부령(中大夫令) 석창(石彰)입니다. 우리 대왕의
명을 받들어 장군을 뵈오러 왔습니다."

사자가 패공에게 머리를 조아리며 자신을 밝혔으나 왕명을 받
고 온 벼슬아치답지 않게 후줄그레한 유민의 복색이었다. 그게
이상한지 패공이 물었다.

"그대가 진정으로 진왕이 보낸 사자라면 그 복색은 무엇이며,
굳이 이 야심한 밤을 기다려 나를 찾아온 까닭은 무엇인가?"

"이제 우리 진나라는 기운이 막히고 힘이 다해 더는 버티려야
버틸 수도 없게 되었습니다. 게다가 장군께서 입관(入關)하신 지
한 달, 가는 곳마다 병사들을 엄히 단속해 함부로 백성들을 죽이
거나 그 재물을 빼앗지 못하게 하셨을 뿐만 아니라, 놀란 백성들
의 마음을 어루만져 주기까지 하셨습니다. 패상에 진인(眞人)이
이르렀다는 말이 실로 헛소문이 아니었습니다. 이에 우리 대왕께
서는 장군께 항복하기로 마음을 정하시고 저를 사자로 보내셨습
니다. 하지만 우리 진나라가 망했다고 해도 사람이 아주 없어진
것은 아닙니다. 욕되게 항복하여 살기보다는 함양성을 의지해 끝

까지 싸우다가 성벽을 베고 죽자는 열사 또한 적지 않습니다. 드러내 놓고 항복을 의논하다가는 어떤 일을 당할지 몰라 먼저 이렇게 떠도는 피난민처럼 꾸미고 오게 되었습니다."

간절히 바라던 일이었지만 막상 진왕이 보낸 사자로부터 그런 말을 듣자 패공은 얼른 믿을 수가 없었다. 패공의 머릿속에는 아직도 젊은 시절 막일꾼으로 끌려와 듣고 보았던 그 함양이 남아 있었다. 천하를 하나로 아우른 제국의 도성, 만대를 이어 갈 황제의 영광과 위엄이 찬연히 서려 있는 곳. 그런데 그 함양과 황제가 이렇다 할 싸움 한번 없이 스스로 항복해 오겠다는 것이 아닌가.

"대왕께서 그리 결심하셨다니 천하를 위해 실로 다행이오. 하지만 사자를 미리 보낸 것은 반드시 내게 먼저 얻고자 하는 것이 있어서였을 것이오. 그래, 논의하러 온 일은 무엇이오?"

패공이 반가우면서도 못 미더운 마음에 속을 드러내놓고 물었다. 그때 곁에서 말없이 사자를 살피고 있던 장량이 끼어들었다.

"진왕이 패공께 항복한다는 것은 죽이고 살리고, 주고 뺏고를 모두 패공께 맡긴다는 뜻입니다. 그런데 무얼 따로 논의한다는 말입니까?"

"그렇습니다. 도끼가 이 정수리에 떨어져도 조용히 받아야 하는 것이 항복한 무리의 처지입니다. 다만 함양에는 아직도 한사코 항복을 마다하는 것들이 있어, 우리 대왕의 행차를 가로막거나 불측한 일을 꾀할까 봐 미리 시일을 알려 드리려 하는 것뿐입니다. 또 패공께서도 이 일을 알고 계시지 않으면 장졸들의 오해로 뜻 아니한 변괴가 일어날 수도 있습니다."

함양에서 온 사자가 얼른 그렇게 말해 날카로워진 장량의 감정을 달랬다. 그래도 장량의 굳은 얼굴은 풀리지 않았다.

"허나 항복의 예를 잊어서는 아니 될 것이오. 더욱이 이 항복은 장수와 장수 사이의 일이 아니라, 임금이 나라를 들어 바치는 것이니 그 법식 또한 엄중하지 않을 수 없소."

다짐받듯 그렇게 말하는 장량의 목소리에는 야릇한 떨림 같은 것이 있었다. 패공도 그런 장량의 별난 감회를 알 듯했다.

'저 사람이 아직도 옛 조국 한(韓)나라를 잊지 못하고 있구나. 시황제의 군대가 한나라를 멸망시키던 날의 기억 때문에 저 사람이 갑자기 변한 것 같다. 장수로 부리기에는 지나치게 부드럽고 너그럽다고 여겨지던 성품이 그날의 원한으로 저렇듯 모질고 차가워졌구나.'

패공은 속으로 그렇게 헤아리면서도 내색 없이 사자의 말을 받았다.

"그렇다면 진왕은 언제 항복해 온다고 했소?"

"우리 대왕께서는 이틀 뒤 열아흐렛날 묘시(아침 여섯 시 무렵)에 일어나 목욕재계하고, 진시(아침 여덟 시 무렵)에 궁궐을 떠나, 사시(아침 열 시 무렵)에 위수를 건널 작정이십니다. 이곳 패상에 이르기는 신시(오후 네 시)가 지나야 될 것입니다."

"알았소. 군사 한 갈래를 위수 남쪽으로 보내 기다리게 하다가 진왕의 행차가 이르면 호위토록 하겠소. 나는 미시(오후 두 시 무렵)에 지도정(軹道亭)으로 나가 기다릴 것이오. 아울러 진왕께 우리 자방 선생의 뜻도 어김없이 전하시오."

지도정이라면 패상에서 동북쪽으로 몇 십 리 올라가 있는 정(亭)이었다. 패공이 그곳까지 진왕을 마중 나간다는 것은 그만큼 그 항복을 무겁고 귀하게 여긴다는 뜻이 되어 장량이 살포시 이마를 찌푸렸으나, 패공은 못 본 척 말하고 사자를 돌려보냈다. 사자는 밤길을 되짚어 함양으로 돌아갔다.

이틀 뒤 패공은 관영에게 5백 기를 주어 위수 나루 남쪽에서 진왕 자영을 기다리게 했다. 사자가 말한 대로 자영은 사시 무렵하여 위수를 건넜다.

머리를 풀어 내린 자영은 흰옷 차림에 수대(綬帶)를 목에 감고 흰말이 끄는 하얀 수레를 타고 있었다. 수대는 패옥(佩玉)이나 패인(佩印)을 매다는 띠인데, 그걸 목에 감았다는 것은 스스로 목매는 시늉으로, 죽고 사는 것을 모두 처분에 맡긴다는 뜻이었다. 달포 전에 옥관(玉冠)을 쓰고 화불(華紱, 옥새를 매다는 띠)을 허리에 두른 채, 누른 비단 덮개를 한 천자의 수레에 올라 칠묘(七廟)를 배알하던 위엄은 어디에서도 찾아볼 수 없었다.

자영을 따르는 무리도 마찬가지였다. 바위도 뚫고 지나간다던 대진(大秦)의 수십만 밀집보갑대(密集步甲隊)는 다 어디 가고 늙고 쇠약한 병졸 몇 십 명이 수레를 에워싸고 있을 뿐이었다. 한때는 아방궁의 드넓은 대전을 가득 메울 정도였다는 조신(朝臣)들도 모두 흩어져 자영을 따르는 것은 몇 안 되었다.

기장(騎將)으로 한번 싸움터에 나서면 물불 안 가리고 매섭게 내닫는 관영이었으나, 그처럼 초라한 진왕 자영의 행차를 보자 숙연해졌다. 이긴 쪽의 위세를 애써 감추며 자영을 호위해 패상으로 갔다. 하지만 행차는 굳이 패상까지 먼 길을 가지 않아도 되었다.

관영이 떠나올 때 들은 대로 패공 유방은 그사이 지도정까지 나와 정사(亭舍) 옆에서 장막을 치고 기다리고 있었다. 지도정에 이른 자영은 수레에서 내려 패공 앞에 무릎을 꿇고 머리를 조아렸다. 패공이 손을 저어 말려도 세 번 절하고 아홉 번 머리를 조아린[三拜九叩] 뒤에 따라온 수레에서 봉함된 상자 둘을 내리게 해 패공에게 바치며 말했다.

"한 상자에는 천자의 옥새가 들어 있고 다른 하나에는 부절(符節)이 들어 있습니다. 진나라뿐만 아니라 진나라가 맡아 다스리던 천하를 들어 장군께 항복한다는 뜻으로 이 둘을 아울러 바칩니다."

천자의 옥새는 황제행새(皇帝行璽), 황제지새(皇帝之璽), 황제신새(皇帝信璽)와 천자행새(天子行璽), 천자지새(天子之璽), 천자신새(天子信璽) 여섯 가지가 있는데 각기 쓰임이 달랐다. 거기다가 진나라에는 흔히 전국옥새(傳國玉璽)라고 부르는 시황제남전옥새(始皇帝藍田玉璽)가 있어 모두 일곱 가지였다. 이른바 '천자칠새(天子七璽)'로서 모두 크고 이름난 옥을 깎아 새긴 것이라 한곳에 모으면 어지간한 상자 하나를 채울 만했다.

부(符)는 특히 군사를 낼 때 장수에게 내리는 발병부(發兵符)를 말하는데 병권을 상징한다. 갈라 주는 군사의 규모나 성격에 따라 여러 가지가 있었다. 또 절(節)은 신표(信標)로 나눠진 두 조각을 맞춰 봄으로써 서로가 믿을 수 있음을 증명해 주는 물건이었다. 사신으로 갈 때나 호령(號令)과 상벌(賞罰)의 시행 등 용도에 따라 또한 여러 가지가 있었다.

자영이 옥새와 부절을 모두 패공에게 넘긴다는 것은 진나라가 다스리던 천하를 패공에게 넘긴다는 것을 의미했다. 마땅히 그래야 하고, 또 은근히 바라 온 일이었으나 패공은 선뜻 그 옥새와 부절을 거두어들일 수가 없었다.

어려서부터 패공은 자신을 교룡(蛟龍)의 자식이니 적제(赤帝)의 아들이니 하며 스스로 높여 왔다. 하지만 어느 시기까지는 그 자신도 별로 믿지 않는 허풍이거나, 터무니없는 자존망대에 지나지 않았다. 까닭 없이 저잣거리 건달들과 시골 현리들이 그 밑으로 꾀어들고, 여공(呂公) 같은 사람이 관상을 핑계로 딸을 바치다시피 하며 사위로 삼을 때도, 속으로는 어수룩한 것들을 한판 잘 속였다는 느낌이 더 많았다.

그러다가 역도들의 우러름을 받아 한 무리의 우두머리가 되고, 다시 패현 사람들의 추대로 현령 노릇까지 하게 되면서 조금씩 느낌이 달라졌다. 하늘이 무언가 자신에게 예사롭지 않은 일을 맡기려 한다는 막연한 예감이 차츰 구체적인 조짐으로 실감되기 시작했다. 하지만 그때조차도 그게 바로 제왕의 길이라고는 감히 생각하지 못했다.

그 뒤 항량(項梁) 밑에 들어 초나라의 별장(別將)으로 이리저리 떠돌면서 제법 큰 세력을 거느리게 되었을 때도 마찬가지였다.

당장 천하라도 얻을 것처럼 허풍을 쳤지만, 자신은 여전히 그걸 믿지 않았다. 나를 따르면 재수가 좋다, 또는 나중에 뭔가 큰 게 얻어걸릴 것이다, 정도로 자기의 예사 아닌 행운을 강조함으로써 보다 많은 무리가 따르도록 하고자 어린 날부터 가꾸고 키워 온 상징과 신화를 활용해 왔을 뿐이었다.

패공이 무관을 넘어 관중으로 들어온 뒤로 많은 것이 달라지기는 했다. 먼저 관중을 차지하는 장수를 관중왕으로 삼겠다는 회왕의 약조가 실감되고, 주문(周文) 이후 두 번째로 진나라의 심장부를 들이치는 초나라 장수라는 자부심도 야심의 규모를 키웠다. 그러나 선뜻 천하를 받아들일 수 있을 만큼은 아니었다.

"나는 우리 대왕(회왕)의 명을 받들어 관중으로 들어온 한낱 장수에 지나지 않소. 옥새와 부절은 내가 받을 수 없으니, 잠시 맡아 두었다가 우리 대왕께 전하도록 하겠소."

패공은 그렇게 말하면서 봉함조차 뜯어보지 않고 옥새와 부절을 모두 군영 깊숙한 곳에 잘 간직하게 했다. 그리고 진왕 자영을 조용한 곳으로 보내 쉬게 하려는데 한 부장이 분연히 소리쳤다.

"자영은 창칼로 천하를 하나로 아울러 그 만백성을 학대한 시황제의 핏줄이요, 육국의 사직을 차례로 짓밟아 우리에게 나라 없는 설움을 겪게 한 진나라의 왕입니다. 마땅히 죽여 부조(父祖)의 한을 풀고, 또한 뒷날의 본보기로 삼아야 합니다!"

거기까지 오는 동안 치러야 했던 어렵고 힘든 싸움에 감정이 격해진 듯했다. 패공이 무겁게 고개를 가로저었다.

"처음 회왕께서 나를 먼저 관중으로 보내신 것은 내가 폭정에

시달린 진나라 백성에게 관용을 베풀 수 있으리라 믿으신 까닭
이었소. 진왕은 나라를 들어 우리 초나라에 항복하였으니 이제는
왕도 아니고 우리의 원수도 아니오. 너그럽게 싸안아야 할 한낱
힘없는 백성일 뿐이외다. 거기다가 진왕은 또 천명을 알고 스스
로 항복해 온 사람이오. 이미 항복해 온 사람을 죽이는 것은 결
코 상서로운 일이 될 수 없소. 우리 대왕께서 이곳으로 납시어
처분하실 때까지 누구도 진왕을 해쳐서는 아니 되오!"

그러면서 자영을 관리에게 맡겨 보살피고 지키게 했다. 평소의
너그러움만으로는 다 설명할 수 없는 일처리였다. 어쩌면 진왕
자영의 항복을 받는 사이에 받은 어떤 자극이 패공의 정치적 식
견과 품격을 한 단계 높이 끌어올렸는지도 모를 일이었다.

다음 날 대군을 이끌고 함양으로 들어갈 때도 패공은 한결 성
숙된 면모를 보여 주었다.

전에도 패공이 이끄는 군사들은 다른 유민군에 비해 백성들을
함부로 죽이거나 재물을 빼앗는 일이 적었다. 그러나 패공의 부
드럽고 느긋한 성격에서 비롯된 정도의 차이일 뿐, 그게 반드시
패공의 군사들만 가지는 특징은 아니었다. 그러나 관중으로 들어
오면서 많은 것이 달라졌다.

회왕이 항우를 제쳐 놓고 자신을 먼저 관중에 들게 한 것은 자
신이 관대하기 때문이라고 전해 들은 패공은 어째서 회왕이 그
렇게 생각하게 되었는지를 곰곰이 짚어 보았다. 그리고 그게 자
신이 이끄는 무리의 행실에서 비롯된 것이라 짐작하게 되면서

그때부터는 의식적으로 장졸을 단속하게 되었다. 관중이 적지가 되는 진나라 땅이라는 점도 그런 전략적인 배려를 강화하지 않을 수 없게 했다.

그러다가 드디어 함양에 입성하면서 패공의 정치적 감각은 더욱 원숙해졌다. 패공은 그 어느 때보다 엄하게 장졸을 단속하여 터럭만큼도 백성들에게 해를 끼치지 못하게 했다. 자신도 이전과는 달리 힘 있는 장수보다는 너그러운 장자(長者) 같은 인상을 주도록 꾸몄다.

패공은 갑주와 투구 대신 수수한 문관의 옷에, 뒷날 '유씨관(劉氏冠)'이라 불리게 된 죽피관(竹皮冠)을 썼다. 전에 사상에서 정장 노릇을 할 때 구도를 설현까지 보내 구해 온 대나무 껍질로 손수 짠 관이었다. 그리고 덜렁 장검 한 자루만 찬 채 살찐 구렁말에 올라 장수들을 거느리고 함양성 안으로 들어갔다.

오래 진나라의 엄한 법과 번거로운 격식에 시달리던 함양의 관민들은 그런 패공의 부드러우면서도 넉넉한 풍채에 가슴을 쓸었다. 거기다가 군사들까지 한 치의 흐트러짐 없이 줄지어 뒤따르니, 진인(眞人)이 천병(天兵)을 거느리고 세상을 구하러 왔다는 소문이 거짓이 아님을 눈으로 확인하는 느낌이었다.

하지만 함양이 절로 안겨 오듯 성문을 열어 초나라 군사를 맞아들이고, 성안에도 아무 맞서는 세력이 없다는 게 알려지자 패공의 장졸들도 전과 같지 않았다. 백성들을 해치지는 않았지만, 재물에 대한 욕심만은 거침없이 드러냈다. 특히 장수들은 다투어 궁궐과 부호들의 창고로 달려가 그 안에 들어 있는 금은과 비단을 나누어 차지했다.

하지만 소하만은 달랐다. 패현에서 유방이 처음 몸을 일으킬 때와는 달리, 지난 2년 동안 거친 전장을 헤쳐 오느라 그랬는지 소하가 여럿에게 드러날 일은 별로 없었다. 언제나 그림자처럼 조용히 군막 깊숙이 앉아 군사가 늘어나고 줄어듦을 헤아리며 거기에 맞춰 곡식과 물자를 대는 일에만 골몰하던 소하였다. 그런데 함양에 들자마자 군사 여남은 명을 불러 말했다.

"나는 이제 승상부로 갈 것이다. 너희들은 빈 수레 몇 대를 구해 나를 따르라."

그 말에 군사들은 소하가 승상부의 재물을 털려 하는 줄 알았다. 자기들에게도 한몫이 돌아올 것이라 지레짐작하고 좋아라 하며 따라나섰다.

그런데 승상부에 따라가서 보니 그게 아니었다. 소하는 재물이 들어 있는 창고는 한번 쳐다보지도 않고 도판(圖版)과 문서가 들어 있는 창고만 찾았다. 그리고 그 창고를 찾자 목소리를 엄하게 해 군사들을 재촉했다.

"여기 들어 있는 도판과 문서, 장부는 하나도 남김없이 수레에 실어라. 천하를 위해 요긴한 일이니 결코 소홀히 해서는 아니된다."

군사들이 통통 부은 얼굴로 창고에 든 것들을 여러 대의 수레에 옮겨 싣자 소하는 뒤도 돌아보지 않고 자신의 군막으로 돌아왔다. 그리고 나중 관중에 자리 잡을 때까지 그 어떤 보물보다 더 귀하게 그 문서와 서류들을 갈무리하고 지켜 냈다.

뒷날 패공은 그 누구보다 천하 각처의 형세와 득실에 대해 잘 알아 항우와의 쟁패에서 유리한 위치를 차지할 수 있었는데, 그 지식은 모두 소하에게서 나온 것이었다. 소하는 홀로 있을 때마다 승상부에서 얻은 도판과 문서들을 꼼꼼히 읽어 머릿속에 가지런히 새겨 두었다. 성루(城壘)와 관애(關隘)는 어디에 어떤 높이와 두께로 서 있으며, 백성들은 어디에 얼마 만한 머릿수가 모여 사는지, 들판은 어디가 기름지고 어디가 메마르며 산과 물은 어디가 험하고 어디가 순한지를 소하보다 더 잘 아는 이는 아무도 없었다.

한편 함양으로 든 패공은 먼저 이세황제가 마지막까지 거처했던 망이궁(望夷宮)으로 가 보았다. 그때 재물에 한눈팔지 않고 패공을 따르고 있는 장수는 몇 명 안 되었다.

멀리 궁궐을 바라보면서 패공 유방은 오래 잊고 있었던 옛일을 떠올려 보았다. 20여 년 전 한 역도로 끌려와 모질고 고단하게 부림을 당할 때였다. 하루는 시황제의 행차를 구경하게 되었는데, 그때 그 위엄과 영화에 감탄한 패공은 자신도 모르게 중얼거렸다.

"아, 대장부란 마땅히 저래야 하는데!"

그런데 이제 자신은 진나라의 항복을 받아 낸 장수로서 그 시황제가 거처하던 궁궐로 들어가고 있는 중이었다.

"번쾌야, 너는 우리가 이곳 함양으로 끌려와 일하던 때를 기억하느냐?"

패공이 곁에 있는 번쾌에게 불쑥 물었다. 옛적 패공이 함양에 끌려왔을 때 노관도 번쾌와 함께 패공을 따라와서 일했다. 그러나 재물을 밝히는 노관은 다른 장수들과 성안 부호들의 재물 창고를 털러 가고 없었다. 장수로는 번쾌만 큰 칼을 차고 패공을 지키며 남아 있었다.

패공이 오대부(五大夫)란 작위나 현성군(賢成君)이란 봉호를 두고 굳이 번쾌의 이름을 부른 것은 그만큼 감회에 젖었다는 뜻이기도 했다. 그러나 번쾌의 대꾸는 무덤덤하기만 했다.

"제가 아무리 미욱하기로서니 그때 일을 모두 잊기야 했겠습니까?"

그러면서 멀뚱히 패공을 바라볼 뿐이었다. 무딘 듯하면서도 흔들림 없는 번쾌의 말투가 패공을 지나친 감회에서 끌어냈다.

"그렇다면 그때 내가 탄식하던 말도 기억하겠구나."

입으로는 옛일을 되씹고 있어도, 눈은 이미 번쾌의 얼굴을 유심히 살피고 있었다. 무엇 때문인지 이번에는 번쾌의 얼굴에 희미하게나마 감회가 어렸다.

"기억하지요. 그래서 우리가 지금 이렇게 돌아온 거 아니겠습니까?"

그런 번쾌의 말에 패공은 찬바람이라도 맞은 사람처럼 정신이 번쩍 들었다.

"그 때문에 우리가 왔다? 그럼 너는 정말로 그때 내가 그렇게 되려 한다고 믿었느냐?"

"그래서 한평생 형님을 따라다니지 않았습니까?"

"관동에는 초, 제, 조, 연, 한, 위 여섯 왕이 다시 서고, 그 밖에도 사해팔방에 숱한 호걸들이 군사를 일으켜 땅을 나누고 있다. 거기다가 장함의 30만 대군을 결딴낸 항우가 다시 50만 대군을 이끌고 이리로 오고 있는데 이곳에 이를 즈음이면 백만 명도 넘을 것이다. 왕공의 후예도 못 되는 터에, 이리저리 긁어모은 잡병조차 10만 명을 채우지 못한 내가 무슨 수로 그들을 제치고 시황제가 누리던 것을 감히 넘볼 수 있단 말이냐?"

그러자 번쾌의 얼굴이 조금 어두워지는가 싶더니, 이내 원래로 돌아가 씩씩하게 받았다.

"그러니 그들보다 몇 배는 더 삼가고 애써야지요."

그런 번쾌의 말투에는 단순한 믿음을 넘어 정히 안 되면 그렇게 되게 하리라는 결연한 의지 같은 것까지 엿보였다.

패공과 번쾌가 그렇게 주고받는 사이 먼저 간 군사들이 궁궐문을 활짝 열어젖혔다. 패공이 안으로 들어가면서 보니 위령이니 복야니 낭중이니 하는 벼슬아치들은 다 어디로 달아났는지 아무도 보이지 않았다. 그저 늙고 힘없는 병졸 몇이 남아 궁문을 지키다가 패공의 군사들에게 한곳으로 밀려나 눈치만 흘금거리며 살피고 있었다.

궁궐 안도 사정은 비슷했다. 높은 관을 쓰고 패옥을 늘어뜨린 채 궁궐 안을 활보하던 조정 대신들은 다 어디 갔는지, 눈치 보는 재주만 남은 늙은 환관과 궁녀들만 전각 이 구석, 저 구석에 웅크리고 숨어 세상 돌아가는 형편을 살피고 있었다.

패공은 장졸들을 거느리고 전각과 궁실들을 차례로 돌아보았다. 궁궐 밖에서 시황제의 행차가 보여 주는 위엄과 영화는 본 적이 있지만 궁궐 안의 호사와 부귀를 보기는 또 처음이었다. 여기저기 늘어뜨린 휘장은 모두가 번쩍이는 비단이요, 구석구석 놓인 집기와 장식들은 하나만 집어가도 천금과 바꿀 만한 보물들이었다.

전각과 궁실 사이를 옮겨 가는 동안에도 패공의 물욕을 자극하는 것들은 많았다. 마구간에는 한 마리 한 마리가 다 명마라 할 만한 크고 건장한 말들이 들어차 있었고, 또 다른 우리에는 좋은 사냥개들이 방금이라도 사냥 떠날 채비를 하고 기다리는 듯했다. 모두 건달 시절의 패공이 부러워하며 가지고 싶어 하던 것들이었다.

그러나 무엇보다도 패공의 가슴을 설레게 한 것은 궁궐 여기저기서 마주치는 여인들이었다. 이세황제가 죽고 공자 자영이 새 왕으로 들어선 일이며, 다시 실권자인 조고의 삼족이 몰살당하고, 초나라 군사가 함양을 에워싼 게 모두 지난 석 달 안에 일어난 일이었다. 눈치 빠르고 잽싼 궁녀 몇은 궁궐을 빠져나가기도 했지만, 나머지 궁녀들은 거의 모두가 어찌할 바를 몰라 하며 궁궐 안에 그대로 남아 있었다.

출생 신화가 암시하는 핏줄의 분방함 때문인지 패공의 호색은 이미 널리 알려져 있었다. 건달로 저잣거리를 떠돌던 시절부터 한 무리의 우두머리가 되어 군사를 이끌고 이리저리 흘러 다니는 동안에도 여자들과 즐기는 데 아무런 거리낌이 없었다. 방금도 패공의 군막에는 잠자리를 시중들 여자들이 서넛 들어 있었다.

하지만 한 푼 없는 건달로 저잣거리를 떠돌 때뿐만 아니라, 수만 명의 군사를 거느린 그때까지도 패공의 품에 드는 여자들이란 게 뻔했다. 저잣거리의 값싼 창기가 아니면 난리를 만나 생계를 잃고 몸을 팔아 살게 된 유민의 아내나 딸이었다. 거기다가이때나 저때나 늘 여색에 허기진 듯 지내 온 패공도 찬밥 더운밥을 가릴 처지가 못 되었다.

그런 패공의 눈에 궁궐 안에서 잘 먹고 잘 입고 잘 다듬은 궁녀들은 하나같이 하늘에서 내려온 선녀 같았다. 보는 눈만 없으면 모두 한 방에 몰아넣고 한바탕 흐드러진 방사(房事)나 벌였으면 싶었다. 특히 궁궐 후원의 한 전각에서 만난 한 무리의 어린 궁녀들은 패공의 가슴을 설레게 하다 못해 눈앞이 아뜩한 느낌까지 주었다.

그날 늦게 패공이 무심코 군사들을 시켜 어떤 전각의 방문 하나를 열게 했을 때였다. 패공은 그곳에 몰려 오들오들 떨고 있는 앳된 궁녀 여남은 명을 보고 잠시 숨이 막혀 허덕대다가 겨우 목소리를 가다듬어 물었다.

"너희들은 누구냐? 어찌해서 여기 이렇게 몰려 있느냐?"

그러자 그들 가운데 섞여 있던 나이 든 궁녀 하나가 나서 겁먹은 목소리로 대답했다.

"여기 이 아이들은 여섯 달 전 조(趙) 승상의 명으로 이세황제를 위해 전국 각처에서 골라 뽑아 온 미녀들입니다. 저희들이 맡아 가르치고 있는데, 갑자기 이세황제께서 돌아가시고, 조 승상도 죽어 지금 어찌할 바를 몰라 하며 그냥 데리고 있습니다. 자영 공자께서 진왕에 오르셨으나 이 일에 관해서는 달리 하명이 없었던 데다, 이제 다시 초나라에 항복을 하셨다니 저희들은 더욱 어찌할 바를 모르겠습니다. 그저 하루빨리 천하의 새 주인께서 이곳에 이르시기만을 기다리고 있을 뿐입니다."

늙은 궁녀의 그와 같은 말에 패공 유방의 가슴이 다시 두근거리기 시작했다. 마음 깊은 곳에서 꿈틀거리고는 있어도 아직은 다분히 추상적인 야망이 문득 실감으로 손에 잡힐 듯 다가왔다.

'내가 바로 그 새 주인이고 싶다. 새 주인이 되어 너희 모두를 거둬들이고 싶다. 그 옛날 한낱 역도에 지나지 않았던 내가 시황제의 행차를 보고 부러워하며 감히 얻고자 했던 것들 중에는 틀림없이 너희들도 들어 있었다……'

그러면서 한 번 더 젊은 궁녀들을 살피고 있는데, 갑자기 구름을 걷고 나타난 달처럼 환하면서도 처연한 자태로 패공의 눈길을 끄는 소녀가 있었다. 열예닐곱이나 되었을까? 이제 막 피어나는 얼굴은 그대로 한 떨기 이슬을 머금은 부용 같았다. 여윈 듯하면서도 호리호리한 그 자태처럼이나, 너무 아름다워 오히려 쓸쓸하고 슬퍼 보이는 얼굴이었다.

"저 아이는 누구냐? 어디서 왔으며 지금 무얼 하느냐?"

패공이 까닭 모르게 가빠 오는 숨결을 억지로 고르며 다시 늙은 궁녀에게 물었다. 늙은 궁녀가 패공이 턱짓하는 쪽을 흘깃 보고는 말했다.

"음릉 땅의 호족 우자기(虞子期)의 딸입니다. 우희(虞姬)로 부르는데, 다른 아이들과 마찬가지로 아직은 궁궐의 예법과 아울러 시문, 가무를 익히고 있습니다."

"으흠, 곱구나. 이세황제가 살아서 너를 보지 못한 게 다행이로구나."

패공이 불쑥 그렇게 말해 놓고 보니 너무 속을 드러내 보인 것 같아 겸연쩍었다. 얼른 말투를 엄숙하게 바꾸어 모두에게 말했다.

"이제 우리가 왔으니 모두 걱정 말거라. 내 관중왕이 되어 이 함양을 물려받으면 너희를 잘 보살펴 주리라."

그리고 방을 나오기 바쁘게 번쾌에게 말했다.

"현성군은 전각 한 채를 비우게 하여 내가 묵을 곳을 마련케 하라. 이제부터 나는 이 궁궐에 묵을 것이다."

"형님, 그 무슨 말씀이슈? 형님이 어찌하여 진나라 궁궐을 차지하신단 말이오?"

놀란 번쾌가 평소에는 깍듯이 차리던 상하의 예절도 잊고 옛날 건달 시절처럼 소리쳤다. 그러나 패공은 무엇에 씐 사람처럼 제 흥에 겨워 호기롭게 말했다.

"장군은 잊었는가? 회왕께서는 먼저 관중으로 들어가는 사람을 관중왕으로 삼기로 여럿 앞에서 약조하셨다. 나는 가장 먼저 관중으로 들어왔을뿐더러, 진왕 자영으로부터 항복까지 받아 냈다. 그런데 내가 관중왕이 못 되면 누가 된단 말인가? 그러면 마땅히 내가 차지하게 될 이 궁궐에 며칠 미리 묵는다 하여 아니 될 게 무엇이란 말인가?"

"패공께서는 장차 천하를 얻고자 하십니까? 아니면 부가옹(富

家翁)이 되어 넉넉하고 편안히 살기만을 바라십니까? 무릇 저와 같이 사치하고 사람의 눈을 홀리는 것들이 모두 진나라가 망한 까닭이 되었습니다. 그런 것들이 도무지 패공께 무슨 소용이 있겠습니까? 바라건대 패공께서는 어서 패상으로 물러나도록 하십시오. 진정으로 천하를 얻으시려면 결코 궁궐 안에 머무셔서는 아니 됩니다."

번쾌가 다시 상하의 예법을 되찾아 말리고 나섰다. 그래도 패공 유방은 들은 척하지 않았다. 여전히 무엇에 홀린 사람처럼 자신의 뜻만 호기롭게 우겨 댔다.

"참으로 알 수 없는 일이다. 장차 주인 될 사람이 제 집 될 곳에 묵겠다는데 왜 아니 된다는 것인가?"

"재물을 탐내고 진기한 보물을 아끼면 큰 뜻을 상하며, 사치하고 여색에 빠지면 차지하고 있던 천하도 잃게 마련입니다. 큰 뜻을 품은 이가 자잘한 욕심에 홀려서는 아니 됩니다."

"천하를 얻는다는 것이 무엇인가? 내 뜻에 맞게 천하를 쓰고 누린다는 뜻이 아닌가? 재물과 미인을 얻고자 천하를 차지하려 든다면 아니 될 일이거니와, 이미 천하를 얻은 뒤에 절로 얻어진 재물과 미인을 거둬들이는 것이야 무슨 허물이 되겠는가? 혹시 장군은 엄한 처형이 두려워 내가 미인을 품으려는 걸 막으려 드는 것은 아닌가?"

"패공, 저는 지금 사사로운 정으로 말하고 있지 않습니다. 천하는 만민의 것입니다. 저는 지금 그 만민의 것을 얻으려는 자의 마음가짐에 대해 말하고 있는 것입니다."

번쾌가 그래도 물러서지 않고 그렇게 버텼다. 엄한 처형이란 패공의 아내 여치(呂雉)를 이르는 말이었다. 번쾌는 그 동생 여수(呂須)를 아내로 맞아 패공과는 동서 사이가 되었다. 사사로운 연분까지 들먹여 가며 달래도 번쾌가 듣지 않자 패공은 드러내 놓고 역정까지 냈다.

"장군은 처음 사인으로 나를 따라나선 뒤 충심으로 나를 지켜 왔다. 하지만 사람을 지킨다는 뜻은 싸움터에서 목숨을 지켜 주는 일만을 말하지는 않을 것이다. 윗사람의 기거와 숙식을 편히 해 주는 것도 사인의 일일 터인즉, 더는 내 뜻을 거스르지 말라!"

그렇게 잘라 말하고는 스스로 비어 있는 전각 하나를 찾아 군사들과 들어앉았다. 불우한 때는 개백정으로 난폭하게 살았으나, 번쾌는 원래가 우격다짐으로만 밀어붙이는 사람은 아니었다. 더는 패공과 다퉈 이로울 게 없다 여기고, 군사들을 풀어 장량을 찾았다.

다행히 장량은 멀지 않은 곳에 있었다. 장량이 오자 번쾌는 일의 앞뒤를 말해 주고 패공을 말려 주기를 당부했다. 장량이 곧 패공을 찾아보고 말했다.

"패공께서 여기까지 이렇게 오실 수 있었던 것은 진나라가 무도하였기 때문입니다. 모름지기 천하 만백성을 위하여 남아 있는 도적 떼를 쓸어버리시려면 마땅히 검소함을 바탕으로 삼아야 할 것입니다. 그런데 패공께서는 이제 겨우 진나라에 들어오셔 놓고 벌써 그 즐거움과 편안함부터 누리려 하십니까? 그렇게 하시면 그것은 곧 이른바 '걸(桀)'이 포학한 짓을 하도록 돕는 것[助桀所

虐]'이나 다름없습니다. 또 옛말에 이르기를 '충성스러운 말은 귀에 거슬리지만 행실에는 이롭고[忠言逆耳利於行], 독한 약은 입에는 쓰지만 병에는 이롭다[毒藥苦口利於病].'고 했습니다. 바라건대 패공께서는 부디 번쾌의 충성스러운 말을 물리치지 말아 주십시오."

장량까지 나서서 궁궐에 머무는 것을 말리자 패공도 퍼뜩 정신이 들었다. 겸연쩍음을 감추고 자리를 툭툭 털고 일어나며 말했다.

"자방까지 말리니 어쩔 수가 없구려. 보화와 미인을 즐기는 일은 천하를 얻은 뒤로 미루고, 선생의 말씀대로 이만 패상으로 돌아갑시다."

그러면서 히죽 웃기까지 했다. 그때 우희라는 미인이 가슴 서늘하게 떠오르지 않은 것은 아니었으나, 패공은 비로 쓸듯 그녀를 머릿속에서 쓸어 냈다. 비정인지 둔감인지 모를 패공의 특징이지만, 또한 그에게 천하를 얻게 해 준 장처(長處) 가운데 하나이기도 했다.

"전에 자영의 항복을 받을 때 그러했던 것처럼 이번에도 패공께서 사심 없고 공변됨을 보여 주셔야 합니다. 궁궐 안의 모든 창고는 닫아걸게 하고 재화와 보물이 든 궁실은 엄히 봉하도록 하십시오. 또 궁궐 안에서 일하는 내관들과 궁인들을 안심시키고 전처럼 봉록을 주어 모든 제후들이 함양에 이를 때까지 궁궐을 보존하도록 해야 할 것입니다."

장량이 다시 그렇게 말하자 패공은 그대로 받아들였다.

패공이 함양성 안에 머무르지 않고 군사들과 더불어 패상으로 돌아가자 함양 백성들은 모두 가슴을 쓸어내리며 기뻐했다. 사람을 죽이거나 물건을 빼앗지 않는다 해도 다른 나라 군사가 성안에 머문다는 것은 결코 달가운 일은 아니었다. 그런데 절로 백 리나 물러나니 어찌 기쁘지 않겠는가.

하지만 이제 천하를 다툴 큰 뜻을 구체적으로 굳혀 가기 시작한 패공의 정치적 행보는 거기서 그치지 않았다. 한(漢) 원년이 되는 그해 11월 패공은 인근 여러 현에서 우러름을 받는 부로(父老)와 재덕 있는 유지, 호걸들을 패상으로 불러 놓고 말했다.

"여러 어르신들께서는 그동안 진나라의 가혹한 법령에 오래 시달려 오셨습니다. 진나라 조정을 비방하는 사람은 멸족의 화를 당했고, 모여서 나랏일을 걱정한 사람들은 저잣거리에서 목이 잘렸으니, 그 괴로움이 오죽했겠습니까?

지난해 제후들이 서쪽으로 진나라를 쳐 없애려고 군사를 낼 때, 가장 먼저 관중으로 드는 사람이 관중의 왕이 되기로 서로 약조하였습니다. 이제 내가 가장 먼저 관중으로 들어왔을 뿐만 아니라 진나라의 항복까지 받아 냈으니 마땅히 관중왕이 되어야 할 것입니다. 장차 관중왕이 될 사람으로서 나는 먼저 세 가지 법령만 약정해 여러분의 짐을 덜어 드리고자 합니다. 첫째 사람을 죽인 자는 사형에 처할 것입니다. 둘째로 남을 다치게 한 자는 그 죄에 따라 벌을 줄 것이고, 셋째로 남의 물건을 훔친 자도 또한 그럴 것입니다. 이 밖에 번다한 진나라의 법령은 폐지하여 모든 관리와 백성들은 진나라가 천하를 옳고 짓밟기 이전처럼 편안하고 즐거운 삶을 누릴 수 있게 할 것입니다.

내가 이곳에 온 것은 여러 어르신들을 위해서 해롭고 독이 되는 것을 없애고자 함이지, 쳐들어와서 포악한 짓을 하려 함이 아니니 두려워하지 마십시오. 또한 내가 군사들과 더불어 패상으로 돌아와 머무는 것도 다만 모든 제후들이 오기를 기다려 약속을 정하기 위함이니 괴이쩍게 여기실 것 없습니다.”

이른바 '약법삼장(約法三章)'에서 남을 다치게 한 자와 도둑질한 자에게 내릴 벌을 뚜렷이 밝히지 않은 데는 까닭이 있다. 사람을 다치게 해도 곡직(曲直)이 있고, 도둑질에는 많고 적음이 있어 미리 그 벌을 정해 둘 수 없기 때문이었다.

패공은 자기 사람을 진나라 관원들과 함께 보내 인근의 현과 향, 읍을 돌아다니며 모든 진나라 법이 폐지되고 다만 석 줄만 남게 된 일을 알리게 했다. 그 말을 들은 진나라 백성들은 몹시 기뻐했다. 다투어 소와 양을 잡고 술과 음식을 마련해 패공의 군사들에게 바치려 몰려왔다.

하지만 패공은 사양하며 받아들이지 않았다.

“창고에는 곡식이 많아 군량으로 모자람이 없고, 고기와 술도 먹고 마시기로 들자면 반드시 할 수 없는 일은 아닙니다. 가져오신 뜻은 고마우나 고단한 백성들에게 폐를 끼치기 원하지 않으니 그냥 돌아가 주십시오. 가서 이웃끼리 나눠 먹고 마신다면, 바로 저희들이 먹고 마신 걸로 하겠습니다.”

그러자 백성들은 더욱 감격하며 오직 패공이 관중 땅의 왕이 되지 않을까 봐 걱정하였다. 패공 쪽에서 보면 지난 한 해의 그 어떤 싸움에서 얻은 것보다 눈부신 성과였다.

그때 패상에는 추씨(鯫氏) 성을 쓰는 서생 하나가 유세가를 자처하며 때를 기다리고 있었다. 패공 유방이 관중으로 들어와 함양을 차지하고도 패상으로 물러나 있자 눈여겨보다가, 관중의 민심을 거둬들이는 것을 보고 때가 왔다 여겼다. 가만히 패공을 찾아와 가장 눈 밝고 헤아림 깊은 체 말했다.

"관중의 부유함은 천하의 열 배가 되고, 지형은 굳고 험해 지키기에 아주 이롭습니다. 지금 듣자 하니 진나라 장수 장함이 항복하자 항우는 그를 옹왕(雍王)으로 세워 관중의 왕으로 삼았다고 합니다. 만약 항우가 당장이라도 장함을 데리고 입관한다면 아마도 패공께서는 이곳의 왕이 되시지 못할 것입니다. 그러니 급히 군사들을 함곡관으로 보내 원래 그곳을 지키던 진병들과 더불어 굳게 관문을 지키도록 하십시오. 그 어떤 제후의 군사도 함곡관을 넘지 못하게 하신 뒤에 차차 관중에서 군사를 뽑고 병력을 키워 그들을 막아 내면, 패공께서는 온전히 관중의 왕이 되실 수 있을 것입니다."

일설에는 그 서생이 추씨 성을 쓰는 것이 아니라 '소견 좁은 서생'이란 뜻으로 쓰였다고 한다. 추(鯫)란 잉어과에 속하는 작은 민물고기로서 소견 좁은 사람이란 뜻이 있는데, 남을 욕하거나 스스로를 낮추어 말할 때 추생(鯫生)이라 쓴 예가 있다.

하지만 추생이 찾아온 것도 패공의 시운(時運)인 듯했다. 모처럼 굳힌 천하 쟁패의 큰 뜻도 추생 때문에 한번 불 지펴진 욕심

앞에서는 아무 쓸모가 없었다. 추생의 그 같은 말에 넘어간 패공은 곧 군사 한 갈래를 함곡관으로 보내 관문부터 굳게 닫아걸게 했다.

원래 함곡관을 지키던 진나라 장졸들은 등 뒤에서 초나라 군사들이 나타나자 황당해했으나, 그들도 풍문은 듣고 있었는지 크게 저항하지는 않았다. 진왕 자영이 항복하면서 패공에게 바친 병부를 보고는 곧 초나라 군사들과 한 덩어리가 되어 함곡관을 지켰다.

긴박한 전야

서북 땅의 동짓달은 겨울이라도 엄동이었다. 그 동짓달도 상순이 다 가도록 항우는 아직도 섬성에 붙들려 있었다. 성안의 진나라 장졸들이 워낙 완강히 버티는 탓이기도 했지만, 개운치 못한 뒤를 쓸어버리기 위해 저희 군사를 이곳저곳 갈라 보낸 것도 쉽게 성을 떨어뜨리지 못한 까닭이 되었다.

맹장인 경포와 포장군은 군사 5만 명을 이끌고 북쪽으로 올라가 안읍을 되찾고 평양까지 쓸어버리고 있는 중이었다. 또 다른 맹장 용저와 환초는 남양으로 내려가 그 일대를 평정하고 있었는데 그들이 이끌고 간 것도 가려 뽑은 군사로 3만 명이 넘었다. 그렇게 되니 겉으로는 30만 명을 일컫는 항우의 대군이지만 제대로 싸울 군사는 절반 가까이나 빠져나간 셈이라, 눈보라로 얼어붙은 겨울 공성전(攻城戰)에서 치고 드는 쪽의 전력으로는 그리 넉넉한 편이 못 되었다.

그사이에도 멀고 깊은 관중의 소문은 얼어붙은 함곡관을 새어 나와 섬성까지 들려왔다. 진나라에 정변이 일어나 이세황제가 조고에게 죽었다는 말이 돈 지 며칠 지나기도 전에, 이번에는 조고가 공자 자영에게 죽고, 자영이 진왕에 올랐다는 소리가 들렸다. 이어 요관을 깨뜨린 패공 유방이 남전에서의 전투를 마지막으로 하고 패상에 머물러 진왕의 항복을 기다리고 있다는 놀라운 소문까지 들려왔다.

항우의 서진(西進)이 더뎌진 데 조급해져 귀를 온통 함곡관 서쪽으로만 열어 놓고 있던 범증은 패공이 패상에 군사를 머무르게 하고 있다는 말을 듣자 펄쩍 뛰었다.

"갑오(甲午)에는 패상에 진인이 들어 진나라의 명수(命數)를 거둘 것이네."

잠시 잊고 있었던 벗 남공(南公)의 말이 벼락처럼 그의 귓전을 때린 까닭이었다.

'올해가 갑오년이었다. 그럭저럭 이해가 저물어 가기에 남공이 말한 세 마디 가운데 그 한 마디는 빗나가는 줄 알았는데, 유방이 패상에 들다니. 그렇다면 유방이 그 진인이고 다음 천하의 주인이란 말인가.'

그런 생각이 들자 불길함을 넘어 모골이 송연해지는 느낌이었다. 이어 남공이 마지막으로 덧붙인 말이 우레처럼 머릿속을 울려 왔다.

"진인이 날 때에는 곳곳에서 사이비가 날 것이네. 서두르다 주인을 잘못 만나면 아니 만남만 못할 터⋯⋯."

하지만 자신의 오류를 인정하지 않으려는 쉽게 꺾이지 않는 고집과, 결국 세계는 사람에 의한, 사람의 것이라는 인간 중심의 세계관이 범증을 갑작스러운 불안과 의심에서 끌어냈다.

'아직 갑오년은 두 달 가까이 남았고, 길만 열리면 패상까지는 보름이면 갈 수 있다. 그사이 우리 상장군이 관중으로 들어가 유방을 다른 곳으로 내쫓고 패상에 자리 잡으면 된다. 또 갑오년을 넘긴다 하더라도 관중에 들어가는 대로 유방을 없애 버리면 된다. 불에 그슬린 거북의 껍질이나 짐승의 뼈에 난 금과 점치는 풀이나 쪼갠 댓개비로 뽑아 낸 숫자가 어떻게 살아 움직이는 사람의 세상을 결정할 수 있단 말인가.'

이윽고 범증은 그렇게 자신을 달래며 어두운 상념을 털어 버렸다. 하지만 그대로 보고만 있을 일은 아니었다.

"아무래도 아니 되겠습니다. 이러다가는 겨울이 다 가도 관중에 들지 못할 것입니다."

그 길로 항우를 찾아간 범증이 제 김에 격해 그렇게 말했다. 항우가 답답한 듯 받았다.

"그러니 어찌하겠습니까? 성은 저렇듯 완강히 버티고 우리 장졸은 등 뒤를 깨끗이 쓸어버리느라 태반이 밖으로 나가 떠돌고 있으니⋯⋯."

"이렇게 해 보는 게 어떻겠습니까? 오늘부터 남은 군사를 모두 일으켜 섬성을 급박하게 들이치되, 이전과는 달리 동남북 삼면만

에워싸고 서문 쪽은 열어 두는 것입니다."

"적이 그리로 달아나 함곡관에 들면 어찌하겠습니까? 원래 함곡관을 지키던 진군과 합쳐 세력이 커지면 우리에게는 우환거리가 커지는 것이 되지 않겠습니까?"

항우가 여전히 떨떠름한 얼굴로 받았다. 범증이 그런 항우를 달래듯 말했다.

"지금 저들이 이토록 모질게 버티는 것은 우리가 신안 남쪽에서 항복한 장졸 20만을 산 채로 묻어 버린 일 때문일 것입니다. 항복해 봐야 죽기는 매한가지라 싸우다 죽겠다는 뜻이니, 차라리 한 가닥 살 길을 열어 주어 저 성부터 쉽게 얻는 것도 좋은 계책이 될 듯합니다. 더구나 관중에서 들려오는 소문으로 미루어, 이제 우리가 더는 이곳에 묶여 있어서는 안 될 듯합니다."

"그건 또 무슨 말씀입니까?"

"무관을 넘은 유방이 다시 요관을 깨뜨리고 남전 골짜기를 지나 패상에 이르렀다는 소문입니다. 패상은 함양을 코앞에 둔 곳이라 오래 시일을 끌면 무슨 일이 벌어질지 모릅니다. 만일 썩어빠진 진나라 조정이 제대로 싸워 보지도 않고 유방에게 넙죽 항복이라도 해 버리면 모든 공은 유방에게로 돌아가 버리고 맙니다."

그 말에 항우도 다급해진 모양이었다. 후끈 달아오른 얼굴로 목소리를 높였다.

"유방 그 건달 놈이 감히……. 알았소. 군사의 말씀대로 어서 섬성을 깨뜨리고 함곡관 안으로 드는 걸 서두르도록 하겠소."

그러고는 그날부터 섬성을 들이치는데, 서문 쪽은 비워 두고 동남북 세 곳만 짐짓 매섭게 들이치기를 이틀이나 거듭했다.

겉으로는 굳건해 보여도 이미 보름 넘게 시달린 뒤라 섬성 또한 더 버틸 힘이 남아 있지 않았다. 거기다가 지난 이틀 동안의 공성 전 내내 서문 쪽이 열려 있는 것을 보자 성을 지키던 진나라 장졸들의 마음도 달라졌다. 범증이 헤아린 것처럼, 서쪽으로 달아나 험하기가 관중을 지키는 네 관 가운데 으뜸인 함곡관에서 다시 한번 싸워 보기로 작정했다.

사흘째 되는 날 항우는 전군을 들어 한층 매섭게 섬성을 들이쳤다. 그러자 진나라 장졸들은 마침내 성을 버리고 항우가 일부러 틔워 둔 서문을 빠져나가 함곡관으로 달아났다. 섬성에서 함곡관까지는 백 리 길이 채 되지 않았다. 급하게 뒤쫓으면 진나라 군사들의 꼬리를 잡고 함곡관으로 함께 들 수도 있었으나 항우는 군사들을 함부로 내몰지 않았다. 따로 나가 있는 군사들이 모두 돌아오기를 기다려 일시에 함곡관을 들이치기로 하고, 그날은 섬성을 얻은 것으로 만족했다.

그런데 바로 그다음 날 당양군 경포와 포장군이 이끌고 간 군사 5만 명과 함께 부른 듯 섬성으로 돌아왔다.

"이제 평양 이남에는 진나라의 세력이 남아 있지 않습니다. 마음 놓고 관중으로 드셔도 될 듯합니다."

경포가 먹물로 글자를 떠 기괴하게 보이는 얼굴 가득 자랑스러운 빛을 띠며 알렸다. 포장군과 함께 이끌고 간 군사들도 그리 많이 상한 것 같지는 않았다. 항우는 그들을 반겨 맞아들이고 술과 밥을 배불리 먹인 뒤 편히 쉬게 했다.

다음 날 다시 경포와 포장군을 자신의 군막으로 부른 항우가 특히 경포를 보고 말했다.

"당양군은 우리 선봉이 되어 군사를 이끌고 먼저 함곡관으로 가 보시지 않겠소? 3만 군사로 한번 부딪쳐 보되, 뜻대로 되지 않더라도 무리하지는 마시오. 환초와 용저가 돌아오면 내가 본대를 이끌고 갈 터인즉, 그때 우리 30만 군이 한꺼번에 치고 들면 제아무리 함곡관이라 한들 무슨 수로 견뎌 내겠소?"

이에 경포는 포장군과 함께 3만 군사를 새로 받아 함곡관으로 갔다. 그런데 그날 밤 경포가 항우에게 급히 보낸 전갈이 뜻밖이었다.

"함곡관에는 5만 명이 넘는 적병이 지키고 있는데, 그 날카로운 기세가 망해 가는 진나라 군사들과는 많이 다른 데가 있었습니다. 그래서 알아보았더니, 며칠 전 함양에서 원군을 보내왔는데 놀랍게도 그들은 우리 초나라 장졸들이라 하지 않겠습니까? 그들과 힘을 합쳐 관을 지키게 되자 진나라 군사들의 기세까지 다시 오르게 되었다고 합니다."

"함양에서 우리 초나라 군사들이 원군으로 내려왔다니 그게 무슨 소리냐?"

항우가 얼른 알아들을 수가 없어 들은 말을 한 번 더 되뇌며 물었다. 유성마로 달려온 군사가 아직도 숨을 헐떡이며 대답했다.

"관중에는 이미 진나라도, 황제도 없어졌다고 합니다. 공자 영

(嬰)은 조고에 의해 진왕으로 세워졌다가 벌써 보름 전에 패공 유방에게 항복하였고, 진나라의 옥새와 부절도 모두 패공에게로 넘어갔습니다. 패공은 그 병부로 각처에 남아 있는 진나라 장졸들을 거둬들이고 있는데, 함곡관도 그렇게 하여 손에 넣은 듯합니다."

"그런데 왜 관문을 닫아걸고 한편인 우리 군사들을 들이지 않는다는 것이냐?"

항우가 버럭 소리를 지르며 물었다. 그때 함께 있던 범증이 차고 가라앉은 목소리로 항우를 넌지시 깨우쳐 주었다.

"아마도 관중왕이 되려는 게지요. 스스로 왕이 되어 우리를 한 발자국도 관중에 들여놓지 못하게 하려는 것입니다."

"무어라? 그 허풍선이 건달 놈이?"

항우가 숨결까지 씨근거리며 범증의 말을 받는데, 경포가 보낸 군사가 또 다른 소리로 항우의 부아를 돋우었다.

"군사님의 말씀이 옳습니다. 패공 유방은 또 진나라의 모든 법령을 폐지하고 세 가지 조목만 남겨 진나라 백성들을 기쁘게 하였다고 합니다. 게다가 군사들을 엄히 단속해 함부로 사람을 죽이거나 재물을 빼앗지 못하게 하여 다시 민심을 흠뻑 거둬들이니, 관중 사람들은 오히려 패공 유방이 저희 왕이 되지 못할까 걱정이란 말도 있습니다."

그 말을 듣자 항우도 그냥 참고 있을 수가 없었다. 주먹으로 탁자 모서리를 쳐 우지끈 부수며 크게 외쳤다.

"유방 그놈이 어찌 이리 겁이 없느냐? 제 놈은 머리가 서너 개라도 된다더냐? 내가 함곡관을 부수고 관중에 든 뒤에도 제 놈이 그리 함부로 날뛸 수 있는지 보자!"

그러고는 환초와 용저가 돌아오기를 기다리지도 않고 그날로 전군을 들어 함곡관으로 밀고 들었다. 하지만 함곡관으로 드는 길은 벼랑처럼 가파른 황토 언덕 사이로 길게 나 있는 좁은 길이었다. 수레 두 대가 마주 비껴갈 수 없고, 보병 갑졸 한 오(伍, 다섯 줄 횡대)가 어깨를 나란히 하고 걷기 어려울 지경이었다.

그 골짝 길 안쪽 깊숙이 우뚝 마주 선 황토 언덕 사이로 건장한 군사 백 명만 세워 두어도 몇 만도 막아 낼 수 있는 병목 같은 곳이 있었다. 그곳에 관문을 세우고 양편 언덕까지 높고 두터운 성벽을 쌓아 만든 것이 함곡관이었다. 그런 곳을 몇 만 대군이 지키고 있으니 항우의 군사가 아무리 많아도 소용이 없었다.

좁은 길로 한 갈래 군사를 밀어 넣으면 아무리 갑주와 방패로 막아도 관 앞에 이르기 전에 그 태반이 활과 쇠뇌의 밥이 되었다. 요행히 장졸들이 관문에 이르러도 청동 판을 덧씌운 두터운 대문과 높고 든든한 성벽을 넘을 길이 없었다. 항우가 함곡관을 치기 시작하고 단 하루 동안에 수천의 군사가 관문 성벽 위로 구름사다리 한번 제대로 걸쳐 보지 못하고 시체가 되어 좁은 계곡 바닥에 난 길을 메웠다.

"아니 되겠습니다. 이대로 밀고 가면 아까운 군사만 상하고 맙니다. 잠시 군사를 거두고 따로 계책을 세운 뒤에 싸우시는 게 어떻습니까?"

보다 못한 범증이 가만히 항우를 찾아보고 말했다. 항우도 그

때는 힘만으로 밀어붙일 수 없는 싸움이란 걸 깨달은 듯했다. 어두운 얼굴로 범증을 마주 보며 물었다.

"날은 급하고 갈 길은 먼데, 실로 분통 터지는 노릇입니다. 군사께서는 이 일을 어찌하면 좋겠습니까?"

일찍이 숙부 항량으로부터 병법을 배워 여러 가지 경우를 깊이 궁리해 본 적이 있는 항우였다. 그때까지는 자주 그럴듯한 계책을 짜내 이런저런 싸움에서 잘 이겨 왔다. 하지만 그런 항우도 함곡관이라는 하늘이 지은 험한 관문을 맞아서는 생각이 막히는 듯했다.

"이렇게 하면 어떻겠습니까? 군사를 계속 함곡관으로 밀어 넣어 적의 이목을 전면으로만 끌어모은 뒤, 사나운 장수와 날랜 군사를 따로 보내 함곡관을 돌게 합니다. 그리하여 갑자기 적의 등과 옆구리를 찌르면, 아무리 함곡관이 높고 험하다 해도 열리지 않고 배기지 못할 것입니다."

범증이 그렇게 말하자 항우가 무겁게 고개를 가로저으며 받았다.

"함곡관 양편은 벼랑이나 다름없는 능선과 높은 언덕으로 막혀 있소. 홀몸으로 넘기도 어려운데 병장기와 치중(輜重)을 갖춰야 하는 군대가 어떻게 넘는단 말이오?"

"장군은 벌써 장하를 건널 때를 잊으셨습니까? 군량은 함곡관만 넘으면 관중의 곡식을 먹으면 될 테니 따로 지닐 필요가 없고, 밥 짓고 국 끓일 시루와 솥도 마찬가지로 함곡관만 넘으면 관중의 것을 쓰면 됩니다. 병장기도 당장 싸울 것만 있으면 되니,

젊고 날랜 군사들을 뽑아 칼 한 자루와 밧줄 한 뭉치만 지닌 채 함곡관을 돌게 하십시오. 아무리 험한 언덕과 능선이라 해도 사람이 마음먹고 넘으려고 해 넘지 못할 곳은 없을 것입니다. 그곳을 몰래 찾아 넘어 관 저쪽에 숨어 있다가, 우리가 전군을 들어 앞에서 관문을 들이칠 때 적의 등 뒤를 두들기면 함곡관도 필경 우리 손에 떨어지고 말 것입니다."

범증이 한 번 더 설명하자 항우도 그 말을 알아들었다. 더 따지지 않고 장수들을 모두 불러 모으게 했다.

"당양군과 포장군은 한 번 더 별동대로 애써 주셔야겠소. 각기 젊고 날랜 군사 5천 명씩을 골라 함곡관을 돌아 주시오. 길이 멀든 가깝든 군사들과 넘을 수 있는 곳을 골라 넘되, 이틀을 넘겨서는 아니 되오. 사흘 뒤 우리가 전군을 들어 함곡관을 칠 때는 장군들도 적의 등과 옆구리를 찌를 수 있어야 하오!"

항우는 먼저 경포와 포장군에게 명을 내리고 다시 종리매와 용저를 불렀다.

"장군들은 오늘부터 함곡관을 정면에서 들이치되 그 기세와 규모를 어제, 그제와 다름없이 하라. 다만 당장 함곡관을 깨뜨려야 되는 것은 아니니, 무리하게 몰아대어 군사를 많이 상하게 할 것은 없다. 허나 또한 양동(陽動)임이 적에게 들켜서도 아니 된다."

항우는 그런 명과 함께 자신의 깃발까지 내주었다. 이에 종리매와 용저가 다시 갑병들을 이끌고 급하게 함곡관을 짓두들기는 사이에 경포와 포장군은 가만히 함곡관을 돌았다. 각기 젊고 날랜 군사 5천 명을 이끌고 좌우로 길을 나누어 넘을 만한 곳을 찾던 그들은 몇 십 리씩 길을 돈 뒤에야 가파른 황토 언덕을 어렵게 넘어 함곡관을 돌 수 있었다.

종리매와 용저가 함곡관을 전면에서 공격하기 시작한 지 사흘째가 되었다. 연 이틀 자신의 깃발만 내어주며 관문을 치게 하던 항우는 그날 아침 갑옷투구로 온몸을 여미고 오추마에 오르면서 말했다.

"오늘은 내가 앞서겠다. 모두 힘을 다해 반드시 함곡관을 깨뜨려야 한다!"

그러고는 몸소 앞장서서 공격하기 시작했다. 이에 장졸들도 쏟아지는 돌 우박과 화살 비를 두려워하지 않고 관문과 누벽(壘壁)을 기어올랐다. 무서운 기세였으나 지키는 쪽도 만만치 않았다. 며칠 해 온 대로 흔들림 없이 공격을 막아 냈다. 그 바람에 항우의 군사들은 그 며칠 가운데 어느 날보다 그날 반나절 동안 더 많이 죽고 다쳤다.

"당양군과 포장군은 어찌 되었는가!"

항우가 그렇게 소리치며 관문 너머를 노려보았다. 터지려는 분통을 억지로 눌러 참고 있는 듯했다.

그때 갑자기 함곡관 뒤편에서 연기가 치솟으며 은은한 함성이 들렸다. 조금 있으려니 다시 관 오른편 능선 쪽에서도 함성과 함께 병장기 부딪는 소리가 울렸다. 곁에 있던 계포가 밝은 얼굴로 항우를 쳐다보며 말했다.

"드디어 당양군과 포장군이 함곡관을 무사하게 돈 것 같습니다. 이제 우리도 힘을 다해 관문을 두들겨 부수어야 합니다."

그러자 항우가 칼을 빼 들고 적의 날카로운 기세에 흔들리고 있던 장졸들을 향해 소리쳤다.

"이제 때가 왔다. 우리 군사가 적의 등과 옆구리를 함께 찌르고 있으니 전면의 수비벽은 엷어질 수밖에 없다. 이때를 놓치지 말고 관문을 깨뜨려라. 먼저 관문을 깨뜨리고 성벽에 오르면, 장수는 공후(公侯)에 상장군으로 높일 것이요, 졸오(卒伍)라도 칠대부에 장수로 삼을 것이다!"

그러자 힘을 얻은 초나라 장졸들은 다시 앞을 다투어 관문으로 밀고 들었다. 이에 비해 관문을 지키는 쪽은 급속하게 무너져 갔다. 관문과 성벽 위에서 쏟아지는 바윗돌과 통나무가 반으로 줄고 화살 비도 뜸해졌다. 그 틈에 구름사다리가 관문 성벽에 기대 세워지고, 갈고리 달린 밧줄이 성벽 위로 날아올랐다.

오래잖아 개미처럼 성벽을 기어오른 항우의 군사들에 의해 함곡관의 굳세고 두터운 관문이 열리고, 그리로 다시 제후군의 군사들이 역류하는 폭포처럼 쏟아져 들어갔다.

"한 놈도 살려 두지 마라! 감히 천명에 맞서 지난 며칠 수많은 우리 제후군을 해친 놈들이다. 병장기를 잡을 수 있는 관(關) 안의 남자는 모두 죽여 버려라!"

피를 흠뻑 뒤집어쓴 항우가 닥치는 대로 적병을 베며 소리쳤다. 상장군이 그러하니 나머지 장졸들은 말할 것도 없었다. 제후군 장졸들은 함곡관을 지키던 진나라 군민들을 말 그대로 도륙(屠戮)을 냈다. 그 속에는 유방의 명을 받고 온 초나라 군사들도 섞여 있었으나 항우의 장졸들은 손길에 인정을 남기지 않았다.

해 질 녘이 되자 함곡관 안에는 용케 빠져나간 장졸 약간 외에 열다섯 살이 넘는 진나라 남자들은 하나도 살아남지 못했다. 눈이 뒤집힌 초나라 군사들의 창칼을 용케 피해도 무자비한 생매장[阬]이 그들을 기다리고 있었다.

마음이 급해진 항우는 함곡관을 깨뜨린 여세를 몰아 관중으로 군사를 내몰았다. 이제 관중에는 그들을 막을 진나라 군사가 더는 없어 항우는 열흘도 안 돼 희수를 건널 수 있었다. 한(漢) 원년(元年) 12월 초순의 일이었다. 범증이 가슴을 쓸며 속으로 중얼거렸다.

'아직은 갑오년이다. 유방을 없애고 우리가 패상에 자리 잡으면 남공이 말한 진인은 우리 상장군이 된다. 이제 무엇보다도 우리가 먼저 해야 할 일은 패공 유방을 죽여 없애는 일이다.'

신풍을 지난 항우는 홍문(鴻門)이란 곳에 군사를 멈추게 하고 함양으로 밀고 들어가기 전에 마지막으로 숨을 고르게 했다. 패공 유방이 비워 두었다고는 하지만 그래도 함양은 한때 대진(大秦) 제국의 수도였던 땅이라 함부로 다룰 수가 없었다. 거기다가 멀지 않은 패상에 진을 치고 있다는 패공의 군사도 적지 아니 마음이 쓰였다.

그런데 홍문에 군사를 머물게 한 그날 밤이었다. 항우가 범증과 함께 함양 들어갈 일을 의논하고 있는데, 계포가 낯선 사람 하나를 데리고 항우의 군막으로 들어왔다. 허름한 병졸 차림을 하고 있었으나, 정말로 이름 없는 병졸 같지는 않았다.

"저 사람은 누구요?"

일을 심상찮게 본 항우가 계포에게 물었다. 병졸 차림을 한 사내가 계포를 대신해 나섰다.

"저는 패공의 좌사마(左司馬)로 있는 조무상(曹無傷) 장군이 보내서 왔습니다."

"패공의 좌사마? 그가 무슨 일로 내게 사람을 보냈단 말이냐?"

"좌사마께서 상장군께 특히 알려 드릴 일이 있어 저를 보내셨습니다."

"그게 무엇이냐?"

항우가 알 수 없다는 듯한 눈길로 그 사내를 보며 다시 물었다. 그 사내가 흘깃 좌우를 살피며 머뭇거리다가 목소리를 가다듬어 말했다.

"좌사마께서 말씀하시기를 상장군께서 음흉하고 교활한 패공에게 속으실까 걱정된다고 하셨습니다. 진왕 자영의 항복을 받은 패공은 스스로 관중왕이 되려고 온갖 일을 꾸미고 있습니다. 항복한 자영을 승상으로 삼고 진나라의 진귀한 보배를 모두 차지하여 시황제가 누리던 권세와 영광을 홀로 이으려 하는 것입니다. 이번에 함곡관을 닫아걸게 한 것도 실은 그 때문이었습니다."

"역시 그랬구나. 그 장돌뱅이 놈이 허황된 욕심만 늘어 가지고⋯⋯."

항우가 그렇게 소리치고 가쁜 숨을 몰아쉬다가 다시 그 사내에게 물었다. 그런 항우의 두 눈에서는 불이 철철 흐르는 듯했다.

"조무상은 유방의 장수이다. 그런데 어찌하여 그걸 내게 알려주는 것이냐?"

그런 항우의 눈길을 받은 사내가 움찔했다. 항우가 유방에게 화를 내는 것이라 여겼는데, 그 눈길을 맞받고 보니 그게 아닌 듯했다. 자신이나 자신을 보낸 조무상에게 화를 내고 있는 것 같아 다급해졌다. 심부름 온 사내가 갑자기 구구한 변명조가 되어 더듬거리며 항우의 물음에 답했다.

"우, 우리 좌사마께서는 상장군을, 아니 대왕을 장차 천하의 주인이 될 분으로 여겨 늘 흠모해 오셨습니다. 그런데 패공이 감히 대, 대왕께 맞서 함곡관을 걸어 잠그는 것을 보고……."

"오직 흠모만으로 삼엄한 진중에서 사람을 몰래 빼내 내게 보낼 수 있었겠느냐? 말하라! 네 주인이 이 일로 내게서 얻고자 하는 게 무엇이라더냐?"

어느새 항우의 목소리는 묻기보다는 꾸짖고 있었다. 조무상의 심부름을 온 사내는 더욱 움츠러들어 더듬거렸다.

"좌사마께서는 패공이 자신을 알아주지 않는 것을 원망하고 있기는 합니다만……. 그렇다고 높은 관작이 탐나 이…… 이 일을 대왕께 아뢰게 한 것은 아닙니다. 다만 대…… 대왕께서 천하의 주인이 되신 뒤에…… 우리 좌사마를 잊지 않으시고…… 끄트머리라도 장군의 반열에 세워 주신다면……."

"그렇다면 조무상은 주인을 팔아 높은 관작을 사자는 것이로구나."

그런 항우의 눈길이 한층 흉흉해졌다. 금세 칼이라도 빼어 심부름 온 사내의 목이라도 칠 기세였다. 조무상의 비루한 배신이 항우의 순직한 정서를 크게 거스른 것임에 틀림없었다. 그때 곁에 있던 범증이 슬며시 끼어들었다.

"그런데 패공의 군사는 얼마나 되는가?"

범증이 묻자 심부름 온 사내는 큰 구함이라도 받은 듯 반갑게 대답했다.

"20만 명이라고 떠벌리지만 실상은 10만 명을 크게 넘지 못합니다."

"기마는 얼마나 되는가?"

"함양 궁궐의 말들을 죄다 거두었지만 5천 기를 넘지 못할 것입니다."

그때에야 항우는 순직한 무사의 정서에서 퍼뜩 깨어났다. 범증의 그와 같은 물음은 제후군의 종장(縱長)이요, 장차 천하를 이끌 패자로서의 항우가 분노해야 할 대상을 일깨워 주는 듯했다. 항우가 잠시 빗나갔던 분노의 방향을 유방에게로 되돌리며 말했다.

"알았다. 내일 아침 군사들을 잘 먹인 뒤에 한 싸움으로 패공을 사로잡으리라! 내 백만 대군을 제 놈이 어떻게 당해 내는지 보자."

그런 다음 항우는 그 사내에게 후한 상을 내리고 돌려보냈다. 그때 항우의 군사는 다른 제후군을 합쳐 40만 명이 넘었다. 부풀리고 떠벌리기 좋아하는 그 시절로 봐서는 백만 명이라고 큰소리쳐도 아니 될 게 없었다.

조무상이 보낸 사람이 군막을 나가자 범증이 가만히 항우에게 말했다.

"잘 생각하셨습니다. 패공은 산동(山東)에 있을 때는 재물을 탐내고 여자를 매우 좋아하였습니다. 그런데 관중으로 들어온 뒤에는 터럭만 한 재물도 취하지 아니하고, 여자도 가까이하지 않으니, 이는 그의 뜻이 작지 않음을 말해 주는 것입니다. 또 제가 사람을 시켜 패공 주변을 떠도는 기운을 살펴보게 하였는데, 모두 용과 범의 기세로 오색이 찬연했습니다. 이는 곧 천자의 기운이니, 상장군께서는 반드시 패공을 죽여 그 기운을 흩어 버리셔야 합니다. 내일 아침 급히 들이치시어 때를 놓치지 말고 그를 죽여 버리도록 하십시오!"

범증은 옛 벗 남공(南公)의 '패상의 진인'이라는 말 대신 천자의 기운 얘기를 꺼내 패공 유방을 죽이라고 항우를 충동질했다. 항우도 천자의 기운이라는 말에 이내 벌겋게 달아올라 패공을 죽일 뜻을 한층 더 굳혔다. 그날 밤으로 이끌고 있는 모든 장졸들에게 명을 내려 다음 날 일찍 싸울 채비를 하게 했다.

그때 항백은 좌윤(佐尹) 벼슬을 받고 조카인 항우를 따라다니며 진나라와 싸우고 있었다. 항우가 다음 날 아침 일찍 패공 유방을 공격하여 그를 죽이려 한다는 말을 듣자 몹시 놀랐다. 패공을 따라와 패상에 와 있다는 장량 때문이었다.

널리 알려진 것처럼 오래전 어려웠던 시절에 항백은 장량의 도움을 크게 받은 적이 있었다. 사람을 죽이고 진나라 관부에 쫓기는 그를 숨겨 주었을 뿐만 아니라, 오중에 자리 잡은 아우 항량과 조카 항우를 찾아갈 때까지 몇 년이나 형제처럼 돌봐 준 일이 그랬다. 장량이 하비에 살고 있을 때의 일이었다.

그러다가 3년 뒤 항백과 장량은 설현의 한 진영에서 다시 만났다. 패공 유방이 항량의 별장이 되면서 패공 밑에 구장(廐將)으로 있던 장량까지 항량 휘하에 들게 된 때문이었다. 둘은 서로의 거처를 오가며 정을 두텁게 했으나, 오래잖아 장량이 한성(韓成)을 따라 옛 한나라를 다시 일으키러 떠나면서 헤어지게 되었다.

항우를 따라 관중으로 들어온 항백은 장량이 다시 패공 유방의 막빈으로 돌아와 있다는 풍문을 듣자 몹시 반가웠다. 틈나는 대로 찾아가 옛정을 이으려고 하는데, 항우가 패공을 치려 한다는 말을 들었다. 조무상이 사람을 보낸 일까지는 듣지 못했으나, 항우가 40만 장졸 모두에게 명을 내려 다음 날 아침 크게 싸울 채비를 시키는 걸 보자 항백은 걱정이 되지 않을 수 없었다. 항우의 성격으로 미루어 패공 유방만 죽이고 끝날 것 같지 않았기 때문이다. 그냥 두면 패공의 막빈으로 있는 장량도 다음 날로 죽은 목숨이었다.

처음 항백은 어떻게든 항우를 말려 보려 했다. 하지만 아무리 숙부와 조카 사이라고 해도 말릴 수 있는 일과 말릴 수 없는 일이 따로 있었다. 특히 패공이 일부러 군사를 보내 함곡관을 막은 일은 변명의 여지가 없었다. 거기다가 항우 곁에는 언제나 범증이 붙어 있어 틈만 나면 패공을 없애려 하고 있으니 더욱 말을 붙여 보기 어려웠다.

이에 항백은 밤중에 말을 달려 패공의 진채로 갔다. 항백의 협기로는 장량이 죄 없이 죽는 것을 그냥 두고 볼 수 없었다. 홍문에서 패상까지는 50리 가까운 길이라 항백은 밤이 깊어서야 패공의 진채에 이를 수 있었다. 파수를 서던 군사가 항백을 가로막았으나, 장량을 찾아왔다고 하자 항백을 곧 장량에게 데리고 갔다.

장량도 항백이 조카 항우 밑에서 좌윤으로 일하고 있다는 소리를 듣고 있었다. 틈이 나는 대로 찾아보고 회포를 풀려고 했으나, 두 진영을 감싼 기류가 긴박하면서도 미묘한 데가 있어 가볍게 움직이지 못하고 있었다. 패공이 함곡관에 군사를 보내 제후군의 진입을 막은 일 때문이었다. 패공은 장량도 모르는 사이에 그 일을 벌였는데, 그 뒤로도 진작 장량에게 알려 주지 않아 일을 더욱 어렵게 만들었다. 함곡관이 깨지고 난 뒤에야 그 일을 알게 되니 패공의 꾀주머니[智囊]라는 장량도 당장은 속수무책이었다.

그런데 항백이 깊은 밤에 홀로 찾아들자 장량은 그 전갈을 듣는 순간부터 심상찮은 예감이 들었다. 한달음에 달려 나간 장량은 그 예감을 더 큰 반가움으로 드러내며 항백을 얼싸안고 손을 부여잡았다. 항백도 그런 장량의 반가움을 거북하게 여기지 않으며 두 손을 마주 잡았다.

수인사를 마친 장량은 곁에 두고 부리는 군사를 불러 술상을 차려 오게 했다. 하지만 항백에게 당장 급한 것은 이제는 오래된 벗같이 된 옛 은인의 목숨을 구하는 일이었다. 술상을 기다려 쌓인 회포를 풀고 있을 겨를이 없었다.

"장 형. 아니, 자방 선생. 지금은 한가롭게 술잔을 나눌 때가 아닌 듯싶소. 먼저 내 얘기부터 귀 기울여 들어 주시오."

항백이 급하게 손을 저어 술상을 말렸다. 장량은 더욱 무슨 큰일이 있나 싶었으나, 짐짓 모르는 척 딴전을 피웠다.

"항 대협, 무슨 일인지 모르나 여러 해 만에 만난 우리가 술 한잔 나눌 수 없대서야 말이 되겠습니까? 이야기는 술상 머리에서 해도 늦지 않습니다."

"그렇지 않습니다. 지금 패공과 자방 선생은 도마 위의 생선과도 같은 처지외다. 조카 우(羽)는 내일 아침 거느린 대군을 모두 휘몰아 패상에 있는 패공의 진채를 들이칠 것이오."

"아니, 항 대협 그게 무슨 말씀입니까? 우리는 상장군께서 관중으로 들어오셨단 말을 듣고 이리 기뻐하고 있는데, 상장군께서는 도리어 대군을 들어 우리를 치시겠다니요?"

어느 정도 짐작하던 일이었으나 장량은 그래도 모르는 척 딴전을 피웠다. 항백이 딱하다는 듯 혀를 차며 말했다.

"함곡관 문은 왜 닫아걸고 우리에게 맞섰소? 거기다가 패공께서는 항복한 진왕 자영을 승상으로 삼고 관중왕이 되려 하신다면서요? 진귀한 재보를 모두 거두어들였을 뿐만 아니라, 자영이 바친 진나라의 옥새와 부절까지 무단으로 쓰고 계신단 말도 들었소. 불같은 조카의 성미를 그렇게 건들고도 너무 태평들 하시구려."

그제야 장량도 정색을 했다. 새삼 두렵고 걱정스러운 표정이 되어 물었다.

"항 대협, 그건 그렇지 않습니다. 모두가 소인배들의 참소일 따름입니다. 그런데 상장군께서 그렇게 알고 계시다니 실로 큰일이군요. 몇 마디 말로 발명(發明)할 수 있는 일이 아닌 듯합니다. 일이 그렇게 엄중하게 되었다면 이제 우리는 어떻게 해야 되겠습니까?"

"패공께서 거느린 군사는 밖으로 20만 명을 일컫지만 실은 10만 명을 크게 넘지 않음을 알고 있소이다. 거기에 비해 우리 군사는 큰소리치는 것처럼 백만 명이 되지는 않으나, 여러 갈래 제후군을 합치면 그래도 40만 명은 웃돌 것이오. 거기다가 조카는 병법에 밝고 용맹스러워 패공께서는 결코 그 적수가 되지 못하오. 그런데 조카 곁에는 또 범증이란 늙은이가 붙어 패공을 반드시 죽이라고 부추기고 있으니, 패공은 내일이면 죽은 목숨이나 다름없소."

항백이 그렇게 말해 놓고는 길게 한숨을 쉬며 덧붙였다.

"바라건대 선생께서는 부디 패공과 함께 헛되이 죽임을 당하지 않도록 하시오. 오늘 밤 나와 함께 멀리 달아나 초야에 숨어 살며 천수를 누리도록 합시다. 비록 옛적에 베풀어 주신 은의를 잊지 못해 이렇게 찾아왔으나, 나 또한 진중의 엄중한 기밀을 누설한 셈이외다. 아무리 조카와 아재비 사이라 하더라도 군기를 어기고 어찌 용서받기를 바라겠소?"

간곡하고도 진정 어린 항백의 목소리였다. 숙연하게 듣고 있던 장량이 무겁게 고개를 가로저으며 말했다.

"나는 되살아난 부조(父祖)의 나라 임금인 한왕(韓王)의 명을 받들어 패공 유방을 따르고 있습니다. 그런데 이제 패공이 위태로워졌다고 하여 홀로 목숨을 건지고자 달아나는 것은 의롭지 못합니다. 이 일을 마땅히 패공께 알리고 함께 풀어 가는 것이 순리일 것입니다."

그러고는 항백을 자신의 군막에 남겨 둔 채 패공을 찾아가 항백이 찾아온 일을 자세히 말하였다. 듣고 난 패공이 크게 놀라며 장량에게 물었다.

"이 일을 장차 어찌했으면 좋겠소?"

"무엇보다도 함곡관을 막은 일이 항우의 심기를 크게 해친 듯합니다. 도대체 누가 패공께 그따위 계책을 일러 주었습니까?"

장량이 대답 대신 진작부터 궁금하던 것을 알아보았다. 패공이 겸연쩍은 얼굴로 머뭇머뭇 대답했다.

"어떤 소견 좁은 서생[鰌生]이 말해 주었소이다. 그렇게 관을 막고 제후들을 들이지 않으면 나 홀로 진나라 넓은 땅을 차지하고 왕 노릇을 할 수 있을 것이라기에 생각 없이 따랐을 뿐이오."

"그럼 패공께서는 스스로 헤아리시기에 항우를 물리칠 수 있다고 보십니까? 패공께서 거느리신 군사가 항우의 대군을 당해 낼 수 있습니까?"

"아마 어림없는 일일 거요. 그래서 이렇게 걱정하고 있지 않소? 자방, 실로 이제 나는 어찌해야 하오?"

패공이 잘못을 저지른 아이처럼 두려움에 질린 얼굴로 되물었다. 장량은 그런 패공의 물음에 울컥 속이 치밀었으나 왠지 드러내 놓고 성을 낼 수가 없었다. 자신이 이 일을 풀어 주지 않으면 패공이 크게 낭패를 당하고 말 것이란 걱정이 앞서, 치미는 속을 억지로 누르며 머리를 짜냈다.

이윽고 장량이 차분한 목소리로 권했다.

"바라건대 패공께서는 먼저 항백부터 달래십시오. 그 사람을 만나 결코 항(項) 상장군을 저버릴 뜻이 없었음을 밝히고 앞으로도 그 명을 받들 것임을 믿게 하셔야 합니다."

"자방 선생은 어떻게 항백과 친분을 맺게 되었소?"

패공 유방이 장량에게 불쑥 물었다. 장량이 옛일을 털어놓았다.

"시황제의 다스림을 받을 때 항백과 더불어 어울린 적이 있습니다. 그때 저는 하비에 살았는데, 항백이 진나라 병사들을 죽이고 도망쳐 왔기에 여러 해 그를 내 집에 숨겨 주고 골육처럼 보살펴 주었습니다. 나중에 오중에서 자리 잡은 그 아우 항량과 조카 항우를 찾아가면서, 항백은 제게 살려 준 은혜를 감사한 일이 있었는데, 이제 제게 위급한 일이 생기자 다행히도 이렇게 달려와 일러 주었습니다."

그 말을 들은 패공이 잠시 무언가를 생각하더니 다시 불쑥 장량에게 물었다.

"선생과 항백 두 분 중 어느 분이 더 연세가 드셨소?"

"항백이 저보다 여러 살 위입니다."

장량이 대답하면서도 영문을 몰라 패공을 멀거니 쳐다보았다. 패공이 여전히 자신의 생각에만 몰두하여 그런 장량의 눈길을 무시한 채 말했다.

"그럼 잘되었소. 자방은 얼른 항백을 이리로 불러 주시오. 내가 그를 형으로 섬길 것이오!"

얼른 들으면 엉뚱한 소리였지만 장량은 비로소 그러는 패공의 뜻을 짐작하였다.

'아재비와 조카 사이의 정에 매달려 보려는 것이로구나. 아재비인 항백을 써서 항우의 분노를 달래 보려 한다. 격하지만 정의(情誼)에 약한 초나라 사람들을 상대로는 좋은 계책이 될 수도 있겠지……'

그렇게 헤아리면서 항백을 패공의 군막으로 불러들였다.

그사이 술상을 차려 오게 한 패공은 항백이 오자 큰 잔 가득 술을 부어 권하며 말했다.

"여기 이 자방 선생은 제게 없어서는 안 될 꾀주머니 같은 사람일 뿐만 아니라, 오래 싸움터에서 생사를 같이해 온 터라 제게는 또한 골육이나 다름없습니다. 그런 자방이 형님처럼 섬긴다니, 항 공(項公)은 제게도 형님이 됩니다. 이제부터는 공을 형님으로 모실 터이니, 부디 어리석고 미련하다 이 아우를 물리치지 마십시오."

그 말에 항백은 황당하면서도 한편으로는 은근히 감격했다. 지금은 세력에 몰려 위급한 처지에 있기는 하지만 그래도 천하가 이미 다 그 이름을 들어 아는 패공이었다. 거기다가 먼저 진나라의 항복을 받아 내어 회왕의 약조대로라면 마땅히 관중왕이 되어야 할 사람이 아닌가.

패공이 내미는 잔을 얼결에 받아 마신 항백은 그냥 두면 엎드려 절이라도 할 것 같은 패공을 붙들듯 하며 말했다.

"패공, 이 무슨 망발이십니까? 헛되이 나이만 먹어 비록 패공보다 몇 살 위이긴 하나, 형이라니 될 법이나 한 소립니까? 거기다가 저야말로 저기 장(張) 형 덕분에 죽을 목숨을 건진 적이 있으니, 이 목숨은 이미 장 형의 것이나 다름없습니다. 그런 장 형이 따르고 모시는 분이면 제게도 마땅히 따르고 모셔야 할 분이 됩니다."

"그렇지 않습니다. 온 세상이 우러르는 옛 초나라의 명장 항연(項燕)의 아들이요, 방금 위세가 천하를 진동시키는 상장군 항우의 백부 되시는 분이 이 하찮은 사람의 형이 되지 못하신다면 누가 될 수 있단 말입니까? 더구나 지난날 무신군(武信君, 항량)께서 살아 계실 때 저와 항 상장군은 형제의 의를 맺은 적도 있습니다. 형과 아우를 굳이 정하지는 않았으나, 저는 이미 공의 조카와 형제가 된 적도 있으니 공께서 제 형이 된다 해서 망발 될 게 무엇이겠습니까?"

패공 유방이 다시 그렇게 자신을 낮추었다. 항백은 그래도 사양을 거듭했다. 그러자 패공은 말을 바꾸었다.

"그렇다면 저와 혼(婚, 며느리의 아버지)이나 인(姻, 사위의 아버지)으로 맺어질 수는 없겠습니까? 제게는 아들과 딸이 있고 다행히도 아주 못생기거나 크게 모자라지는 않습니다. 만약 공께 아드님이 있다면 제 딸에게 빗자루와 쓰레받기[箕帚]라도 들려 바칠 것이요, 따님이 있다면 아들을 보내 공의 말고삐라도 잡게 하겠습니다."

사정 모르는 사람이 들으면 한가로운 소리 같지만, 말하는 패공으로서는 절박하기 짝이 없었다. 항우를 달래기 위해서는 항백의 환심부터 사 두어야 하기 때문이었다. 패공이 너무도 간절하게 매달리자 어지간한 장량도 민망한 표정으로 입을 다물고 있을 뿐, 두 사람 사이에 함부로 끼어들지 못했다.

웃는 얼굴에 침 뱉지 못한다고, 졸리다 못한 항백이 마침내 빙긋 웃으며 대답했다.

"그거야 아니 될 게 없지요. 좋습니다. 원래 하상(下相)에서 거느리던 처자는 전란 통에 모두 죽어 새로 얻은 자식이 아직 어리나, 패공께서 정히 바라신다면 혼인(婚姻)의 아름다운 인연을 맺지 못할 것도 없습니다. 오히려 제가 감히 청하지는 못하였으나 참으로 바라는 바입니다."

그러자 패공은 더욱 좋은 술과 안주를 내오게 했다. 그리고 한참이나 축수(祝壽)와 더불어 혼인 약조를 거듭 다짐하더니, 마침내 처연한 목소리로 입을 열었다.

"이제 우리 두 집안은 혼인으로 맺어졌으니, 흥망성쇠도 아울러 얽히게 되었소. 그런데도 공께서는 소매에 두 손을 넣고 사돈인 내가 당하는 화를 구경만 하시겠습니까?"

"그럴 리가 있겠습니까? 도울 일이 있으면 마땅히 도와야지요. 제가 무얼 해야 하는지 가르침만 내려 주십시오."

항백이 뻔히 짐작하면서도 짐짓 그렇게 대답했다. 패공은 그제야 진작부터 항백에게 당부하고 싶던 말을 털어놓았다.

"저는 관중으로 들어온 뒤 터럭만 한 물건도 사사로이 취한 적이 없고, 아름다운 여인도 감히 가까이한 바 없습니다. 관리와 백성들의 장부를 정리하고 궁궐과 창고를 봉하여 제후군의 종장(縱長)이신 상장군께서 관내로 들어오실 날만 기다렸을 뿐입니다. 그런데도 저를 시기하는 무리의 모함으로 상장군의 의심을 받게 되니 실로 괴롭습니다."

패공은 거기서 잠시 말을 끊었다가 다시 천연덕스레 이었다.

"제가 장수를 보내 함곡관을 지키게 한 것도 다른 도적 떼가 드나드는 걸 막아 뜻밖의 변고를 피하기 위함이었을 뿐, 다른 뜻은 전혀 없었습니다. 밤낮으로 상장군께서 이곳에 이르시기를 손꼽아 기다려 온 제가 어찌 감히 상장군을 거역하고 맞서려 했겠습니까? 원컨대 공께서는 제가 감히 배은망덕하지 않았음을 상장군께 잘 말해 주십시오."

장량이 듣기에는 능청스럽기 짝이 없는 거짓말이요 둘러대기였고, 항백도 그런 패공의 말을 다 믿는 눈치는 아니었다. 하지만 그 때문에 전보다 더 패공을 얕보거나 싫어하게 된 것 같지는 않았다. 오히려 패공의 독특한 설득력에 이끌렸는지 항백이 스스로 머리를 짜내 패공에게 권했다.

"비록 조카와 아재비 사이라고는 하나 제 말만으로는 항우의 마음을 돌리기 어려울 것이니, 패공께서도 나서 주셔야 합니다. 번거로우시더라도 내일 몸소 우리 진채로 오시어 상장군에게 사죄드리지 않으시면 잘못 꼬인 일을 풀기는 어려울 것입니다."

패공 유방의 독특한 설득력이란, 곁에서 보는 사람이 답답하고 안타까워 스스로 돕고 나서도록 만드는 힘이었다. '이렇게 일이

꼬여 버릴 수도 있는가', '사람이 저렇게 무력할 수 있는가', '위태롭고도 안됐구나', 대개 그런 심경을 거쳐 마침내는 '도와줘야겠다, 내가 돕지 않으면 이 사람은 끝장나고 만다' 하는 식으로.

"좋습니다. 그리하지요. 내일 아침 반드시 상장군을 찾아뵙고 함곡관의 일을 소상하게 밝히도록 하겠습니다."

항백의 심경을 아는지 모르는지 패공이 그렇게 선선히 그의 권유를 받아들였다. 이에 항백은 온 길을 되짚어 그 밤 다시 홍문에 있는 항우의 진채로 돌아갔다.

항백이 항우의 군막을 찾아가니 다음 날 큰 싸움을 앞두어서 그런지 항우는 아직 잠자리에 들지 않고 있었다. 항백은 장량을 만나러 갔던 일을 털어놓고 다음 날 사죄하러 오겠다는 패공의 뜻을 전했다. 이미 패공을 죽이기로 작정한 항우는 쉽게 마음을 돌리려 하지 않았다. 항백이 더욱 간곡하게 조카를 달랬다.

"패공이 먼저 관중을 쳐부수어 진나라의 힘을 흩어 놓지 않았다면 상장군이 어찌 이리 쉽게 관내로 들어올 수 있었겠는가? 이제 그가 큰 공을 세웠는데도 힘으로 쳐부순다면 이는 결코 의롭지 못한 일이네. 좋게 그를 맞아들임만 못할 걸세. 부디 이 아재비의 말을 새겨들어 주게."

그러자 항우도 마침내는 말없이 고개를 끄덕여 패공을 만나 볼 뜻을 나타냈다.

하지만 일은 그걸로 모두 풀린 게 아니었다. 항백이 돌아가자 항우 주변에 풀어놓은 군사들로부터 그 소문을 들은 범증이 다시 항우의 군막으로 달려왔다.

"상장군께서 패공의 사죄를 받아들이시겠다고 하셨다는데 정말이십니까?"

범증이 항우를 보고 따지듯 물었다. 이미 항백의 말에 반나마 마음이 기울어진 항우가 떨떠름한 얼굴로 말했다.

"우리가 너무 한쪽 말만 듣고 일을 벌이는 게 아닌지 모르겠소. 내일 패공 유방을 만나 보고 그를 어떻게 해야 할지 결정해도 늦지 않을 것이오."

"그렇지 않습니다. 유방의 시커먼 속셈은 이미 다 드러났습니다. 항백이 공연히 사사로운 정을 내어 장량을 찾아갔다가, 엉큼한 유방의 수작에 말려든 것입니다. 군율을 어기고 적진을 넘나든 죄를 묻지는 못할지언정, 결코 항백의 말을 곧이들어서는 아니 됩니다. 내일 상장군께서 유방을 만나 주면 그 교활한 위인이 또 무슨 요사를 떨지 모릅니다."

범증이 목청을 높였다. 항량이 정도에서 죽은 뒤 항우는 한동안 계포나 한신 같은 모사들뿐만 아니라 범증까지도 깊이 믿지 않았다. 하지만 그 뒤 어려운 싸움을 헤쳐 오는 동안 범증은 차츰 항우의 믿음을 회복했다. 그러다가 관중으로 들어온 뒤에는 항우로부터 오히려 예전보다 더한 믿음과 우러름을 받았다.

항우는 범증을 전처럼 아부(亞父)라 높여 부르며, 책모라면 그 밖에 없다는 듯 다른 막빈들의 말은 전혀 들으려 하지 않았다. 아부라면 '아버지에 버금가는'이란 뜻이니, 항우가 진심으로 다시 범증을 그렇게 부르게 됐다면, 그때 그가 어떻게 범증을 대하고 있었는지를 짐작할 수 있다. 그런 범증이 팔을 걷어붙이고 나오자 항우는 다시 마음이 흔들렸다.

"그렇다면 어찌해야겠소?"

"원래 뜻하신 대로 반드시 패공을 죽여야 합니다."

"그렇지만 사냥꾼도 품 안으로 날아드는 새는 쏘지 않는다는데, 제 발로 나를 찾아온 사람을 차마 어떻게 죽일 수 있겠소?"

"제 발로 찾아온다면 차라리 잘되었습니다. 힘들여 싸울 것도 없이 패공을 죽일 수 있으니, 그 또한 상장군의 복입니다."

범증이 그렇게 말하자, 항우가 얼른 대답이 떠오르지 않는지 멀거니 범증을 건너보기만 했다. 힘을 얻은 범증이 허리띠에 걸고 있던 옥고리[玉玦]를 빼 들어 보이며 말했다.

"내일 패공이 와서 무슨 소리를 하더라도 결코 거기에 넘어가서는 안 됩니다. 크게 잔치를 벌여 겉으로는 패공을 환대하는 척하다가, 때를 보아 죽이면 힘들이지 않고 우환거리를 없앨 수 있을 것입니다. 제가 이 옥고리를 쳐들어 보이거든 상장군께서는 단칼에 패공을 베어 버리십시오. 털끝만큼도 칼날에 인정을 남겨서는 아니 됩니다."

"알겠소. 내일 패공이 무슨 소리를 하는지나 들어 보고 군사의 가르침대로 하겠소."

범증의 표정이 워낙 엄중해서인지 마침내는 항우도 그렇게 범증의 뜻을 따라 주었다.

홍문의 잔치

항백이 패상에 있는 패공의 진영을 다녀간 다음 날이었다. 패공은 아침 일찍 믿을 만한 장졸 백여 기만 이끌고 패상을 떠났다. 그 백여 기에는 번쾌와 장량 말고도 하후영, 근강(靳彊), 기신(紀信) 등이 들어 있었다.

정오 무렵 하여 홍문(鴻門)에 이른 패공은 바로 항우의 군막을 찾았다. 패공과 그를 따르는 백여 기가 군문으로 들어서니 항우를 호위하는 군사들이 앞을 막았다. 이에 패공은 번쾌를 비롯한 장졸들을 모두 군문 밖에 세워 두고 장량만 거느린 채 안으로 들어갔다. 패공만 항우에게 보내는 걸 불안하게 여긴 번쾌가 억지로 따라 들어오려 하자 장량이 눈짓으로 말리며 속삭였다.

"장군은 잠시 군문 밖에서 기다리시오. 장군이 패공을 위해 죽어야 할 때가 오면 내 반드시 달려와 알려 드리겠소!"

패공과 장량이 항우의 군막에 이르자 기다리고 있던 항백이 나와 그들을 맞아들였다. 패공은 항우 앞에 서게 되자마자 주변의 이목을 아랑곳 않고 땅바닥에 넙죽 엎드렸다.

"일찍이 우리 군사가 모두 설현에 머무르고 있을 때, 무신군께서는 상장군과 저를 형제의 의로 묶어 주신 바 있습니다. 이제 세월은 흐르고 무신군께서는 한을 품으신 채 돌아가셨으나, 한 번 맺은 형제의 의야 어디 가겠습니까? 오래 떨어져 지낸 아우 유방이 문안 올립니다. 형님께서는 그간 별고 없으셨는지요?"

패공이 비굴해 보일 만큼 깊숙이 항우에게 머리를 조아렸다. 범증을 비롯한 항우 편 사람들은 그런 패공에게 드러내 놓고 비웃거나 역겨워하는 눈길을 보냈고, 사정이 절박함을 잘 아는 장량과 항백조차도 그 비굴함에 무참해서 얼굴이 붉어졌다.

하지만 항우는 달랐다. 타고난 무골인 그는 패공의 그와 같은 솔직한 복종의 의사표시에 오히려 호감이 가는 눈치였다.

"나이 어린 할아비는 있어도 나이 어린 형은 없다 했소. 돌아가신 숙부께서 의좋게 지내란 뜻으로 우리에게 내리신 분부를 패공께서는 너무 무겁게 여기신 듯하오. 스무 살이나 어린 내게 형이라니 당치도 않소. 어서 일어나시오."

말로는 겸양을 드러냈지만, 얼굴을 보아서는 나이 어린 형 노릇 하는 게 별로 싫지 않은 듯했다.

"오히려 형님께서 당치 않은 말씀을 하십니다. 군신 사이에 무슨 나이가 있겠습니까? 저를 아우로 받아 주신 것만으로도 그저 황송할 따름입니다."

패공이 이번에는 스스로 자신을 그의 신하로까지 낮춰 한 번 더 항우의 속을 풀어 준 뒤에 다시 천연덕스레 이어 갔다.

"신은 과분하게도 상장군과 더불어 힘을 다해 진나라를 쳐 없 애려 하였던 바, 장군께서는 하북에서 싸우시고 신은 하남에서 싸우게 되었습니다. 그러나 장군께서 힘들여 진나라의 주력을 쳐 부수고 계신 사이에, 신은 비어 있는 하남을 거쳐 뜻 아니하게 먼 저 관중으로 들어올 수 있었습니다. 그 뒤 요행히 진나라를 무찌 르고 진왕의 항복을 받게 되었으나 신은 삼가고 또 삼가 한번도 외람된 뜻을 품어 본 적이 없습니다. 함양의 부고(府庫)를 봉하고 그 장적(帳籍)을 엄히 간수하며, 오직 장군께서 빨리 입관하시기 를 손꼽아 기다렸을 뿐입니다. 그러다가 이제야 이렇게 상장군을 뵈올 수 있게 되었습니다만, 누가 알았겠습니까? 소인배의 참소 가 있어 장군과 신 사이에 틈이 생기게 되었으니 실로 이 일을 어찌해야 좋을지 모르겠습니다."

패공이 그렇게 말을 마쳤을 때 이미 항우의 속은 거의 풀려 있었다. 그러나 패공의 하소연은 거기서 그치지 않았다. 눈물이 흥건히 고인 두 눈으로 항우를 우러러보며 다시 탄식처럼 덧붙 였다.

"무신군께서 돌아가셨을 때만 해도 함께 피눈물을 흘리며 보 수(報讎)를 다짐하던 우리 형제가 어쩌다 이리되고 말았습니까? 차라리 몇 달 진나라의 항복이 늦어지더라도 이와 같이 상장군 과 길을 나누어 와서는 아니 되었습니다. 작년 가을 성양을 우려

148

빼고 복양 동쪽에서 진군(秦軍)을 크게 무찌른 뒤, 다시 옹구에서 이유를 목 벨 때처럼 상장군과 말머리를 나란히 하고 함께 싸우며 함곡관을 넘어야 했습니다."

그러자 의심으로 철석같이 굳어 있던 항우의 심사는 봄눈 녹듯 녹아내렸다. 그때까지 패공 유방을 미워하고 성낸 일이 오히려 미안해져 해서는 안 될 소리까지 하고 말았다.

"서로 사정을 몰라서 일이 뒤틀린 듯하오. 우리가 아는 것은 모두 패공의 좌사마 조무상이 말해 준 것이오. 그의 말이 아니었던들 일이 여기까지 이르기야 했겠소! 걱정하지 말고 오랜만에 술이나 한잔 나눕시다."

그렇게 말하고 호탕하게 웃은 항우는 패공 유방을 데리고 잔칫상을 벌여 둔 곳으로 이끌었다. 항우의 머릿속에 있던 엉큼하고 밉살맞은 야심가 유방은 어느새 예전의 겸손하고도 솔직한 별장(別將)으로 되돌아가고, 그를 헐뜯어 말한 조무상은 용서할 수 없이 비루한 배신자로 내려앉았다.

범증은 항우가 조무상의 이름까지 밝힐 때 하도 어이가 없어 자칫 크게 한숨을 내쉴 뻔하였다.

'오늘 저 유방이 죽지 않으면 반드시 애꿎은 조무상이 죽게 되겠구나!'

거기다가 더욱 기막힌 것은 유방의 몇 마디에 온전히 풀려 버린 항우의 표정이었다. 유방을 보기만 하면 단칼에 베어 죽일 것 같던 간밤의 그 시퍼렇던 서슬은 환해진 항우의 얼굴 어디에도 남아 있지 않았다.

하지만 다행히도 항우가 패공을 술자리로 이끄는 것을 보고 범증은 그래도 한 가닥 기대를 남겼다. 패공이 자기들의 진채에 남아 있는 한 그를 죽일 수 있는 기회도 남아 있을 것이기 때문이었다.

술자리에 이르러 항우와 항백은 동쪽으로 향해 앉고, 장량은 맞은편에서 서쪽을 향해 앉았다. 범증은 남쪽을 향해 앉고 패공은 그 맞은편에서 북쪽을 향해 앉았다. 당상(堂上)이 따로 있지 않은 자리는 동쪽을 향하는 것이 가장 귀하다[不對堂下者 唯東向 爲貴] 하였으니 대강 그들의 자리매김이 어떠한지를 잘 보여 주는 배석이었다.

술잔을 주고받는 항우와 패공 유방은 어느새 그저 유쾌하기만 한 주객으로 돌아갔다. 항우는 피 튀기던 거록(鉅鹿)의 싸움이며 장함에게서 항복을 받아 내고 함곡관을 깨뜨리던 일을 스스로 되돌아보기도 하고, 팽성에서 헤어진 뒤로 패공이 쌓아 온 전력(戰 歷)을 묻기도 하며 거듭 술잔을 권했다. 그게 항우였다. 자신에게 맞서는 자에게는 잔혹하다 할 만큼 엄격했지만, 깨끗하게 승복하고 허리를 굽히면 얼마든지 너그럽게 정을 쏠 줄도 알았다.

한편 패공과 마주 앉은 범증은 시간이 흐를수록 애가 탔다. 때로는 커지고 때로는 작아지며, 굽힐 때 굽히고 펼 때 펴 항우의 허영심을 채워 주고 비위를 맞추는 패공 때문이었다. 그럴수록 반드시 죽이지 않으면 자신의 주군 항우에게 큰 걸림돌이 될 것이라 보아, 범증은 몇 번이나 옥고리를 들어 보이며 항우에게 암시를 보냈다. 그러나 제 흥에 겨운 항우는 번번이 못 본 척하며 패공에게 손을 쓰려 하지 않았다.

마침내 항우의 손을 빌려 패공을 죽이기를 단념한 범증이 슬그머니 술자리를 빠져나와 항장을 불렀다. 항장은 항우의 종제로서 초나라 맹장 가운데 하나였다.

"주군께서 사람됨이 모질지 못하니 장군은 안으로 들어가서 축수를 올리고 칼춤 추기를 청하라. 반드시 주군의 허락을 받아 내어 칼춤을 추되, 때를 보아 패공을 앉은 자리에서 쳐 죽여 버려라. 오늘 패공을 죽이지 못하면 장군들은 모두 장차 반드시 패공의 포로가 되고 말 것이다."

항장을 구석진 곳으로 가만히 데려간 범증은 목소리를 낮추어 말했다. 항장이 그리 미욱한 사람이 아니라 금세 범증의 말을 알아들었다. 곧 술자리로 들어가 항우에게 축수를 올리고 말하였다.

"군왕께서 패공을 모시고 술잔치를 벌이시는데 군중이라 그런지 취흥을 돋울 만한 것이 없습니다. 제가 솜씨는 없으나 칼춤으로 한바탕 취흥을 돋우고자 하는데 허락해 주시겠습니까?"

얼큰히 취해 가던 항우가 속 모르고 웃으며 그 청을 받아 주었다.

"좋다. 네 칼춤 솜씨가 얼마나 늘었는지 보자."

그 같은 항우의 허락이 떨어지자 항장은 곧 칼을 뽑아 들고 춤을 추기 시작하였다. 초나라 사람들은 춤과 노래를 좋아하고 또 대개는 잘하였다. 항장도 초나라 사람이라 익숙한 춤사위에다 맹장으로서의 검기(劍氣)까지 더해지니 제법 볼만한 검무가 되었다. 모두 흥에 겨워 손뼉을 쳐 가며 구경했다.

하지만 장량은 애가 탔다. 술자리가 시작될 때부터 표정이 심상찮던 범증이 자리를 비웠다가 돌아온 뒤에 일어난 일인 데다, 항장의 칼춤에서는 진작부터 써늘한 살기가 느껴지고 있었다. 그 사이 한바탕 시원한 칼춤 사위를 보여 준 항장은 이제 자리를 옮겨 가며 현란하게 칼 빛으로 꽃을 피워내듯 춤사위를 펼쳐 냈다. 그런데 항장이 몇 발자국만 더 가면 패공을 한칼에 베어 버릴 수 있는 거리에 이르렀을 무렵이었다.

"원래 검무란 짝이 있어야 제대로 어우러지는 법, 내 비록 솜씨 없으나 조카와 짝을 이루어 흥을 돋워 보겠네."

항백이 그러면서 자리에서 일어났다. 이내 허리에 찬 장검을 뽑아 든 항백은 곧장 패공 앞으로 가 다가오는 항장을 맞았다. 그걸 보고 장량은 가만히 한숨을 내쉬었다.

'다행이다. 패공이 당장은 죽지 않겠구나……'

하지만 그 순간에도 눈앞에서는 아찔한 광경이 벌어지고 있었다. 항장이 틈을 노려 패공에게로 칼끝을 돌리면 어느새 항백이 패공을 막아서서 항장의 칼끝을 밀어냈다. 그런 일이 몇 번 되풀이되자 그 자리에 앉은 사람들도 차츰 얼굴이 어두워졌다. 흥겨워하며 보고 있는 것은 제 흥에 취한 항우뿐이었다.

항우도 범증이 몇 번인가 옥결을 들어 보이며 눈짓하는 것을 알아보았다. 그러나 그때 이미 항우에게는 패공을 죽일 마음이 씻은 듯 사라진 뒤였다.

'흠씬 얻어맞은 개처럼 꼬리를 내리고 내 눈치만 보는 이런 위인을 죽여 무슨 이득이 있겠는가. 차라리 살려 내 사람으로 씀만 못하다. 그래도 제법 군사를 부릴 줄 아는 데다, 내 뜻을 미리 헤아려 입안의 혀처럼 굴 줄도 아니, 미욱한 무장들만 부리는 답답함이라도 덜어 줄 것이다.'

속으로 그러면서 범증의 신호를 모르는 척했다. 뿐만 아니라 범증이 나가 항장을 불러오고 항장이 칼춤을 청해도 항우는 그들을 의심할 줄 몰랐다. 내가 죽일 뜻이 없는데 누가 감히 패공에게 손을 댄단 말이냐, 그런 오만에서 비롯된 방심이었다.

거듭되는 패공의 위급을 보다 못한 장량이 가만히 자리에서 일어났다. 술자리를 빠져나온 장량은 곧 멀지 않은 군문 쪽으로 달려갔다. 군문 밖에서 기다리던 번쾌가 다가오는 장량의 표정에서 무얼 읽었는지 무거운 목소리로 물었다.

"오늘 일이 어떠합니까?"

"몹시 위태롭고 다급하오. 지금 항장이 칼을 뽑아 들고 춤을 추는데, 그 숨은 뜻은 오로지 패공을 해치는 데 있소이다. 실로 어찌해야 이 위급에서 벗어날 수 있을지 모르겠소."

그러자 번쾌가 미리 준비하고 있던 사람처럼 말했다.

"그렇다면 이대로 기다릴 수만은 없는 일입니다. 제가 안으로 들어가 패공과 생사를 함께하겠습니다."

앞일을 헤아려 꾀를 펼치는 일이라면 누구에게도 지기 싫어하는 장량이었으나 그때는 그로서도 어찌해 볼 수가 없었다. 번쾌의 우직스러운 충성과 하늘의 뜻에 모든 걸 맡기기로 하고 말없이 뒤따랐다.

번쾌는 갑주를 여미고 언제든 뺄 수 있게 장검을 비껴 차더니 방패를 집어 들었다. 그런 번쾌가 군문 안으로 들어서려 하자 지키는 위사(衛士)들이 길을 막으며 들여보내려 하지 않았다. 번쾌가 방패를 들어 후려치니 위사들이 당해 내지 못해 더러는 땅바닥에 엎어지고 더러는 멀찌감치 밀려났다.

그렇게 열린 길로 군문을 지난 번쾌는 곧장 항우가 술자리를 벌이고 있는 장막 안으로 들어갔다. 뒤따라오던 위사들도 번쾌가 장막을 들추고 들어가는 것을 보고는 더 따라붙지 못했다. 하지만 그동안의 소란 때문에 장막 안의 사람들은 모두 번쾌에게로 눈길을 모았다. 그리되니 항장과 항백의 칼춤도 절로 멈추어질 수밖에 없었다.

패공 곁으로 간 번쾌는 서쪽을 향해 서서 눈을 부릅뜨고 항우를 노려보았다. 머리카락은 위로 올올이 곤두서고, 눈초리가 찢어질 듯 눈을 부릅뜬 그 모습이 여간 흉맹(凶猛)스럽지 않았다. 어지간한 항우도 그런 번쾌를 보고 일순 긴장했다. 검을 끌어당기며 무릎을 세워 언제든 맞받아칠 태세를 갖추고 물었다.

"너는 웬 놈이냐?"

그러자 번쾌를 뒤따라오던 장량이 얼른 번쾌를 대신해 대답했다.

"이 사람은 패공의 참승(參乘, 수레 오른쪽에서 호위하는 장수)인데 번쾌라고 합니다."

그런데 그 자리에 있는 사람들에게는 실로 알 수 없는 일이 다시 한번 일어났다. 당연히 번쾌의 무례한 난입을 꾸짖을 줄 알았던 항우가 끌어당겼던 칼을 제자리에 세워 두며 껄껄 웃었다.

"참으로 씩씩한 사내로구나. 저 사람에게 술 한잔을 큰 잔으로 내려라!"

그게 또한 항우였다. 항우는 깨끗하게 머리 숙이고 드는 자에게 관대한 것만큼이나 두려움을 모르는 꿋꿋한 무골을 존중할 줄도 알았다. 그날 패공 유방과 번쾌 두 주종은 우연히도 항우의 그와 같은 심성의 가려운 양면을 때맞추어 긁어 댄 셈이었다.

항우의 명에 따라 한 되들이는 좋게 되는 큰 술잔에 독한 술이 그득 채워져 번쾌에게 내려졌다. 번쾌는 방패를 든 채 고마움을 나타내는 예를 올린 뒤, 단숨에 그 큰 술잔을 비워 버렸다. 그 호탕함이 마음에 들었는지 항우가 다시 시중드는 군사들을 보고 말했다.

"술잔이 그만한데 안주가 없어서 되겠느냐? 저 사람에게 돼지 다리 하나를 주어라."

그 말에 군사들이 큰 돼지 다리 하나를 번쾌에게 날라 왔다. 기록에는 '익히지 않은 큰 돼지 다리 하나[一生彘肩]'라고 되어 있으나, 돼지 다리는 익히지 않고 먹을 수 없으므로 '익히지 않은[生]'이란 글자는 잘못 들어간 것이라고 보아야 한다.

번쾌는 들고 있던 방패를 땅바닥에 엎어 놓고 그 위에 돼지 다리를 받아 놓은 뒤 허리에서 칼을 뽑아 들었다. 방패를 도마 삼아 큰 돼지 다리를 장검으로 뭉텅뭉텅 잘라 먹는 번쾌의 모습은 호탕함을 넘어 웅장한 느낌까지 주었다. 그에 반한 항우가 다시 감탄하며 물었다.

"대단한 장사로다! 더 마실 수 있겠는가?"

그 말에 칼질을 멈춘 번쾌가 입 안에 든 고기를 서둘러 씹어 삼킨 뒤에 소매로 입가를 씻으며 말했다.

"신은 죽음도 겁내지 않고 이 자리에 나왔는데, 어찌 술 한잔 더하기를 마다하겠습니까? 다만 그 전에 대왕께 아뢰올 말씀이 있사오니 어리석고 미련하다 물리치지 마시고 한번 들어 주옵소서."

그러잖아도 마음에 드는 번쾌가 그 주인인 패공보다 한술 더 떠 대왕이라는 칭호까지 자기에게 바치자 항우가 너털웃음을 보이며 말했다.

"장사의 말이라면 내 들어 보겠다. 말하라."

"무릇 진나라는 호랑이나 이리같이 흉악한 마음으로 온 백성을 다 죽이지 못할까 걱정되는 것처럼 사람을 죽여 대고, 만들어 놓은 형벌을 다 사용하지 못할까 두려운 듯 사람들에게 함부로 형벌을 내렸습니다. 이에 천하가 모두 진나라에 등을 돌리고, 제후들이 사방에서 군사를 일으켰던 것입니다.

일찍이 우리 초나라의 회왕께서는 먼저 진나라를 쳐 없애고 함양으로 들어가는 사람을 관중의 왕으로 삼겠다고 약조하셨습니다. 그런데 이제 패공께서는 먼저 진나라를 무찌르고 함양으로 들어오셨으되, 터럭만 한 물건도 함부로 차지함이 없었으며, 궁실을 굳게 잠그고는 패상으로 군사를 물리시어 오직 대왕께서 오시기만을 기다리고 계셨습니다. 또 일부러 장졸을 보내어 함곡관을 지키게 한 것도 다른 도적들이 함부로 드나듦을 막고, 뜻 아니한 변고에 대처하기 위함이었습니다.

우리 패공은 이와 같이 나라를 위해 힘을 다하고 공로 또한 높은데, 대왕께서는 어찌하여 왕후(王侯)로 봉하여 상을 내리려 하지는 않으시고, 오히려 소인배의 헐뜯는 말만 믿어 공이 있는 사람을 함부로 죽이려 하십니까? 이는 망해 없어진 진나라를 흉내내는 것이나 다름없는 일이요, 포악함을 또 다른 포악함으로 바꾸는 것에 지나지 않습니다. 엎드려 생각하건대, 대왕을 위해서라도 그 같은 일은 하지 않으시는 것이 옳을 듯합니다."

그와 같은 번쾌의 말을 듣자 항우도 비로소 그 술자리를 감도는 미묘한 기류를 알아차렸다. 항장과 항백의 칼춤이 뜻한 바를 깨닫게 됨과 아울러 전날 밤 범증의 간곡한 권유가 떠오르며, 패공 유방의 실체를 다시 한번 심각하게 가늠해 보게 되었다.

'저 뼈 없는 버러지[無骨蟲] 같은 위인에게 이같이 충성과 용맹을 겸한 장사라니 뭔가 앞뒤가 맞지 않는다. 어쩌면 저자는 뼈도 없는 버러지가 아니라, 마음먹은 대로 커지고 작아지며 굽힐 때와 젖힐 때를 아는 술책가일 수도 있다. 저들 주종(主從)이 잘 어우러지면 나와 아부를 대적해 낼 수 있을지도 모르겠다……'

항우가 잠시 입을 다물고 패공과 번쾌를 번갈아 바라보자 술자리는 다시 무겁게 가라앉았다. 하지만 항우의 침묵은 그리 오래가지 않았다.

"앉으라. 이 자리는 내가 벌인 술자리다. 치국(治國)이나 병진(兵陣)의 일을 꺼내 취흥을 깨지 말라."

항우가 번쾌의 말에는 대꾸도 하지 않고 호쾌한 목소리로 말했다. 다시 오만과도 같은 항우의 자부심과 고집에 가까운 자신감이 모처럼의 냉정한 성찰을 무시해 버린 탓이었다.

'어쨌거나 나는 이들을 그리 대단찮게 보았고, 더군다나 이미 한 번 용서한 자들이다. 내 헤아림과 느낌을 여럿이 보는 앞에서 손바닥 뒤집듯 할 수는 없다……'

번쾌가 더 뻗대지 않고 장량 곁에 앉자 항우는 다시 여럿에게 술을 돌리게 했다. 그리고 겉으로는 전과 다름없이 호쾌한 척했지만 속으로는 주의 깊게 살피고 헤아리기 시작했다.

항우의 그 같은 변화를 눈치 챈 패공은 다시 속이 탔다. 언제 다시 항우가 변덕을 부려 목에 칼을 들이댈지 모른다 싶으니, 마시는 술과 씹는 고기가 제 맛이 아니었다. 한참이나 머리를 짜내 속이 좋지 않은 시늉을 하다가, 여럿에게 들릴 만큼 큰 소리로 측간(厠間)을 묻고 자리에서 일어났다.

장막을 나서기 전에 패공은 눈짓으로 장량과 번쾌를 불렀다. 장량과 번쾌가 눈치를 보아 가며 어렵게 술자리를 빠져나오자 패공이 낭패한 얼굴로 그들에게 말했다.

"아무래도 오늘 이 자리는 오래 있을 자리가 못 되는 것 같소. 하지만 항왕(項王)에게 하직 인사도 않고 나왔으니, 그냥 가면 뒤탈이 있을까 걱정이오. 이 일을 어찌하면 좋겠소?"

두려움에 얼이 빠진 것인지 이제는 패공까지도 항우를 항왕이라 높여 불렀다.

"큰일을 하려는 사람은 자질구레한 예절에 얽매이지 않는 법입니다. 바야흐로 저들은 칼과 도마가 되고, 우리는 도마 위에 놓

여 칼날이 떨어지기를 기다리는 물고기 신세가 난 꼴인데, 인사
는 무슨 인사입니까?"

번쾌가 그러면서 어서 몸을 빼 달아나기를 재촉했다. 머뭇거리
던 장량도 그 길밖에 없다는 듯 마침내는 머리를 끄덕여 번쾌의
뜻을 따랐다.

"그럼 이대로 떠나겠소. 하지만 우리가 모두 아무 말 없이 떠
나 버리면 항우는 틀림없이 크게 성을 내고 대군을 들어 뒤쫓을
것이오. 자방 선생께서 남아 항우에게 사죄를 하고 뒤탈 없이 해
보는 게 어떻겠소?"

패공이 장량을 죽을 곳에 남기면서도 뻔뻔스러울 만큼 천연덕
스러운 얼굴로 말했다. 하지만 장량은 조금도 서운해하는 기색이
없었다. 오히려 패공이 그만큼 자신을 믿고 능력을 인정해 주는
것이라 여긴 것인지 전에 없던 의욕을 보이며 물었다.

"패공께서는 오실 때 무슨 예물을 가지고 오셨습니까?"

"백벽(白璧, 흰 옥으로 만든 고리 모양의 구슬) 한 쌍은 항우를 위해
마련했고, 옥두(玉斗, 옥으로 만든 술잔) 한 쌍은 아부(亞父)에게 주
고자 가져왔소. 하지만 그들 두 사람의 사납고 성난 모습을 보자
감히 바칠 엄두가 나지 않았소이다. 그러니 공께서 나를 대신해
둘에게 바치고 그들의 마음을 달래 주시오."

"삼가 뜻을 받들겠습니다."

장량이 그렇게 말하자 패공이 문득 생각난 듯 당부했다.

"여기서 패상의 우리 진채까지는 40리 길이라 하나, 여산(驪
山)을 타고 내려가 지양(芷陽) 샛길로 빠지면 훨씬 가깝다 하였

소. 항우가 혹시 사람을 풀어 뒤쫓을지 모르니, 공은 내가 지름길을 이용해 우리 진채에 이르렀을 즈음이 되거든 그때 내가 떠났음을 알리도록 하시오."

그런데 장량이 미처 대답하기도 전에 그들 등 뒤에서 느긋한 목소리가 끼어들었다.

"세 분은 여기서 무엇들을 하고 계시오? 설마 이대로 몰래 떠나실 궁리들을 하고 계신 것은 아니겠지요?"

세 사람이 놀라 돌아보니 경(卿)의 작위를 받은 장수로서 항우를 돕고 있던 진평(陳平)이란 자였다. 진평이 다시 능청스러운 표정으로 말했다.

"자, 어서 안으로 들어갑시다. 상장군께서 특히 패공을 찾고 계시오."

그 말에 세 사람은 어찌할 줄 몰랐다. 머뭇거리면서 얼른 대꾸를 못하고 있는데 진평이 이번에는 은근히 겁주는 말투로 몰아댔다.

"세 분 정말 도망이라도 가시려는 거요? 어서 돌아갑시다. 아니면 소리쳐 군사들을 불러 억지로 모시겠소."

아무래도 멋모르고 하는 소리 같지는 않았다. 그때 다시 번쾌가 나섰다. 재빠르게 걸음을 옮겨 한 발 다가간 번쾌는 왼손으로 진평의 옷깃을 감아쥐고 오른손으로는 칼자루를 움켜잡으며 결연하게 말했다.

"다 알고 하시는 소리 같으니 바로 말하겠소. 그렇소. 오늘 이 홍문의 술자리가 아무래도 탈 없이 끝나기는 어려울 것 같아 먼저 패공을 모시고 자리를 뜨려 하오. 공도 이만 모르는 척하고 우리를 보내 주시오. 만약 군사를 부르시면 그 군사가 이르기 전에 이 칼이 먼저 공을 쪼개 놓을 것이오. 그리되면 우리는 그야말로 '양쪽 모두 져서 함께 다치고[兩敗俱傷] 다 같이 끝장을 보는[同歸於盡]' 꼴이 나고 말 것이외다."

그러자 진평이 유들유들한 웃음을 지으며 받았다.

"이곳은 백만 대군 한가운데 있는 상장군의 진중이고, 내 칼이라고 해서 멋으로 내 허리에 매달려 있는 것은 아니겠지요. 하지만……."

그러고는 갑자기 두 손을 모아 패공에게 공손하게 예를 표하며 말했다.

"패공의 상이 여기서 목숨을 거두실 만큼 구차하지 않으니, 내가 지금 보내 드린다 해서 반드시 우리 상장군을 저버리는 것은 아닐 것입니다. 패공께서는 어서 떠나십시오. 그리고 무사히 몸을 빼내시어 일후 큰 뜻을 이루시게 되거든 저를 잊지나 말아 주십시오."

그러고는 슬며시 돌아서서 먼 산을 바라보았다.

패공도 그런 진평의 뜻을 이내 알아차렸다. 번쾌를 재촉해 군문을 빠져나온 패공은 데리고 온 백여 명의 장사들과 수레를 그대로 둔 채 하후영과 근강, 기신만을 불러 항우의 진채를 빠져나갔다. 셋 모두 번쾌처럼 패현 인근의 사람으로 젊은 날부터 유방을 따라온 사람들이었다.

홍문의 잔치 때만 해도 항우의 사람이었던 진평은 이듬해 한나라에 투항하여 한왕의 사람이 되고, 나중에는 한(漢) 제국의 승상이 되어 『사기』「세가(世家)」편에 이름을 남기게 된다. 어쩌면 그런 뒷날이 한 예감으로 다가와 그날 패공이 그렇게 빠져나가는 것을 가만히 보아 넘기게 만들었는지도 모를 일이다.

진평은 양무현 호유향 사람으로 일찍 부모를 잃고 형 진백(陳伯)과 함께 물려받은 땅 36무(畝)에 의지해 살았다. 살림이 그리 넉넉하지 못했으나 진평은 어려서부터 책 읽기를 좋아하였고, 형 진백은 그런 아우를 잘 뒷받침했다. 자신은 농투성이로 살면서도 진평은 살림 걱정 없이 마음껏 공부할 수 있도록 해 주었다. 그 덕분에 진평은 자란 뒤 멀리 다른 지방까지 가서 스승을 구하고 벗을 사귈 수 있었다.

진백에게는 아내가 있었는데 심성이 그리 곱지 못했다. 다 자란 시동생이 글줄이나 한답시고 농사일을 거들어 주기는커녕 집 안조차 제대로 돌보지 않자 심사가 틀어졌다. 이웃을 만나기만 하면 입을 비쭉거리며 시동생을 흉보았다.

"우리는 아무래도 쌀겨나 먹고 살아야 할 팔자인가 봐. 시동생이라고 하나 있는 게 저렇게 빈둥거리기만 하니, 우리 내외가 아무리 고단하게 땅을 파 본들 뭘 해? 저런 시동생은 차라리 없는 것만 못해!"

그러다가 어느 날 진백이 그 소리를 들었다. 진백은 아우에게는 못마땅해하는 내색 한번 않고 아내만 집에서 내쫓고 말았다.

하지만 그 일에 대해서는 다른 말도 있다. 진평은 기골이 장대하고 풍채가 좋아 사람들은 가끔씩 농담 삼아 그에게 묻곤 하였다.

"자네는 집도 가난한데 무얼 먹고 그렇게 크고 살찌게 되었는가?"

거기다가 인물까지 훤해 마을 여자들이 좋아하였는데 형수도 그중의 하나였다. 그래서 진평에게 은근한 추파를 보내었으나 진평이 차갑게 뿌리치자 앙심을 먹고 그를 헐뜯게 되었다고 한다. 그 일을 두고 진평을 미워하는 이들은 진평이 형수와 사통(私通)한 것인데, 사람 좋은 진백이 제 아내만 내쫓았다는 말을 퍼뜨리기도 했다.

진평이 나이 들어 장가들 때가 되었으나 쉽게 장가를 들 수가 없었다. 부잣집에서는 가난한 그에게 딸을 주려고 하지 않았고, 가난한 집에 장가드는 것은 그 자신이 구차스럽게 여겨 마다했기 때문이었다.

그런데 그 호유향에 장부(張負)라는 부자가 살았다. 장부에게는 곱고 사랑스러운 손녀가 하나 있었는데, 다섯 번이나 시집을 갔지만 그때마다 남편이 이내 죽어 버려 그 뒤로는 아무도 그녀에게 장가를 들려는 사람이 없었다. 그러나 진평은 전혀 두려워하지 않고 성사만 된다면 그녀를 아내로 맞이하려 했다.

그 무렵 진평이 사는 마을에 초상을 당한 집이 있었다. 집안이 가난한 진평은 부조(扶助)를 대신하여 상가 일을 도왔는데, 남들보다 일찍 가서 늦게 돌아오는 것으로 상가에 보탬이 되고자 하였다.

장부가 그 상가에 왔다가 진평의 뛰어난 풍채에 한눈에 반하고 말았다. 그래서 일부러 상가에 남아 진평의 행실을 가만히 살폈다. 진평도 장부가 자신을 살피는 것을 알아차렸다. 더욱 정성으로 상가 일을 보다가 그날도 조객들 중에서 가장 늦게 상가를 떠났다.

　장부가 몰래 따라가 보니 진평의 집은 성벽을 등진 후미진 골목 끄트머리에 있었다. 금세라도 내려앉을 듯한 지붕에 문 대신 해진 돗자리가 드리워져 있는 초라한 집이었다. 그러나 마당을 보니 많은 수레바퀴 자국이 있었다. 수레는 귀한 사람들이 타는 것이라, 진평의 교유가 어떠한지를 짐작한 장부는 그 길로 집에 돌아가 아들 장중(張仲)에게 말했다.

　"내가 오늘 좋은 손자사윗감을 보았다. 손녀 아이를 진평에게 시집보내야겠다."

　그러고는 그날 종일 살펴본 진평의 사람됨을 말해 주었다. 하지만 장중은 장중대로 진평에 관해 들은 얘기가 있었다.

　"진평은 가난뱅이 주제에 일은 않고 빈둥거려 온 고을 사람들이 모두 그를 비웃고 있습니다. 그런데 하필이면 딸아이를 그런 빈털터리에게 시집보내려 하십니까?"

　못마땅한 듯 아버지를 쳐다보며 물었다. 그래도 장부는 물러서지 않았다.

　"사람들 가운데 진평과 같이 훌륭한 용모를 지닌 이는 흔치 않다. 그런 진평인데 끝까지 가난하고 비천하게 지낼 까닭이 어디 있겠느냐?"

그렇게 우기면서 기어이 손녀딸을 진평에게 시집보냈다.

장부는 진평에게 돈을 빌려 주어 예단을 장만하게 하고, 술과 고기를 사서 크게 잔치를 치를 수 있게 해 주었다. 그러고도 시집가는 손녀를 불러 다시 엄하게 타일렀다.

"진평이 가난하다고 하여 그 사람을 남편으로 섬기는 데 조금이라도 불손함이 있어서는 아니 된다. 그리고 시숙이 될 진백은 시아버지 모시듯 하고, 손위 동서 되는 그 처는 시어머니 모시듯 하여라."

뿐만 아니라 장중은 손녀를 시집보낸 뒤에도 많은 재물을 나눠 주어 진평은 나날이 살림이 넉넉해졌고, 사람들과의 사귐도 더욱 폭넓어졌다.

한번은 진평이 사는 마을에서 토지신[社]에게 제사를 지내게 되었는데, 마을 사람들은 진평을 재(宰)로 세워 제사 뒤에 고기 나눠 주는 일을 맡겼다. 진평이 그 일을 잘해 내어 마을 사람들이 한결같이 칭찬하였다.

"진씨네 젊은이가 재 노릇을 참 잘하는구나. 이렇게 공평하게 고기를 나눌 수 있다니!"

진평이 그 말을 듣고 탄식하였다.

"아아, 슬프구나! 이 진평을 천하의 재[宰相]로 삼아도 고기를 나누듯 공평하게 다스릴 수 있는데……."

그 뒤 진승과 오광이 진나라에 맞서 군사를 일으키자 진평은 몇몇 젊은이들을 데리고 임제로 가서 위왕(魏王) 구(咎)를 섬겼다. 위왕은 그를 태복(太僕)으로 삼고 잘 대우하였으나 그 뒤가 별로 좋지 못했다. 좋은 계책을 올려도 받아들일 줄 모를뿐더러, 그를 시기하고 헐뜯는 무리가 있어 오래 위왕 밑에 머물 수가 없었다.

얼마 뒤 항우가 진나라 군사를 쳐부수고 하수 부근에 이르자, 진평은 그에게 귀순하고 함께 관중으로 들어왔다. 그리고 여기저기서 진나라 군사들을 무찌른 공로로 경(卿)의 작위를 받고 항우의 군막에 머물게 되었다. 진평이 그날 홍문의 잔치에 끼었다가 항우로부터 패공을 불러오라는 명을 받게 된 경위는 대략 그랬다.

패공을 놓아 보낸 장량과 진평은 한참이나 서로 말을 맞춘 뒤에야 항우가 기다리는 술자리로 돌아갔다. 지양 샛길로 빠져나간 패공이 패상의 진채에 이르렀을 무렵이었다.

"나갈 때는 셋이었는데 어찌하여 혼자만 돌아오시오?"

항우가 진평을 제쳐 놓고 장량을 향해 그렇게 물었다. 장량이 차분하게 대답했다.

"패공께서는 술기운을 이기지 못하시어 자리로 돌아오지 못하셨습니다. 다만 신 장량으로 하여금 삼가 대왕과 아부께 예물을 올려 술자리를 끝까지 함께하지 못한 불충과 결례의 죄를 빌어 달라 하셨습니다."

그러고는 패공에게서 받은 예물을 꺼내 바쳤다.

"이 백벽 한 쌍은 대왕께 두 번 절하며 바쳐 올리라 하셨고, 이 옥두 한 쌍은 대장군께 또한 두 번 절하며 바치라고 하셨습니다."

아부나 대장군은 모두 범증을 가리키는 말이다. 그사이 상장군 항우는 대왕으로 높아져 있었고, 군사인 범증은 대장군이 되어 있었다. 범증은 장량이 혼자 들어올 때부터 험상궂은 눈길로 살피고 있었으나 항우는 아직도 사태의 엄중함을 제대로 느끼지 못하고 있었다. 백벽을 바치는 장량에게 태평스레 물었다.

"그럼 패공은 어디 있는가?"

"대왕께 아직 패공을 몹시 꾸짖는 마음이 남아 있으시다는 말을 듣고 두려워하시며 홀로 패상으로 떠나셨습니다. 설령 대왕께서 노여움을 푸셨다 해도 막하에 계신 분들이 그냥 둘 것 같지 않아 두렵다 하셨습니다. 지양 샛길로 가셨으니, 신이 헤아리기에 지금쯤은 패상의 저희 진채에 이르셨을 것입니다."

그러자 항우는 아무 말 없이 장량이 바치는 백벽을 받아 앉은 자리 위에 놓았다. 패공의 그 같은 움직임이 언뜻 좋지 않은 예감으로 다가왔으나, 이미 자기 진채에 이르렀을 것이란 장량의 말이 묘하게 항우의 힘을 빼 놓았다. 뒤쫓아 봐야 미치지 못한다. 이미 늦었다……. 아마도 그런 느낌 때문이었을 것이다.

장량은 다시 옥두 한 쌍을 받들어 범증에게 바치고 두 번 공손하게 절을 올렸다.

"형산의 백옥으로 깎은 이옥 술잔[玉斗]은 술의 독기를 없애 주고 냉온을 조절한다 하옵니다. 아부께서는 부디 만수무강하시옵소서."

그렇게 축수하는 장량의 말이 너무나도 천연덕스러워 범증에게는 이죽거리는 듯한 느낌까지 준 듯했다. 이번에는 범증의 백발이 올올이 곤두서고 낯빛은 시뻘겋게 달아올랐다. 옥두를 받아

앉은 자리 앞 땅바닥에 팽개치듯 놓는 그의 두 손도 분노로 부들부들 떨리고 있었다.

'일은 글러 버렸다. 유방은 달아났고, 이제 다시는 우리 손아귀에 들어오지 않을 것이다. 이미 용서해 놓고 같은 죄를 두 번 물을 수는 없다. 정말로 진인은 패상으로 날아들었고 진나라의 명수를 거두었으며, 그리고 아직도 건재하다. 그럼 우리는 무엇인가. 우리는 어찌 되기로 정해져 있는가……'

그런 생각이 들자 일을 그렇게 틀어지게 만든 항우가, 그의 허황된 자부심과 호방함이, 그 순직(純直)과 아둔함이 자신에게 떨어진 무서운 저주처럼 느껴져 눈앞이 캄캄할 지경이었다. 하지만 그런 범증도 맞대 놓고 항우를 꾸짖을 수는 없었다.

"에이, 덜떨어진 아이놈[豎子]과는 더불어 큰일을 꾸밀 수가 없구나! 뒷날 우리 상장군의 천하를 빼앗을 자는 틀림없이 패공 유방일 것이다. 장차 우리는 모두 유방의 포로가 되고 말리라!"

그런 외침과 함께 칼을 뽑아 땅바닥에 놓인 옥두를 내려치면서 죄 없는 항장을 노려보았다. 겉보기로는 손써야 할 때 손쓰지 못해 유방을 살려 보낸 항장을 꾸짖는 것 같았으나, 범증이 속으로 꾸짖고 있는 것은 항우였다.

죄 없기는 항장과 마찬가지인 옥두가 요란스러운 소리와 함께 부수어지면서 그러잖아도 위태롭게 이어 가던 술자리의 흥취는 산산조각이 났다. 오래잖아 범증이 꾸짖는 게 누구인지를 알아차린 항우가 돌같이 굳은 얼굴로 일어나고, 다른 장수들도 그 뒤를 따라 잔치는 그 길로 파하고 말았다.

한편 그 무렵 패상의 진채는 패상의 진채대로 좀체 보기 드문 패공의 진노 때문에 얼어붙어 있었다. 지양 샛길로 빠져나온 패공은 패상의 진채로 들어서자마자 좌사마 조무상을 잡아 오게 했다.

조무상은 패공이 처음 패현에서 몸을 일으킬 때부터 좌사마가 되어 따라나섰던 사람이다. 진나라 사천 군감(郡監) 평(平)이란 자가 풍읍을 에워쌌을 때 패공과 함께 출전하여 공을 세웠고, 다시 사천 군수 장(壯)이 설현에서 패공과 싸우다가 쫓겨 달아나자 척현까지 따라가 잡아 죽였다. 그 뒤 몇 년 조무상은 크고 작은 공을 세우며 언제나 패공의 본진과 함께했다. 그런데 갑자기 항우에게 붙어 자신을 죽을 구덩이로 밀어 넣은 꼴이니 패공이 성내고 분해하지 않을 수 없었다.

"이놈 조무상아, 내 그동안 너를 대하는 데 박하지 않았거늘 너는 어찌하여 나를 팔았느냐?"

조무상이 끌려오자 패공이 대뜸 소리 높여 꾸짖었다. 조무상도 그런 엄청난 짓을 저지를 만큼 뻔뻔하고 간이 컸다. 설마 항우가 제 이름까지 댔으랴 싶었던지 시치미를 뚝 떼고 되물었다.

"패공께서는 무슨 말씀을 하고 계신지요? 제가 언제 누구에게 패공을 팔았다는 것입니까?"

그 말에 참지 못한 패공은 저잣거리 육두문자까지 섞어 가며 항우에게서 들은 말을 전했다. 그리고 으르렁거리듯 물었다.

"이래도 잡아떼겠느냐? 네 도대체 무엇을 얻고자 주인인 나를 팔았느냐?"

그러자 잠시 낯빛이 변했던 조무상이 이내 냉정을 되찾아 차갑게 코웃음 치며 받았다.

"나야말로 너 유계에게 묻겠다. 네가 언제 나의 주인이 되었느냐? 3년 전에 내가 의(義)를 짚어 일어날 때, 공교롭게 네가 패공으로 추대되는 바람에 이날까지 하관(下官)으로 따라 싸웠을 뿐, 너를 주인으로 섬긴 적은 없다. 거기다가 또 너 유계에게 묻고 싶은 것이 있다. 처음 너를 따라나설 때도 나는 이미 진나라의 사마였다. 그런데 온몸으로 창칼을 받으며 수십 전(戰)을 치른 지금도 여전히 걸레짝 같은 네 군중의 좌사마다. 개백정도 상갓집 피리장이도 저잣거리 비단장수도 현청 마부도 장군 아니면 대부요 공후(公侯)에 군까지 일컫는데 내 봉작은 삶아 놓기라도 했단 말이냐? 네 남의 상관 되어 사람을 높이고 낮추는 데 어찌 이리 사사롭단 말이냐?"

"그래서 나를 팔아 항우에게서 봉작을 사려 했던 것이냐? 네놈의 간악함이 저 옹치(雍齒)를 넘어서는구나!"

화를 참지 못한 패공이 숨까지 헉헉거리며 꾸짖었다. 그새 한층 더 냉정을 되찾은 조무상이 앙연히 하늘을 바라보다 이를 갈며 말했다.

"허나 유계 너를 팔려 해도 사 줄 작자가 없으니 어찌하겠는가? 내 비록 여기서 머리 잃은 귀신이 되어 구천을 떠돌게 되더라도, 유계 너보다는 먼저 머리 없는 귀신이 될 항우와 만나기로 기약하는 편이 낫겠구나."

그 말이 언뜻 패공의 심금을 건드는 데가 있었으나 불같은 화를 가라앉히지는 못했다. 패공은 조무상을 선 채로 목 베 군문에 내걸게 하고도 한동안이나 두 눈에서 뚝뚝 듣는 듯한 불길을 지우지 못했다.

갓 쓴 원숭이

홍문의 잔치가 있고 며칠 뒤 항우는 드디어 군사를 몰아 함양으로 들어갔다. 이미 두 달 전에 패공에게 항복한 적이 있는 함양은 한번 짓밟힌 여인처럼 아무 저항 없이 항우를 받아들였다. 이세황제가 마지막으로 기거하던 망이궁(望夷宮)에 자리 잡자 항우에게도 나름의 감회가 있었다.

시황제 37년 아직 오중에 머무르고 있을 때 항우는 회계산을 돌아보고 오는 시황제의 순수 행렬을 구경한 적이 있었다. 시황제가 용선(龍船)으로 절강을 건너는 광경을 바라보던 항우가 자신도 모르게 감탄의 소리를 입 밖으로 내뱉고 말았다.

"대단하구나! 저 자리라면 빼앗아 대신 차지해 볼 만하다[彼可取而代也]."

그때 숙부 항량은 얼굴이 퍼렇게 질려 항우를 꾸짖었지만 항우로서는 솔직한 심경을 드러낸 것에 지나지 않았다. 그런데 그로부터 겨우 3년이 지난 지금 항우는 정말로 그 시황제의 도성을 빼앗고, 그가 자리 잡고 있던 대궐을 차지하여 천하를 굽어보게 되었다.

비록 자신이 그 항복을 받아 낸 것은 아니지만, 이제 진나라는 항우의 손아귀에 들어온 것이나 다름없었다. 항우는 진나라나 그 땅의 사람들에게 이긴 자의 너그러움이나 천하를 차지한 왕자(王者)로서의 어진 다스림을 베풀 수도 있었다. 그러나 그때의 항우에게 그런 것을 바라기는 무리였다. 진나라의 주력 군사들과 싸우면서 악전고투를 거듭해 오는 동안에 거칠어지고 뒤틀린 정서는 처음부터 관용이나 연민과는 멀었다.

항우는 항복한 진나라의 마지막 임금 자영(子嬰)부터 끌어내 죽이는 것을 함양에 들어온 뒤의 첫 일로 삼았다. 유방의 배려로 목숨을 건진 자영은 그 무렵 옥리의 감시를 받으며 망이궁의 한 전각에 유폐되어 있었다. 항우는 망이궁에 자리 잡자마자 자영부터 끌어내게 했다. 자영이 끌려와 머리를 조아리자 항우가 소리 높여 꾸짖었다.

"진나라는 형벌로 백성을 학대하고, 세금과 부역으로 쥐어짰다. 남의 나라를 삼키려는 싸움터로 백성들을 내몰아 그 목숨을 무수히 잃게 하였다. 그 뒤 동쪽 여섯 나라를 병탄하여 천하를 아우른 뒤에는 사해 만민을 끌어다가 제 백성을 학대하고 쥐어짜듯 하였다. 또 제 아비, 할아비의 나라를 다시 일으키려 한다는 죄목으로 수많은 관동의 의사(義士)들을 도륙하였다. 네 그런 진나라의 왕으로서 천하에 지은 죄를 알겠느냐?"

겉으로는 그렇게 자영의 죄를 따졌으나 자영이 항우에게 지은 죄는 따로 있었다. 한 나라의 군왕답게 싸우다가 비장하게 죽지 못하고 항복을 한 죄, 그것도 패공 유방처럼 별 힘도 없는 허풍선이에게 덥석 나라를 내어준 죄였다. 나중에 진나라 회복을 구실로 자신에게 저항하는 세력의 중심이 될지 모른다는 것도 자영의 드러나지 않은 죄목일 수 있었다. 거기다가 꼼짝없이 자영을 죽음으로 내몬 것은 그동안의 마음 졸임으로 초췌해진 모습과 항우에게 구차하게 목숨을 빈 일이었다. 자영은 거기서 한 번 더 나약과 비굴을 드러내 보임으로써 항우의 살의를 확정 지었다.

"임금은 곧 나라이다. 진나라가 이미 망했는데 진나라의 임금 되어 어찌 살기를 바라겠느냐? 구차하게 목숨을 빌어 서북의 강국 진나라의 천 년 사직을 욕되게 하지 말라!"

그러면서 진왕 자영을 죽인 항우는 다시 진나라 왕실의 여러 공자들을 잡아들였다. 그들에게도 이런저런 죄목을 씌웠으나, 실상 그들을 죽인 까닭도 겉으로 밝힌 죄목과는 달랐다. 진승의 기의(起義) 이래 육국이 되살아나는 과정에서 잘 보아 왔듯, 그들 공자들도 나중에 진나라 회복을 구실로 자신에게 저항할 세력이 쉽게 우두머리로 내세울 수 있는 인물들이었다. 이에 저 신안에서 20만 항졸을 묻어 버릴 때와 별반 다르지 않은 심정으로 항우는 그들을 미리 쓸어버렸다.

그다음으로 항우가 끌어내 죽인 것은 높고 낮은 진나라의 벼슬아치들이었다. 역시 겉으로는 포악한 임금을 도와 못된 짓을 한 죄[助桀爲惡]를 묻고 있었지만 그 또한 겉과 속이 다르기는 앞서와 다름없었다. 항우의 장수들에게 사감을 산 적이 있거나, 뇌물을 바쳐 구명을 빌지 않은 진나라의 벼슬아치들은, 그 직위가 높고 낮고를 가리지 않고 성하지 못했다. 그 밖에도, 마치 진나라 왕이라도 된 양 항우는 관중의 성곽과 관애(關隘)를 지키는 데 소홀했던 장수들도 용서하지 않았다.

하지만 함양으로 들어간 항우가 저지른 잘못 중에 가장 큰 것은 자신이 거느린 장졸들에게 약탈을 허용함으로써 결과적으로는 시황제나 다름없이 백성을 쥐어짜고 함부로 죽이게 된 일이었다. 병사들에게 약탈을 허용하는 것은 고대사회에서 흔히 볼 수 있는 일종의 포상으로서, 패공 유방도 부분적으로는 약탈을 허용하였다. 하지만 부호들이나 관청의 부고(府庫)에 제한되어 있어 백성들을 해치지는 않았는데, 항우의 장졸들은 그렇지가 못했다. 닥치는 대로 백성들을 약탈하고, 빼앗기기를 마다하거나 대드는 백성들은 거침없이 죽였다.

항우의 장졸들이 그렇게 마구잡이로 백성들을 약탈하게 된 데는 까닭이 있었다. 관청의 부고나 궁궐의 창름(倉廩)에 들어 있는 재화와 보물은 항우 자신이 모두 거두어들인 탓이었다. 항우는 특별히 물욕이 많은 것이 아니면서도 남이 보면 인색하게 보일 만큼 재물에 집착했다. 지난 두어 해 먹을 것을 찾아, 모이고 흩어지는 유민군을 어쩔 수 없이 받아들이게 되면서 터득한 요령 때문이었다. 그들을 한편으로 끌어들이고 제 사람으로 부리기 위해서는 곡식을 살 재물이 필요했고, 그래서 언제부터인가 항우에게 재물은 그 어떤 것에 못지않게 날카로운 병기며 빼어난 전략으로 간주되었다.

유별난 자부심에서 비롯된 독점욕도 재물에 대한 항우의 이해 못할 집착을 설명하는 데 도움이 될지 모르겠다. 천하의 모든 것은 이긴 자, 가장 뛰어나고 힘 있는 자의 것이어야 한다는 의식이 값지고 귀한 것은 모두 자신의 차지여야 한다는 믿음을 항우에게 주었을 것이다. 그리고 그런 믿음은 전리(戰利)의 중요한 품목이었던 여자에게도 적용되었다.

항우는 재화와 보물뿐만 아니라 궁궐 안의 여자들까지도 모두 거두어들이게 했다. 장졸들에게 나누어 줄 것은 나누어 주고 놓아줄 것은 놓아주며 곁에 두고 부릴 것은 부릴 것대로 골라 두기 위해서였다. 그래서 궁궐 안의 여자들을 모두 모아들이는 중에 부장 하나가 한 무리의 젊은 여자들을 데려와 별난 소리를 했다.

"궁궐 동북쪽의 한 전각에서 이들을 데려왔는데, 저기 나이 든 것들은 궁녀임에 틀림없으나, 여기 이 젊은 것들은 어떻게 나누어야 할지 난감합니다. 궁녀로 칠 수도 없고, 그렇다고 비복(婢僕)으로 볼 수도 없고……."

"그게 무슨 소리냐?"

"원래 이것들은 조고가 호해에게 아첨하기 위해 전국 각처에서 끌어모은 미인들이라 합니다. 궁궐의 예법에다 가무나 시문 같은 것을 익히게 한 뒤에 궁녀로 삼으려 했는데, 조고와 호해 사이가 먼저 틀어져 서로 죽이고 죽는 통에 그대로 되지 못한 것 같습니다. 아무도 손대지 않은 채 전각 한쪽으로 밀려나 천하의 새 주인이 들기만을 기다리고 있었다는 것입니다."

"새 주인이라면 자영도 있지 않았느냐?"

아무도 손대지 않은 미인들이란 말에 항우가 그렇게 물었다.

"자영은 삼세(三世) 황제가 아니라 오직 진왕(秦王)이 되었을 뿐이었고, 그나마 달포밖에 임금 노릇을 하지 못했습니다. 거기다가 또 자영은 간악한 조고를 죽이느라 온 힘을 다 쏟는 바람에 저 미인들을 돌아볼 틈이 없었다고 합니다."

"패공도 이 궁궐에 든 적이 있다고 들었는데……."

그러면서 무심코 끌려온 여인들을 하나하나 훑어보던 항우는 갑자기 움찔하며 말을 잇지 못했다. 한군데 몰려 오들오들 떨고 있는 듯한 여남은 명의 소녀들 사이에서 반짝 쏟아져 나온 한 줄기 눈빛 때문이었다. 짧게 얼굴을 스쳐 갔으나 항우에게는 마치 수십 개의 날카로운 창날이 가슴을 찔러 오는 것 같았다.

항우는 놀라 그 눈빛의 임자를 살펴보았다. 항우의 눈길이 그 임자의 얼굴에 이르자 이번에는 가슴이 철렁하고 숨이 턱 막히는 것 같았다. 이제 열여섯 살이나 되었을까? 얼른 보면 설익은 듯한 싱싱함과 풋풋함이 있었지만, 그 때문에 오히려 애처롭게 느껴지는 그녀의 눈부신 아름다움 때문이었다.

그러나 비단옷에 싸인 그녀의 자태를 바라보는 항우의 느낌은 또 달랐다. 가늘면서도 풍만하여 나이답지 않은 성숙을 드러내는 그 몸매에는 바라보는 것만으로도 찌르르한 이끌림을 느끼게 하는 요염함과 고혹이 깃들어 있었다. 까닭 모르게 사람을 후끈 달게 하는 것으로 항우의 경험에도 더러 있는 느낌이었다.

"자영이 항복한 뒤 어쩔 줄 몰라 우왕좌왕하는 이들을 거두어 이때까지 보살피게 한 사람이 바로 패공이라고 합니다."

부장이 좀 전의 물음에 대답했지만 항우의 귀에는 전혀 들어오지 않았다.

그 어떤 운명의 끌림이었을까? 그때 소녀도 말끄러미 항우를 올려다보았다. 몇 달 왕궁에서 단련을 받기는 했지만, 그 전까지만 해도 여염의 딸에 지나지 않았을 소녀였다. 그런데 천하를 떨게 하는 대장군 항우의 화경(火鏡) 같은 눈길을 한번 움찔하는 법조차 없이 마주 받고 서 있었다. 오히려 마비된 듯 한참이나 굳어 있던 것은 항우였다.

"저 아이는 누구냐? 어디서 왔으며…… 누구의 자식이냐?"

이윽고 정신을 가다듬은 항우가 더듬거리며 물었다. 부장이 늙은 궁녀를 바라보며 눈짓으로 항우의 물음을 전했다. 늙은 궁녀가 자주 겪은 일인 듯 나서서 대답을 대신했다.

"음릉(陰陵) 땅 우자기(虞子期)의 딸이라 들었습니다."

"음릉이라, 우자기의 딸이라……."

그렇게 되뇐 항우는 다시 한동안 말이 없었다.

헤아려 보면 그때 항우의 나이 스물일곱, 여느 사내라도 한창 여색을 밝힐 혈기 왕성한 때였다. 더구나 용맹과 기력이 남다른 장군으로 마침내 진나라를 꺾어 천하에 두려울 게 없는 항우이고 보면 그때까지 처자를 거느리지 않은 게 유별날 수도 있었다. 다른 제후들이나 유민군 장수들은 웬만한 터전만 마련하면 보란

듯 처첩을 거느렸다.

그 시절의 관습으로 미루어, 항우가 숙부 항량을 따라 처음 군사를 일으킨 스물넷 나이만 해도 혼인하기에는 오히려 늦은 때였다. 그런데도 항우가 그때껏 장가를 들지 않은 것은 숙부의 쓰라린 경험 탓이 컸다. 하상(下相)에서 그들 항씨 형제들이 그토록 어이없이 진나라 관병들에게 당하고 만 것은 무엇보다도 먼저 지키고 보살펴야 할 가솔들 때문이었다.

"전란의 시대에 큰 뜻을 품은 남자에게 처자는 적의 볼모가 되기 십상이다."

그렇게 말하면서 항량은 군사를 일으켜 오중을 떠날 때까지도 조카의 혼인을 서둘지 않았다. 하지만 그 뒤 다시 3년 고달픈 전장을 헤매는 동안 이번에는 항우 스스로 하룻밤 잠자리 시중드는 여자조차 마다해 왔다.

항량이 죽은 다음부터, 특히 송의(宋義)를 죽인 뒤로 항우는 초나라 군사를 이끄는 실질적인 군장(君長)이었다. 멀리 회왕이 있었으나 싸움터에서는 누구의 통제도 받지 않았고, 또 달리 항우가 금욕해야 할 까닭도 없었다. 하지만 항우가 유별날 만큼 성에 엄격했던 것은 아마도 특유의 자부심과 그 자부심에서 비롯된 결벽(潔癖) 때문이었을 것이다.

피투성이 승리를 거듭하면서 턱없이 자라난 항우의 자부심은 자신이 저급한 욕망에 휘둘리는 것조차 용서하지 못했다. '나는 누구에게도 지지 않고 무엇에게도 꺾이지 않는다…….' 그런 항우의 믿음이 성욕에까지 적용된 셈이었다. 어찌 보면, '나는 너희

천장부(賤丈夫)들과 다르다. 그런 욕망쯤은 얼마든지 이겨 낼 수 있다.' 하는 오기였는지도 모른다.

거기다가 스스로 하늘 아래 으뜸가는 사내라고 믿으므로 항우는 또 하늘 아래 가장 행실 바르고 아리따운 여인 또는 북방 시경문학이 이상으로 그려내는 요조숙녀(窈窕淑女)를 짝으로 맞는 것을 당연한 일로 기다리게 되었다. 전란으로 값싸고 헤퍼진 몸가짐과 거칠고 비천해진 심성으로 군막 부근을 어슬렁거리는 여인들은 말할 것도 없고, 항우의 세력을 보고 바치는 토호의 곱게 기른 딸들까지도 항우의 눈에는 그저 순하고 미련한 사람의 암컷으로만 보였다. 그리고 그런 항우의 자부심은 차츰 여색(女色)에 대한 묘한 결벽으로 변해 갔다.

하지만 억누를 길 없는 젊음과 넘쳐나는 기력 때문에 육욕과의 힘든 싸움을 해 오는 동안 항우에게도 마음속으로 그리는 여인의 모습이 생겨났다. 그 원형은 아마도 어렸을 적에 잃어 희미해진 어머니의 기억이었을 것이다. 거기에다 숙부와 고달프게 떠돌던 소년 시절 마음 설레며 스쳐 지났던 소녀들의 모습이 항우의 상상력과 어우러져 그 무렵에는 제법 구체적인 여인상으로 떠오르고 있었다.

그런데 항우는 바로 그 여인상을 우(虞) 아무개의 딸이라는 소녀에게서 본 느낌이었다. 처음 그녀를 보았을 때 가슴이 철렁하고 숨이 턱 막혔던 것도 아마 그런 느낌 때문이었는지 모른다.

"대왕께서 저 아이들을 거두어들이시는 게 어떨는지요? 이제는 곁에서 시중들 여자들을 둘 때도 되었습니다."

언제 왔는지 진평이 등 뒤에서 항우에게 넌지시 권했다. 잠시 말문이 막힌 듯 우씨 성의 소녀를 멀거니 바라보고만 있는 항우의 마음속을 읽고 있는 듯했다. 그 소리에 퍼뜩 깨어난 듯 항우가 고개를 가로저으며 말했다.

　"아니다. 아직 천하가 어지러운데 내 어찌 계집에게 한눈팔 겨를이 있겠느냐?"

　"거록에서 왕리를 사로잡고 은허에서 장함의 항복을 받았을 때 이미 천하대세는 결정된 것입니다. 그 뒤 함곡관을 넘어 진나라의 남은 세력을 쓸어 내고 이제는 함양까지 차지했는데 대왕 말고 천하의 주인이 달리 어디에 있겠습니까? 게다가 대왕께서 저들을 모두 거두실 수 없다면 여러 장수들도 있지 않습니까? 저 중에서 한둘만 취하시고 나머지는 그들에게 비첩(婢妾)으로 나누어 주신다면 그들은 더욱 대왕의 우악한 은혜에 감격할 것입니다."

　진평이 다시 한번 그렇게 권하자 항우도 비로소 꿈에서 깨난 듯 정신을 가다듬어 주변을 둘러보며 속으로 헤아렸다.

　'저 아이는 바로 내가 마음속으로 그리며 만나기를 기다려 온 그 아이다. 그리고 이 자리는 모든 것을 내 뜻대로 할 수 있는 자리다. 여기까지 와서 내가 저 아이를 구태여 마다할 까닭이 어디 있는가. 무엇을 더 참고 무엇을 더 기다려야 한단 말인가? 나도 나이 스물일곱의 사내, 더구나 지난 3년 주검의 언덕을 넘고 피의 내를 건너 여기까지 왔다. 한 여인을 거느린다 해서 무슨 허물이 되겠는가? 이제 저 아이를 내 여자로 거두겠다.'

이윽고 그렇게 마음을 정한 항우는 달아오르는 얼굴을 억지로 감추며 못 이기는 척 말했다.

"그대의 말도 반드시 그른 것 같지만은 않구나. 좋다. 저 아이들을 거두어 우씨 성 쓰는 아이만 내 군막에 남기고 나머지는 모두 공 있는 장수들에게 나누어 주어라."

그렇게 우희(虞姬)를 거두어들인 항우는 그날 밤으로 그녀에게 잠자리 시중을 들게 했다. 처음 그녀를 받아들일 마음을 먹을 때와는 달리, 갑작스러운 조급에 휘몰린 까닭이었다.

항우가 다시 패공을 떠올리게 된 것은 그날 밤 작은 잔치로 맞아들인 우희와 한차례 정을 나눈 뒤였다. 흡족함을 넘어 감격에 가까운 기분으로 우희를 뜯어보던 항우가 불쑥 물었다.

"내 들으니 패공이 먼저 너희들을 거두어 보살피게 했다고 하는데 별일은 없었느냐? 특히 너를 보고는 어찌하더냐?"

"대왕처럼 한동안 물끄러미 저를 바라보시다가 이름을 물었을 뿐입니다."

우희가 별 감정 없는 목소리로 가만가만 대답했다. 항우가 까닭 모를 질투를 느끼며 캐묻듯 물었다.

"그것 참 괴이쩍은 일이다. 그 패공이란 자는 산동(山東)에 있을 때부터 호색하기로 이름이 난 자다. 싸움터에서도 냄새나는 농가의 아낙이나 갈 곳 없는 유민의 딸들을 둘씩 셋씩 끼고 잔다고 들었는데, 너를 보고도 그냥 두었다니……."

"연유는 알 수 없으나 저희는 그날 낮에 한 번 그분을 뵌 뒤로는 두 번 다시 뵙지 못하였습니다."

우희가 여전히 별 감정 없는 목소리로 대꾸했다. 그게 항우의 심사를 건드려 이번에는 우희에게 의심쩍어하는 눈빛을 보이며 물었다.

"그가 너를 바라볼 때 네 느낌은 어땠느냐?"

"장수라기보다는 부드럽고 너그러운 어르신 같았습니다."

그래도 우희는 담담하기만 했다. 그게 항우를 더욱 달아오르게 만들었다. 완연히 비틀린 말투로 이죽거렸다.

"그토록 너그럽고 부드러운 도덕군자가 너를 못 본 척하였으니 섭섭했겠구나."

그 말에 비로소 우희도 항우의 감정을 알아차린 듯했다. 그러나 조금도 흔들림 없는 어조로 항우의 말을 받았다.

"그리 대단한 도덕군자는 아니었던 것 같습니다. 듣기로 패공은 그날 밤 그대로 대궐에 눌러앉아 미녀와 재보를 누리며 관중왕 노릇을 하려고 했으나, 아랫사람들이 말려 패상으로 돌아갔다 합니다."

"그게 아랫사람들이 말린다고 될 일이냐?"

"그 또한 저희가 듣기로는, 대왕이 두려워서 그렇게 고분고분 물러난 것이라 합니다."

우희는 굳이 변명하는 기색 없이 항우의 심사를 풀어 주었다. 은연중에 유방을 하찮게 여기는 감정을 섞은 것이지만 항우에게는 효과가 있었다.

"만약 그러지 않았다면 패공의 목은 그 어깨 위에 남아나지 못했을 것이다. 실은 그게 그자가 목숨을 부지하는 길이었지."

항우가 그러면서 너털웃음을 흘렸다. 너무도 어울리지 않는 패공의 행적이 마음 한구석에서는 꺼림칙했으나, 항우는 애써 그런 느낌을 털어 버렸다. 그리고 새로 맺은 정에 흠뻑 취해 다시 우희를 끌어안았다.

그날 망이궁의 한 전각을 차지한 항우의 침실에는 새로 얻은 우희 때문에 밤새도록 여염의 신방이나 다름없이 봄바람이 불었다. 그러나 날이 밝은 함양 거리에는 여전히 살벌한 섣달 찬바람이 불고 있었다.

약탈로 함양성 안이 거덜 나자 항우의 장졸들은 성 밖 멀리 아방궁으로 밀어닥쳤다. 아방궁은 한꺼번에 1만 명이 앉을 수 있는 마루가 있을 만큼 규모가 클 뿐만 아니라 방마다 단청과 금박을 덮어씌운 호화로운 궁궐이었다. 하지만 시황제를 이어받아 짓기를 겨우 마친 이세황제가 미처 궁궐로 써 보지도 못하고 죽는 바람에 그 안에 재보를 쌓을 틈이 없었다.

먼 길을 달려가 하루 종일 뒤져도 별로 나오는 것이 없자 장졸들의 실망은 곧 분노로 변했다. 궁전을 함부로 들부수다 그것만으로는 한에 차지 않아 항우의 단순하면서도 단호한 의로움에 호소했다.

"백성들의 재물을 쥐어짜고 그 피와 땀으로 지은 아방궁을 어찌하면 좋겠습니까? 장졸들은 그 큰 규모와 화려함에 오히려 치를 떨고 있습니다."

아방궁 쪽으로 나간 장졸들로부터 그런 물음을 받자 우희와 함께 술을 마시고 있던 항우는 시원스레 그들이 듣고자 하는 말을 해 주었다.

"태워 버려라!"

그 말에 불길에 휩싸이게 된 아방궁은 그 뒤 석 달 동안이나 타올랐다고 한다.

시황제의 능묘를 파헤치게 된 경위도 아방궁을 태울 때와 크게 다르지 않았다. 다음 날 아직도 우희와의 첫정을 다 풀지 못해 궁궐 안에 머물고 있는 항우에게 계포가 와서 물었다.

"여산에 있는 시황제의 능묘는 어찌했으면 좋겠습니까? 듣기로는 육국을 멸망시키고 빼앗아 온 온갖 진보가 그 안에 다 들어 있다고 합니다."

"파헤쳐라! 시황제의 능묘를 파헤쳐 보물들을 모두 꺼내라."

이번에도 항우는 한번 망설이는 법도 없이 그렇게 말했다. 진나라와 시황제가 한 일은 모두 악이고, 그걸 지우거나 부수는 일은 모두 선이 된다는 단순 논리의 적용이었다.

여산은 시황제가 즉위한 초기에 이미 능묘 터로 지정되어 일찍부터 치산(治山) 공사가 있었다. 그 뒤 천하를 하나로 아우른 시황제는 70만 명의 죄수와 역도를 끌어다가 어마어마한 구리 외관(外棺)을 주조(鑄造)하는 것으로 자신의 능묘를 만들기 시작했다. 곧 땅을 깊이 파 거푸집 형태를 만들고, 거기에 구리물을 부어 넣는 방식으로 웬만한 궁궐보다 더 큰 구리 곽(槨)을 땅속에 만든 일이 그랬다.

그 구리 곽 안에는 함양의 궁궐을 본떠 만든 작은 궁궐들이 들어서고, 그 궁궐 안에는 죽은 뒤에 쓰일 것들이 가득 채워졌다. 곧 저세상에서 부릴 백관과 일용으로 쓸 물품들, 그리고 사치로 늘어놓은 진기한 보물 같은 것들의 모형이나 실물이었다. 그리고 그 궁궐 가운데는 자신이 쳐 없앤 육국의 궁궐들을 본뜬 것도 있었다고 한다.

구리 외곽 안의 궁궐 밖으로는 백천(百川)과 강하와 대해의 모형을 만들고, 거기에 수은을 부어 흐르도록 장치하였다. 천장은 천문 도형으로 장식하였으며, 바닥은 지리를 본떠 높고 낮게 만들었다. 능묘 안에 줄여 넣은 한 세상이었다.

그 뒤 시황제가 죽고 난 다음 능묘의 완성은 이세황제 호해의 몫이 되었다. 호해는 시황제의 주검을 무덤 안에 누이고, 인어 기름 양초로 불을 밝혀 오래 꺼지지 않게 했다. 또 장인을 시켜 구리 외관 문틀에는 절로 화살을 쏘아 대는 궁노를 만들게 해 도적이 함부로 무덤을 파고 들어오는 걸 막았다. 그리고 구리 외관 겉으로 봉분을 두텁게 올린 다음 풀과 나무를 심으니 능묘가 마치 산과 같았다.

그런데 알 수 없는 일은 이세황제 호해가 시황제를 거기에 묻은 지 아직 몇 년 되지 않는데도 능묘의 입구를 아는 사람이 별로 없다는 점이었다. 여산으로 간 항우의 장졸들은 무턱대고 이곳저곳을 파헤쳐 보았으나 헛수고만 했다. 그러다가 며칠이나 수소문한 뒤에야 어렴풋하게나마 능묘 입구를 아는 늙은이 하나를 겨우 찾아낼 수 있었다.

그 늙은이를 앞세우고 어렵게 능묘 안으로 들어간 항우의 장졸들은 왜 능묘 입구를 아는 사람들이 그리 드물었는지를 이내 알 수 있었다. 두터운 구리 벽을 뚫고 들어가자 활과 쇠뇌의 화살 비가 쏟아졌고, 겨우 그걸 피해 안으로 들어가자 이번에는 백골들이 무더기로 묘도(墓道)를 막았다. 무덤 속 일이 바깥에 알려질 것을 꺼린 호해가 산 채로 무덤 속에 가두어 버린 장인과 인부들의 유골이었다.

거기다가 이미 인어 기름 양촛불이 꺼진 무덤 속은 칠흑같이 어두웠고, 벽은 함부로 앞을 막았으며 길은 거미줄처럼 얽혀 사방을 분간하기 어려웠다. 무덤 속에 가득하다는 보물도 진짜보다는 모조품과 복제가 많아 값나가는 것은 드물었다. 시황제의 능묘가 진기한 것은 그 안에 들어 있는 재보가 아니라 갖가지 교묘한 장치와 설비 때문이었던 듯했다. 그 바람에 초나라 장졸들은 다시 항우에게 남의 무덤을 파헤쳤다는 비난만 보태 놓고 별로 얻은 것 없이 물러나야 했다.

초나라 장졸들이 투덜거리며 시황제의 능묘를 떠나올 무렵이었다. 인근의 농부 하나가 와서 알 수 없는 소리를 했다.

"여기서 동쪽으로 10리쯤 되는 곳 땅속에 시황제의 대군이 숨어 있습니다. 관동에서 군사들이 쳐들어오면 막기 위해 시황제 생전부터 감춰 둔 대군입니다."

지나가다 그 말을 듣게 된 초나라 장수가 의심쩍은 눈길로 다그쳐 물었다.

"시황제의 대군이라니? 진나라에 아직 대군이 남았다면, 나라가 망하고 임금이 죽임을 당했는데 거기서 무엇을 하고 있단 말이냐? 네놈이 헛것을 본 모양이로구나."

"아닙니다. 수천수만의 인마가 땅속에 줄지어 선 것을 제 눈으로 똑똑히 보았습니다."

농부가 억울하다는 듯 말하며 사람과 말이 줄지어 선 형태를 그려 보이듯 일러 주었다. 그 초나라 장수가 가만히 들어 보니 진나라 군사들의 행군법(行軍法) 그대로였다. 그제야 농부를 무턱대고 의심할 수만은 없게 된 그 장수가 다시 항우에게 사람을 보내 들은 말을 전했다.

진나라의 대군이란 말 때문인지 이번에는 항우가 직접 달려왔다. 싸움다운 싸움조차 없이 패공에게 항복해 버린 진나라의 무력함을 의심쩍게 여겨 온 항우로서는 드디어 그 까닭을 알게 되었다는 기대까지 품었다.

그 농부는 항우를 여산 동쪽의 황량한 벌판으로 데려갔다. 한때는 적잖은 군사들이 진채를 벌인 흔적이 있는 곳이었는데, 그 한편에는 아직도 쓰임을 알 수 없는 움막들이 텅 빈 채 남아 있었다. 그러나 그 어디에도 사람의 자취는 느껴지지 않았다.

"이상하다. 달포 전만 해도 군사들이 깔려 잡인의 출입을 엄하게 막았는데……."

그 농부도 아무도 없는 것이 뜻밖이라는 듯 고개를 갸웃거리며 말끝을 흐렸다. 항우 곁에 섰던 낭중 하나가 두 눈을 부라리며 농부를 몰아세웠다.

"영감, 바로 말해. 공연히 거짓말로 상금이나 우려내려다가 목이 날아가는 수가 있어!"

"아닙니다. 이곳에는 틀림없이 많은 군사들과 인부들이 몇 년째 움막을 치고 있었습니다. 달포 전만 해도 저쪽에는 골짜기같이 깊은 구덩이가 파여 있었고, 그 안에는 기마를 앞세운 수천 보갑과 궁수들이 넉 줄로 늘어서 있었는데……."

그러면서 농부가 가리킨 곳은 풀 한 포기 나지 않은 넓은 평지였다.

"그곳에는 골짜기도 구덩이도 없지 않은가? 그리고 진나라 군사들이 잡인의 출입을 엄하게 막았다면서, 그건 어떻게 보았는가?"

"저쪽 언덕에 숨어서 보았습니다. 무리를 벗어난 가축을 찾다가……. 먼빛으로 보았지만 틀림없었어요. 한창 때의 우리 진나라 군병의 위용을 그대로 보여 주는 대군이었습니다."

농부가 그 말과 함께 연신 사방을 둘러보았다. 그러다가 아무래도 억울하다는 듯 그 평지 쪽으로 우르르 달려가 이곳저곳을 뜯어보듯 살폈다. 항우도 그 일대에 가득한 이상한 살기 같은 것을 느끼며 가만히 주변을 살폈다. 도무지 군사를 매복시킬 데가 없는 평지인데도 왠지 대군이 숨어 있는 골짜기를 지나는 느낌이었다.

그때 펄쩍펄쩍 뛰며 땅을 굴러 보기도 하고, 땅바닥에 귀를 대고 뭔가를 엿듣기도 하던 그 농부가 갑자기 자신을 몰아대던 낭중을 보고 소리쳤다.

"여깁니다. 틀림없이 이쯤 돼요. 군사들을 시켜 여기를 파 보십쇼!"

"괭이와 삽가래를 가져와 어서 저기를 파 보아라."

그 낭중이 무어라 말하기 전에 항우가 나서 군사들에게 농부의 말을 따르게 했다.

오래잖아 괭이와 삽을 든 군사들이 와서 농부가 가리킨 곳을 파기 시작했다. 겨우 한 자나 팠을까? 정말로 괭이 끝에서 귀에선 소리가 들렸다. 흙이나 모래를 파헤칠 때 나는 소리가 아니라, 비어 있는 나무 상자를 두드리는 듯한 소리였다.

"이 아래 뭔가 있다. 어서 흙을 걷어 보아라."

항우가 군사들을 재촉했다. 군사들이 서둘러 흙을 걷어 내고 보니 바닥에는 두터운 널판이 마룻바닥처럼 깔려 있었다. 창대로 두드리자 쿵쿵 울리는 것으로 보아 그 아래가 비어 있는 듯했다.

"흙을 더 걷어 내고 널판을 들춰 보아라. 정말로 진나라 대군이 숨어 있는 땅굴 입구인지도 모르겠다."

항우가 다시 소리쳤다. 더 많은 군사들이 거들어 흙을 걷어 내자 길이 여덟 자 남짓의 두터운 널판으로 짠 평상 같은 것이 나왔다. 군사들이 여럿 힘을 합쳐 그것을 들추자 한눈에 땅굴 입구임을 알아볼 수 있는 커다란 구덩이가 입을 벌렸다. 아래로 비스듬하게 길이 나 있는 걸로 보아 땅굴은 꽤나 깊은 곳에 나 있는 듯했다.

항우가 언제나 그랬듯 이번에도 장검을 움켜잡고 앞장서 뛰어내리려 했다. 그러자 부장 하나가 그런 항우를 가로막으며 말했다.

"대왕, 자중하십시오. 이곳은 어둡고 비좁아 암습이라도 당하면 대왕의 용력으로도 낭패를 보기 십상입니다. 제가 먼저 살펴보고 오겠습니다."

그러고는 몸을 훌쩍 날려 땅굴 입구로 내려서다 말고 군사들을 돌아보며 외쳤다.

"안이 어두울 듯싶으니 너희 중 둘만 홰를 마련하여 나를 따르라!"

가까이 있던 군사 둘이 한참이나 부산을 떨어 횃불 몇 개를 마련하고는 그 부장 곁에 붙어 섰다. 왼손으로는 횃불을 들고 오른손으로는 칼을 빼 든 부장이 군사들과 함께 한 발 한 발 어둠 속으로 빨려 들어갔다.

"억!"

갑자기 땅굴 안쪽에서 놀라 지르는 비명 같은 소리가 들렸다. 앞선 부장이 낸 소리 같았다. 곧 그를 따르던 군사들의 목소리가 두서없이 뒤를 이었다.

"저, 저게 뭐야?"

"살아 있는 거야? 죽은 거야?"

궁금해진 항우가 땅굴 속을 들여다보며 큰 소리로 물었다.

"무슨 일이냐? 그 안에 무엇이 있느냐?"

그제서야 정신을 가다듬은 부장이 약간 들뜬 목소리로 대답했다.

"진의 대군입니다. 흉갑(胸甲)을 갖춰 입고 항오(行伍)를 이룬 보졸들인데 선두에는 기마와 수레까지 갖췄습니다. 그러나 살아 있는 군사들 같지는 않습니다."

"살아 있지 않다?"

항우가 되뇌며 비탈길을 따라 내려갔다. 횃불 든 병사 몇이 다시 항우를 호위하듯 따라나섰다. 땅바닥에서 한 길도 내려가기 전에 횃불이 아니면 한 치 앞도 보기 어려울 만큼 사방이 어두워졌다.

땅굴 입구는 서너 길 아래서부터 시작되었다. 군사들이 든 횃불로 칠흑 같은 어둠을 헤치며 앞으로 나아가던 항우는 갑자기 섬뜩한 느낌으로 걸음을 멈추었다. 자신이 지금껏 싸워 온 어떤 부대보다 더 정예한 진군의 밀집 부대가 수레와 기마병을 앞세우고 소리 없이 다가오고 있었기 때문이다.

"자세히 보니 토용(土俑) 같습니다. 진흙으로 구워 만든 군사와 말입니다."

항우가 멈칫하는 것을 보고는 먼저 가서 살피던 부장이 소리쳤다.

그 소리에 다소 긴장이 풀린 항우가 차분히 살펴보니 정말로 땅굴 안에 줄지어 서 있는 것은 살아 있는 군사들이 아니었다. 사람 크기로 빚은 진흙을 구워 만든 군사들인데, 각기 생김이 다른 데다 쥐고 있는 병장기나 맡은 일에 따른 자세가 또 각각이었다. 거기다가 방패나 갑주, 의복에는 채색까지 되어 있어 모두가 꼭 살아 있는 사람처럼 보였다.

말들도 수레를 끄는 것이건 기병이 타는 것이건 사람과 다름

없이 모두 살아 있는 것 같았다. 조금 전 까닭 모르게 항우의 전의를 자극했던 살기는 그런 토용들로부터 뿜어져 나온 것임에 틀림없었다.

"모두들 가까이 와서 좀 더 안쪽 깊이 횃불을 비춰 보아라."

항우가 줄지어 선 병마용(兵馬俑) 앞으로 다가가며 횃불 든 군사들을 불렀다. 그러자 횃불 대여섯 개가 일시에 항우 쪽으로 몰렸다. 하지만 촘촘히 세운 나무 기둥 위로 두터운 널판을 얹고 그 위에 흙을 덮어 만든 땅굴은 폭이 별로 넓지 않아 불빛이 그리 멀리 비치지 못했다. 거기다가 땅굴은 안으로 길게 뻗어 있어, 보는 사람에게는 어깨를 겯듯 넉 줄로 늘어선 보갑 부대가 그 깊이 모를 어둠 속에서 끝없이 밀려 나오고 있는 것 같았다.

잠시 그 엄청난 토용 군단에 압도됐던 항우가 다시 평소의 투지와 패기를 되살렸다. 갑자기 허리에 차고 있던 칼을 뽑아 앞선 기마 장수의 허리를 베었다. 그리 높은 온도로 구운 것이 아니었던지 그윽, 하는 소리와 함께 말을 타고 있던 토용이 두 토막 나 말 위에서 떨어졌다. 항우는 다시 그 뒤에서 창과 방패를 들고 선 병사의 토용을 후려쳤다. 이번에는 그 목이 쑥 뽑히듯 날아갔다. 사람의 형상을 한꺼번에 빚은 것이 아니라 머리와 몸통, 아랫도리 따위 몇몇 부분을 따로따로 만들어 구운 뒤에 끼워 맞춘 듯했다.

항우는 그 뒤로도 몇 개의 토용을 더 부수어 본 뒤에야 땅굴을 나왔다. 다른 곳에 있던 범증과 계포가 때마침 그곳에 이른 걸 보고 항우가 어이없다는 표정으로 말했다.

"아부와 계포 장군은 어서 들어가 보고 저게 무엇인지를 살펴보시오. 시황제 생전부터 있었던 모양인데, 무슨 수작을 부리고 있는 것인지 통 알 수가 없소."

그 말에 이번에는 범증과 계포가 항우를 대신해 땅굴로 내려가 안을 살펴보았다. 이윽고 입구로 되돌아 나온 계포가 다 알겠다는 표정으로 말했다.

"이는 필시 불로초니 신선이니 하며 허황된 것들을 믿던 시황제가 죽은 뒤를 위해 땅속에 마련해 둔 토용 군단입니다. 진나라에 있었던 순장의 습속이 폐지되어 죽은 뒤에 부릴 군사를 데려갈 수 없게 되자 토용으로 갈음한 것 같습니다."

"그렇다면 능묘 안에 세우지 않고 왜 하필이면 이곳이오?"

항우가 얼른 믿지 못하겠다는 듯 되물었다.

"능묘 안에는 대군을 다 들일 수가 없어 죽은 뒤에 부릴 군사들의 진채를 따로 땅속에 마련한 것이겠지요. 또 예부터 진나라의 모든 적은 언제나 동쪽에서 왔습니다. 그래서 시황제는 자신의 능묘로부터 동쪽으로 10리 떨어진 이곳을 토용 군단의 지하 진지 터로 정했을 것입니다."

계포가 그렇게 대답하며 동의를 구하듯 범증을 돌아보았다. 병마용을 들여다보며 서로 맞춘 의견이 있는지 범증도 계포의 말이 옳다는 듯 고개를 끄덕였다. 항우가 다시 알 수 없다는 표정으로 물었다.

"그렇다면 이 입구는 왜 이리 허술하오? 저 농부가 잠시 두리번거리는 것으로 쉽게 찾아냈으니, 다 같이 죽은 뒤를 위한 일이

194

면서도 여산의 능묘에 비해 너무 허술하지 않소?"

"그것은 아마도 이곳 일을 맡아 하던 진나라 사졸들에게 입구를 제대로 감출 여유가 없었기 때문인 듯합니다. 달포 전이라면 자영이 패공 유방에게 항복할 즈음 아닙니까? 그런데 저 농부의 말대로 그때까지도 토용들이 묻혀 있지 않았다면, 토용을 굽고 있는 일꾼들이나 그들을 부리는 진병(秦兵)들이나 모두 무슨 경황이 있었겠습니까? 상하 모두 눈치를 보아 달아나기 바쁘다 보니 일이 그렇게 허술하게 마무리 지어졌을 것입니다. 거기다가 이 땅굴 안에 묘구(墓丘) 도적들이 노릴 무슨 굉장한 보물이 있는 것도 아니라, 그렇게 엄중하게 입구를 봉할 까닭도 없었던 듯합니다."

이번에는 범증이 나서 그렇게 추측했다. 그러자 항우가 다시 그곳을 일러 준 농부를 불러오게 했다.

"시황제나 호해의 짓거리로 보아 토용이 묻힌 곳은 이곳 한 군데뿐만이 아닐 것이다. 여기 말고 또 어디에 구덩이가 패이고 군사들이 줄지어 서 있었느냐?"

그러자 그 농부는 한동안 기억을 더듬더니 두어 군데를 더 가리켰다.

항우가 군사들을 시켜 그 농부가 가리킨 곳을 파 보게 했다. 이번에는 전같이 쉽지 않았으나, 그래도 땅굴의 입구를 몇 개 더 찾아낼 수는 있었다. 그리로 들어가 보니 모두 처음보다는 규모가 작거나 만들다 만 듯한 땅굴들이었다.

"저것들을 모두 파내려 하십니까? 파내 봤자 허술하게 구운 진흙덩이에 지나지 않을 터인데 무엇에 쓰시려는지요?"

항우가 많은 군사를 풀어 모든 땅굴 입구를 크게 파헤치게 하는 걸 보고 계포가 물었다.

"파내려는 것이 아니라 부수고 태워 버리려는 것이오. 그러함으로써 이런 허황된 믿음을 지켜 주기 위해 여기 끌려와 피땀을 흘린 백성들의 한을 풀어 줌과 아울러 진나라와 시황제의 어리석음을 영영 땅속에 묻어 버리려 하오."

항우가 그렇게 받았다. 아무것도 얻는 것 없이 죽이고 태운 소문만 남기게 되는 게 걱정된 계포가 넌지시 항우를 깨우쳤다.

"부수어 봤자 땅속에 있는 것이라 세상 사람들이 알지도 못하고, 태우시려 해 봤자 타지도 않는 흙덩이라 군사들만 수고롭게 할 뿐입니다. 부수고 태우는 일은 우리 군사들이 아방궁과 여산릉에서 한 일만으로도 넉넉합니다."

하지만 항우는 그런 계포의 말을 들은 척도 하지 않았다.

"두터운 널판과 나무 기둥으로 지탱하고 있는 땅굴이라 불만 지르면 타서 무너져 내릴 것이오. 그리되면 모든 게 잿더미 속에 묻히게 되어, 누구도 진나라와 시황제의 어리석음을 본받지 못하게 할 수 있소."

그러면서 항우는 기어이 병마용이 가득한 땅굴들에 짚단과 마른 섶을 던져 넣어 불을 지르게 했다. 그 바람에 부서지고 그을린 채 땅속 깊이 묻혀 버린 병마용은 2천 년이 훨씬 지난 뒤에야 한 농부에게 발견되어 온 세상을 감탄하게 만든다.

아무런 재보도 생기지 않고 대의명분에도 크게 이로울 것 없는 방화로 한나절을 보내서인지, 그날 이후 항우의 내부에 억눌려 있던 파괴와 부정의 열정은 한층 뜨겁게 타올랐다. 함양으로 돌아간 항우는 돌연 그때까지 남겨 두었던 진나라의 궁궐들도 모조리 태워 버리게 했다. 아울러 장졸들에게 또 한차례 파괴와 약탈을 허락하니, 절로 도륙이 잇따라 함양 거리는 그대로 불타는 생지옥이 되었다.

그렇게 며칠이 지난 뒤 항우는 그동안 모은 재물과 보화를 여러 수레에 나눠 싣고 새로 얻은 여자들과 부로(浮虜)들을 몰아 함양을 떠났다. 새롭고 살기 좋은 세상을 기대하고 있던 진나라 사람들은 그 같은 항우에게 크게 실망했다. 패공의 너그러운 다스림을 경험한 지 오래지 않아 항우의 파괴와 약탈이 더욱 끔찍하게 보였는지도 모를 일이었다.

하지만 항우는 그런 민심에는 눈도 끔벅하지 않았다. 동쪽으로 물러나 원래 진을 치고 있던 홍문에 다시 자리를 잡고 멀리 팽성에 있는 회왕에게 사람을 보냈다. 허울뿐이었지만, 그래도 임금인 회왕에게 이긴 소식을 전함과 아울러 다음 일을 명받기 위함이었다.

그런데 그때 신풍 부근에는 한(韓)씨 성을 쓰는 서생이 하나 있었다. 스스로 유세가(遊說家)인 양 행세하며 항우를 찾아와 말했다.

"대왕께서는 어찌하여 함양을 버리고 이리로 다시 돌아오셨습니까?"

"나는 장차 동쪽으로 돌아가 조상 때부터 살아온 서초(西楚) 땅에 자리 잡으려 한다."

그러자 한생(韓生)은 열을 올려 항우를 달랬다.

"대왕께서 한 제후로서 사해(四海)의 한 모퉁이를 차지하고 평온하게 사시겠다면 또 모르거니와, 큰 뜻을 품고 천하를 굽어보려 하신다면 동쪽으로 돌아가셔서는 결코 아니 됩니다. 여기 이 관중은 사방이 험한 산과 물로 막혀 있고 땅이 기름지니 한 제업(帝業)의 근거지가 될 만한 곳입니다. 주(周) 왕조가 터 잡은 천년과 진나라 7백 년이 우연한 일이 아니며, 시황제가 천하를 아우를 수 있었던 것도 이 땅의 그 같은 지리(地利)와 무관하지 않습니다. 군림천하(君臨天下)의 큰 뜻을 이루시려면 대왕께서는 부디 이 땅을 버리지 마십시오. 관중에 자리 잡고 함양을 도읍으로 삼아 힘을 기르시면, 반드시 천하에 홀로 우뚝할 대업을 이루실 수 있을 것입니다."

항우가 들어 보니 그럴 듯한 데가 있는 말이었다. 하지만 함양의 궁궐은 모두 불태웠고, 그곳 사람들까지 마구 죽인 뒤라 다시 함양으로 돌아가기에는 뒤가 켕겼다. 거기다가 그가 거느린 장졸 대부분은 초나라에서부터 따라온 터라 한결같이 동쪽으로 돌아가기를 원했다. 그리고 항우 자신도 어렸을 적 고단하게 쫓기며 살았지만 그래도 고향인 초나라 땅을 누구보다 그리워하였다.

"사람이 저마다 공업을 이루려고 애쓰는 것은 고향 땅과 사람들에게 자랑을 삼기 위함이다. 부귀해진 뒤에 고향에 돌아가지 아니하는 것은 비단옷을 입고 밤길을 가는 것[錦衣夜行]과 같으니, 누가 그 부귀함을 알아주겠는가."

항우가 그렇게 말하며 한생의 유세를 물리쳤다. 초나라 땅에 원래 있던 말을 빌려 쓴 것인지, 항우가 처음으로 쓴 비유인지는 알 수 없지만, 그때부터 금의야행(錦衣夜行)이란 고사성어가 널리 쓰이기 시작했다고 한다.

냉대를 받고 쫓겨난 한생은 군문을 나서면서 항우의 군막 쪽을 돌아보고 빈정댔다.

"사람들이 말하기를 초나라 사람들은 목욕한 원숭이가 갓을 쓰고 있는[沐猴而冠] 것이나 진배없다더니, 참으로 그렇구나! 저 원숭이 대왕의 앞날이 훤히 보이는 듯하다."

그런데 누가 그 말을 듣고 항우에게 일러바쳤다. 한생의 말을 전해 들은 항우는 몹시 화가 났다. 제 성품을 이기지 못해 정말로 갓 쓴 원숭이 같은 짓을 하고 말았다. 그 자리에서 한생을 잡아들이게 한 뒤 가마솥에 삶아 죽인 일[烹殺]이 그랬다.

한생은 그 몸이 익어 목숨이 끊어질 때까지 항우를 비웃고 꾸짖기를 마지않았다고 한다. 『초한춘추(楚漢春秋)』나 『양자법언(楊子法言)』에는 그리 죽은 사람이 한생이 아니라 채씨 성을 쓰는 서생[蔡生]이라고 나와 있는데 어느 쪽이 맞는지는 잘 알 수가 없다.

항우가 한생을 삶아 죽이고도 분이 덜 풀려 일마다 못마땅해하고 있을 때 팽성에 사자로 갔던 사람이 돌아와 회왕의 뜻을 전했다.

"관중의 일은 약조대로 하고, 그 나머지는 상장군의 뜻대로 처결하라. 나라는 밖으로부터 다스릴 수 없는 것이고, 군중의 일은 안으로부터 간섭받아서는 아니 된다 하였으니, 그곳의 모든 일은 오직 상장군에게 맡길 뿐이다.”

회왕은 일견 모든 것을 항우에게 맡기면서도 관중의 일만은 슬며시 패공을 편들고 있었다.

“회왕은 우리 집안에서 임금으로 세웠다. 쌓은 공이 아무것도 없으면서 어찌 주인처럼 모든 일을 주무르려 드는가!”

항우는 그렇게 분통을 터뜨렸으나 당장은 어찌하는 수가 없었다. 거기다가 이미 패공 유방과도 홍문에서 화해한 셈이라, 따르는 장졸들에게도 드러내 놓고 그 일을 불평할 낯이 없었다. 먼저 유방을 살려 보낸 일로 한껏 틀어져 있는 범증을 달래 며칠 어렵게 의논을 맞춘 뒤에 여러 장수와 제후들을 모아 놓고 말했다.

“처음 천하에 크게 난리가 일어났을 때 각국은 우선 옛 제후의 후예들을 왕으로 세워 진나라를 쳐부수게 했소. 그러나 단단한 갑옷에 날카로운 무기를 잡고 앞장서 싸운 것은 여러 장수들이나 나처럼 포의로 일어난 이들이었소. 그 뒤 비바람을 맞으며 들판에서 지내기를 3년, 마침내 진나라를 쳐 없애고 천하를 평정한 것은 모두 여러 장수들과 나의 힘이라 해도 크게 틀리지 않을 것이오. 하지만 그렇다고 우리 회왕을 잊어버릴 수는 없소. 비록 싸워 이룬 공은 없으나, 땅을 나누어 근기(近畿, 직할 영지)로 삼게 하고 황제로 떠받듦이 마땅할 것이오.”

그리고 여러 장수의 동의를 받아 먼저 회왕을 의제(義帝)로 올려세웠다. 하지만 의(義)는 의(擬)와 통하니 의제는 이름뿐인 황제[擬帝]란 뜻도 가진다. 의붓아버지나 의붓자식을 의부(義父), 의자(義子)라 하는 것과 같은 이치다.

한왕(漢王)이 되어

　회왕을 의제로 올려 세운 항우는 이어 제후와 장상들에게 천하를 나누어 주기 시작했다. 이로써 진의 시황제가 천하를 통일하고 시행한 군현제는 10여 년 만에 폐지되고, 천하는 다시 하, 은, 주 3대 이래의 봉건제도로 돌아가게 된다. 제도적으로는 보다 효율적인 고안인 군현제를 버리고 이미 오래전부터 그 파탄을 드러내고 있는 봉건제를 되살린 데서 항우의 보수 반동 성향을 따지는 사람도 있다.

　먼저 항우는 스스로 서초 패왕이 되어 양나라, 초나라 땅 아홉 군[九郡]을 봉지로 삼고 팽성(彭城)에 도읍하기로 했다. 원래 서초는 회수 북쪽 패, 진, 여남, 남군을 아울러 이른다는 말도 있고, 팽성을 바로 서초라고 불렀다고도 한다. 어쨌든 항우는 옛 초나라를 중심으로 가장 기름지고 군사적 요충이 되는 땅을 차지함으로써, 천하 서른여섯 군 가운데 노른자위가 되는 아홉 군을 혼자 다스리게 되었다.

어떤 사람은 패왕(霸王)이란 칭호에 대해서도 항우의 좁은 안목과 보수적 사고를 탓한다. 봉건제를 부활시킴으로써 왕의 칭호를 쓰게 될 다른 제후들과 자신을 변별하기 위함이라고는 하지만, 춘추시대 오패(五霸)에서 따온 듯한 패(霸)란 말에는 두 가지 부담이 있었다. 하나는 그 말이 왕도(王道)나 인의(仁義)보다는 권모술수와 호전성을 상기시키는 점이었고, 다른 하나는 그게 이미 몇 백 년 전의 권력 재편 방식이었다는 데서 온 의고적(擬古的)이고 반동적인 인상이었다.

하지만 항우는 자신의 칭호와 차지하게 된 땅에 매우 만족했다. 그는 패왕이란 칭호에 실린 기세를 사랑하였고, 어려서 고생하며 떠돈 고향 인근의 땅 거의 모두를 봉지로 차지하게 된 게 기뻤다. 그때까지만 해도 옛 초나라 왕실에 바탕한 근왕사상(勤王思想)을 품고 있던 범증은 항우가 당장 황제가 되겠다고 나서지 않은 것만도 다행이라 여겨 그런 결정을 말리지 않았다.

항우의 몫이 결정되자 그다음은 패공 유방의 차례였다.

"패공 유방이 마뜩치 않은 속내를 비친 적이 있으나 이미 화호(和好)하였고, 또 회왕께서는 지난날의 약조대로 하라 하니, 그대로 하게 되면 관중은 고스란히 패공 유방에게 내주게 생겼소. 허나 왠지 유방을 관중왕으로 삼기는 싫구려. 아부께서는 이 일을 어찌하면 좋겠소?"

군막 안에서 범증과 이마를 맞대고 의논하던 항우가 자신의 봉지(封地)와 왕호(王號)를 정할 때와는 달리 그답지 않게 걱정스러운 얼굴로 물었다.

"그러기에 홍문의 잔치 때 그를 죽이라 하지 않았습니까? 만약 유방에게 관중을 준다면 이는 범에게 날개를 달아 주는 꼴이 되고 말 것입니다."

범증이 또 한 번 항우를 나무라 놓고 다시 정색을 하며 말했다.

"지금으로서는 유방에게 파(巴, 지금의 중경을 중심으로 하는 사천성 동부 일대)와 촉(蜀, 성도를 중심으로 하는 사천성 중서부)을 주어 거기에 묶어 두는 수밖에 없습니다."

"내 듣기로 파와 촉은 길이 험하고 땅이 천하 한 끄트머리에 치우쳐 있어 진나라에서도 죄수들이나 유배 보내는 곳이라 들었소. 그런 땅에 어떻게 패공을 보낼 수 있겠소?"

"하지만 파와 촉도 넓게 보면 관중의 땅입니다. 만약 패공이 그리로 가기를 마다하면, 대왕께서는 그 죄를 물어 늦었지만 이제라도 그를 잡아 죽이시고 후환을 없애십시오."

범증이 기다렸다는 듯 그렇게 받았다. 그런데 마침 항백이 항우의 군막으로 들어왔다.

"숙부께서는 어떻게 보십니까? 패공을 파촉(巴蜀)으로 보내도 뒤탈이 없겠습니까?"

다시 패공을 죽이라는 범증의 말에 답답해진 항우가 무심코 항백에게 물었다. 하지만 실은 때맞춰 물어 준 셈이었다. 항백은 바로 그 일로 조카의 군막을 찾아온 길이었다.

홍문의 잔치에서 겨우 목숨을 건진 패공 유방은 앞뒤로 공이 많은 장량에게 황금 백 일(鎰, 20냥 또는 24냥)과 진주 두 말을 상으로 내렸다. 그러나 장량은 패공을 살린 게 모두 항백의 공이라 보았다. 패공에게서 받은 상을 고스란히 항백에게 보내 고마움을 드러냈다. 그 소문을 들은 패공도 항백에게 많은 재물을 보내 지난 일을 감사했다.

그런데 항우가 천하를 나누기 시작하면서 패공은 좋지 못한 풍문을 들었다. 범증이 홍문에서 패공을 죽이지 못한 것을 한스러워하며 항우를 충동질하여 이번에는 패공에게 험한 파와 촉을 봉지로 내리려 한다는 내용이었다. 범증이 그 무렵 사람을 시켜 파촉 땅을 자세히 알아보게 한 것이 그런 풍문을 낳은 듯했다.

패공도 파촉이 어떤 땅인지를 들어 알고 있었다. 놀라 장량을 불러들이고 물었다.

"범증이 항왕을 꼬드겨 나를 파촉에 가둬 두려 한다니 이를 어찌했으면 좋겠소?"

그러나 장량은 크게 걱정하는 낯빛이 아니었다.

"파촉은 감옥이 아니라 패공께서 안전하게 숨을 곳이 될는지도 모릅니다. 지금은 무엇보다도 항왕의 의심을 받지 않고 살아남는 일이 급합니다."

"하지만 아무리 살아남는 일이 먼저라 해도, 그 땅에 갇혀 다시 관중으로 나올 수 없다면 무슨 소용이겠소?"

그래도 장량은 별로 흔들림이 없었다. 듣기에 냉정할 만큼 잘라 말했다.

"다시 관중으로 나오고 나오지 못하는 것도 목숨이 살고 난 다음에 걱정할 일입니다."

"아니오. 사람의 삶이란 달리는 말이 벽과 벽 사이의 틈새를 스쳐 지나가는 것을 보는 것처럼이나 짧고 덧없소. 내 나이 이미 쉰 살에 가까우니 파촉에 갇혀 한없이 참고 기다리기에는 너무 많은 나이오. 한중군(漢中郡)만이라도 더 얻을 수 있다면 그래도 뒷날을 기약할 수 있겠지만, 아니면 차라리 여기서 죽기로 싸워 항왕과 결판을 보는 편이 나을 것이오!"

그러자 장량도 비로소 정색을 하며 패공을 달랬다.

"한중 땅을 더 얻는 일이라면 달리 길을 찾아보시지요. 다시 한번 항백을 통하여 항왕을 달래 볼 수도 있을 것입니다."

패공도 그 말을 듣자 마음이 가라앉았다. 장량에게 많은 보물을 주어 한 번 더 항백을 구워삶게 하였다. 이에 항백이 다시 나섰다. 하지만 뇌물보다는 맞서기 어려운 그 어떤 힘이 항백으로 하여금 고비마다 패공을 돕게 만들었다고 하는 편이 옳을 것이다. 어쨌든 그날 항백은 패공에게 한중을 얻어 주려고 찾아온 것인데, 항우가 오히려 먼저 그 일을 꺼낸 셈이었다.

"파촉도 관중의 땅이라 대왕이 약조를 어긴 것은 아니나, 그곳에 갇힐 것을 걱정한 패공의 장졸들이 들고일어날까 두렵소이다. 차라리 한중군을 보태 주고 한왕(漢王)으로 삼아 남정에 도읍하게 하면 어떻겠소? 길은 험해도 남정은 함양에서 그리 멀지 않으니 패공의 장졸들도 죄수가 되어 멀리 유배된 느낌이 덜할 것이오."

항백이 그렇게 조카의 말을 받았다.

"하지만 패공이 남정에 자리 잡으면 언제든 관중 한복판으로 머리를 내밀 수 있는 형국이 되오. 파촉, 한중에서 힘을 길러 명석 말듯 온 관중 땅을 휩쓸어 버리면 그때는 어떻게 하시겠소?"

곁에 있던 범증이 의심쩍은 눈초리로 항백을 보며 물었다. 항백이 미리 장량과 의논해 짜낸 계책을 제 혼자만의 헤아림인 양 말했다.

"아부께서 바라시는 바처럼 패공을 죽여 없애는 것보다야 못하겠지만, 그 일이라면 그런대로 쓸 만한 대비책이 있습니다."

"그게 무엇이오?"

"패공이 함부로 딴마음을 먹지 못하게 관중에 겹겹이 울타리를 마련하는 것입니다. 장함은 진나라의 마지막 명장으로서 누구보다도 관중의 지리와 민심을 잘 압니다. 장함을 옹왕(雍王)으로 삼아 함양 서쪽의 땅을 베어 주고 폐구(廢丘)에 도읍하게 하면, 그가 패공 유방에게서 관중을 지키는 첫 번째 든든한 울타리가 될 것입니다. 또 사마흔은 본시 역양의 옥연(獄掾)이었으나, 세상을 보는 눈이 밝고 병략과 책모가 뛰어난 사람으로 일찍이 무신군을 곤경에서 구해 준 적도 있습니다. 그를 새왕(塞王)으로 삼아 함양 동쪽에서 하수에 이르는 땅을 봉지로 주고 역양을 도읍으로 삼게 하면, 관중을 지키는 또 다른 든든한 울타리가 될 것입니다.

거기다가 도위 동예는 장함으로 하여금 대왕께 항복하도록 권한 자로 역시 안목 있고 지모가 넘치는 사람입니다. 그를 적왕(翟

王)으로 삼고 상군의 땅을 주어 고노에 도웁하게 한다면, 장함과 사마흔의 뒤를 든든하게 받쳐 줄 수 있을 것입니다. 그들 셋은 본시 진나라의 장수로 함께 대왕께 항복한 자들이라 생사고락도 함께할 수밖에 없습니다. 그들에게 관중을 쪼개 맡겨 놓으면 한 덩어리가 되어 유방으로부터 관중을 잘 지켜 낼 것입니다."

얼른 듣기에는 그럴듯하게 들리는 말이지만, 실은 장량의 차가 운 살핌과 매서운 꾀가 그런 항백의 말 뒤에 숨어 있었다.

장함과 사마흔, 동예는 모두 진나라의 장수들로서 일찍이 수십 만 군사를 이끌고 함곡관을 나간 이들이었다. 비록 그들 가운데 죄수나 노복들이 많았다고는 하지만, 그 군사들은 모두가 관중에 부모 형제와 처자가 있는 사람들이었다. 그런데 그들 수십만은 모두 싸우다 죽거나 산 채로 땅에 묻히고, 항우에게 항복해 목숨 을 건진 그들 셋만 살아서 관중으로 돌아왔으니 그들을 맞는 관 중 사람들의 느낌이 어떠했겠는가.

그러지 않아도 그들을 바라보는 관중 사람들의 눈길이 험하기 짝이 없는데, 항우가 관중의 왕으로까지 세우게 되면 그 뒤가 어 찌 될지는 뻔했다. 특히 신안에서 생매장당한 진나라 사졸들의 부모 형제는 기회만 닿으면 그들 셋을 죽여 그 고기를 날로 씹으 리라 별렀다. 말하자면 그들 셋을 관중의 왕으로 세우는 것은, 겉 보기에는 더할 나위 없이 든든한 울타리를 치는 것처럼 보였지 만, 실은 없는 것보다 못한 썩은 바자를 두르는 격이었다.

하지만 항백의 말을 들은 항우는 말할 것도 없고 범증까지도 그 그럴듯함에 넘어가고 말았다. 두 사람이 모두 고개를 끄덕여 항백의 말을 받아들이자 패공 유방과 더불어 관중의 세 왕까지 정해지고 말았다. 그러자 관중과 서초 사이의 땅도 차례로 임자가 정해지기 시작했다.

위표(魏豹)는 진왕(陳王, 진승)의 장수 주불에 의해 위나라 왕으로 옹립되었다가 진나라 장수였던 장함에게 져서 죽은 위구의 아우였다. 형이 죽자 초나라에 항복한 위표는 빌린 군사 수천 명으로 옛 위나라 성 스무남은 개를 되찾아 그 공으로 위왕에 봉해졌다. 그 뒤 날랜 병사 수만과 함께 항왕(項王)을 따라 함곡관으로 들어가 진나라 군사를 쳐부수는 데 공이 많았으나, 원래의 제 땅을 지키지는 못했다. 양(梁, 위나라) 땅은 서초 패왕이 된 항왕의 봉지로 빼앗기고 하동을 대신 받아 평양에 도읍하고 서위왕(西魏王)이 되었다.

하구의 현령이었던 신양(申陽)은 원래 조나라 승상 장이가 총애하던 장수였다. 항왕의 대군이 오기 전에 먼저 하남을 함락하고, 하수 가에서 항왕과 초나라 군사들을 맞아들인 공이 있었다. 항왕은 신양에게 삼천군 일대를 떼어 주고 하남왕(河南王)으로 세워 낙양에 도읍하게 하였다.

한왕 성(成)은 죽은 무신군 항량이 세웠으나 크게 세력을 떨치지 못하다가, 패공 유방의 도움으로 양적을 차지하고 겨우 한나라의 명맥을 유지할 수 있었다. 나중에 항왕을 따라 함곡관에 들게 되었으나, 세운 공이 없는 데다 그 사도 장량이 패공을 따라 관중으로 간 일이 흠이 되었다. 도읍과 왕호는 그대로 유지했으나,

뒷날 봉지로 돌아가지 못하고 항왕을 따라 팽성으로 가게 된다.

조나라 장수 사마앙(司馬卬)은 일찍부터 용력이 남다르고 기략이 뛰어나다는 말을 들었다. 항우를 따라 서쪽으로 가다가 하내를 평정하는 데 여러 차례 큰 공을 세웠다. 은왕(殷王)이 되어 하내 땅을 봉지로 받고 조가에 도읍하였다.

장이와 진여에 의해 조나라 왕으로 세워진 헐(歇)은 조나라를 쪼개 만든 대(代)나라 왕으로 옮겨 앉았다. 항왕이 관중으로 쳐들어가는 데 장졸을 내기는 했으나, 자신은 신도에 남아 이렇다 할 공이 없었기 때문이었다. 대신 항왕을 따라 함곡관 안으로 들어간 장이는 상산왕(常山王)이 되어 조나라 땅 대부분을 봉지로 받고 옛 신도인 양국에 도읍하게 되었다. 진나라를 쳐부수는 데 공이 많았을뿐더러 평소 교유가 넓어 많은 사람이 장이를 왕으로 추천한 까닭이었다.

당양군 경포는 항왕의 선봉이 되어 싸웠으며 세운 공은 언제나 항왕의 군중에서 으뜸이었다. 구강왕(九江王)이 되어 회수 이남에서 강수까지를 봉지로 받고, 고향인 육(六, 육현)에 도읍하게 하였다. 세운 공에 비해 봉지가 넓지 않았는데, 어떤 사람은 그때 보인 항우의 인색이 뒷날 경포가 배신하는 원인이 되었다고도 한다.

파군 오예(吳芮)는 백월 족속을 이끌고 제후군을 도왔으며, 나중에는 항왕을 따라 함곡관으로 들어가 공을 세웠다. 형산왕(衡山王)이 되어 구강왕 곁에 넓은 봉지를 받고 주(邾)에 도읍하였다.

공오(共敖)가 임강왕(臨江王)이 된 것은 좀 별난 경우였다. 원래 공오는 의제(義帝)의 주국(柱國)으로서 항우를 따라 관중에 든 적이 없었다. 그러나 팽성에 남은 초나라 군사를 이끌고 남군을 쳐서 떨어뜨린 공이 있으므로 임강왕이 되어 강릉에 도읍하게 되었다.

연나라 장수 장도(臧荼)는 일찍부터 초나라를 도와 조나라를 구원하였고, 또 항왕을 따라 관중으로 들어가 싸운 공이 있었다. 연왕(燕王)이 되어 연나라 땅 대부분을 봉지로 받고 계(薊)에 도읍했다. 그러나 본시 연왕이었던 한광(韓廣)은 제 땅에만 박혀 있다가 항왕의 눈 밖에 났다. 연나라 땅 한 조각을 얻어 요동왕(遼東王)으로 밀려나고 말았다.

제나라 왕 전불도 연왕 한광과 비슷한 처지가 되었다. 나라 안에 머물면서 진을 쳐부수는 데 별 공이 없어 제나라 땅 한 조각과 함께 교동왕(膠東王)으로 밀려났다. 그에 비해 제나라 장수 전도(田都)는 제후군과 더불어 조나라를 구원하였을 뿐만 아니라, 항왕을 따라 관중으로 들어가 세운 공이 있었다. 전불을 대신해 제왕이 되고 임치에 도읍하였다.

옛적 진나라의 속임수에 빠져 망한 제나라의 마지막 왕 전건의 아들 전안(田安)은 전에 항왕이 장하를 건너 거록을 구원하려 할 때 군사를 이끌고 항복한 적이 있었다. 그 뒤로도 항왕을 도와 세운 공이 적지 않아 제북왕(齊北王)이 되고 박양에 도읍하게 되었다. 이에 비해 제나라 장수 전영(田榮)은 여러 번 항량을 배신한 적이 있는 데다, 진나라를 쳐부수는 데도 힘을 더하지 않았으므로 봉지를 주지 않았다.

성안군(成安君) 진여(陳餘)는 장이와 싸워 장군인(將軍印)을 내주었으며, 제후군이 관중으로 들어갈 때도 함께하지 않았다. 그러나 조나라를 구원하는 데는 공이 컸고, 또 평소에 현능하다는 평판을 널리 얻고 있어 모르는 척할 수 없었다. 그가 남피에 있다는 말을 듣고 부근의 세 현을 주며 후에 봉하였다. 그 밖에 파군 오예의 장수 매현(梅鋗)도 패공 유방을 따라 관중으로 들어가 세운 공이 적지 않아 식읍 10만 호를 거느린 후로 봉하였다.

하지만 서초 패왕 항우는 그 모든 결정을 하고서도 바로 시행하지 않았다. 제후의 '인수(印綬)가 해지고 도장 모서리가 닳도록' 제 손에 쥐고 우물쭈물하다가 두 달이 넘어서야 제후들에게 나누어 주었다. 뒷사람들은 흔히 그 일을 패왕 항우의 인색으로 이해하지만, 실은 그렇게 다시 천하를 쪼개는 일을 그만큼 망설였다고 보는 편이 옳다.

4월이 되자 희수(戱水) 가에 진채를 내리고 모여 있던 제후들은 하나둘 군사를 거두어 자신의 봉지로 돌아갔다. 한왕이 된 유방도 도읍인 남정으로 떠날 채비를 했다. 그러나 한왕의 장졸들은 풍(豊), 패(沛) 땅의 사람들이 많았고, 그렇지는 않더라도 대부분 동쪽에서 따라온 이들이었다. 자신들이 가야 할 곳을 알게 된 그들은 낙담해 마지않았다.

"모두 고향으로 돌아가는데 우리만 다시 서쪽으로 험산 준령을 넘어 파촉 한중으로 가는구나. 거기다가 패왕은 진나라 땅에 범 같은 세 왕을 남겨 우리가 되돌아오는 것을 막게 하였다니 살아 고향에 돌아가기는 틀렸다. 보고 싶은 부모 형제는 언제 만나 보게 될 것이며, 가엾은 처자는 누가 돌봐 줄는지!"

그러면서 땅을 치고 통곡하는 사졸도 있었다. 장수들 중에도 파촉 땅에 평생을 갇혀 지내느니 차라리 싸우다 죽겠다며 칼자루를 움켜잡는 자들이 많았다. 한왕도 패왕 항우의 기세에 눌려 봉지라고 받기는 했지만, 막상 떠나려고 하니 새삼 서글프면서도 화가 치밀었다.

"아무래도 이대로는 아니 되겠다. 지금이라도 항우와 싸워 결판을 내자!"

그러면서 한왕은 장수들을 자신의 군막으로 불러 모으게 했다. 장수 중에서도 침착한 편인 주발과 관영이 그런 한왕을 말리고, 뱃심 좋은 번쾌까지도 주발과 관영을 편들었다. 그래도 한왕은 분노를 삭이지 못했다. 여전히 싸우자고 고집하고 있는데 소하가 나섰다.

"대왕께서는 진정하십시오. 한중에서 왕 노릇 하기가 아무리 나쁘기로서니 죽는 것보다야 못하겠습니까?"

바깥 싸움터에서는 빛이 나지 않았지만 안에서 살림을 살고 문서를 꾸미는 도필리로서는 누구보다 유능한 소하였다. 소하는 한왕이 진왕 자영의 항복을 받고 처음 함양에 들어갔을 때도 홀로 진나라의 승상부와 어사부의 도적(圖籍)과 문서들을 거두어 뒷날 한왕이 천하를 얻는 데 요긴하게 쓸 수 있도록 해 주었다. 한왕이 패공으로 있을 때는 승(丞)으로 썼으나 왕이 되면서 승상으로 삼았는데, 평소 별로 말수가 없어도 한번 입을 열면 반드시 옳고 요긴한 말만 골라 하는 그라 한왕도 그의 말은 언제나 귀담 아들었다.

"죽다니? 어째서 죽는단 말이오?"

한왕이 치미는 속을 억누르며 물었다. 소하가 차분하게 대꾸했다.

"지금 대왕이 거느린 장졸은 패왕에 비해 보잘것없으니 백 번 싸워봐야 백 번 질 것입니다. 그리고 싸움에 지면 죽음이 있을 뿐이니, 대왕께서 죽지 않고 어찌하겠습니까? 무릇 한 사람에게 몸을 굽혀 만백성 위에 우뚝 설 수 있었던 사람으로는 탕왕과 무왕이 있었습니다. 탕왕과 무왕은 걸주(桀紂) 같은 폭군에게 몸을 굽힐 수 있었기 때문에 나중에 천하를 얻을 수 있었던 것입니다. 바라건대 대왕께서는 이대로 한중(漢中)의 왕이 되시어 백성을 잘 보살피고 어진 이들을 불러들이시며, 파촉 땅의 사람과 물자를 거두어 써서 힘을 기르도록 하십시오. 그런 다음 돌아와 삼진 (三秦, 셋으로 나뉜 진나라 땅)을 평정하신다면 천하를 도모할 수도 있을 것입니다."

그 말을 듣자 한왕도 퍼뜩 정신이 들었다. 성난 표정을 풀고 여럿을 돌아보며 말했다.

"승상의 말이 옳소. 좋소이다. 모두 돌아가 군사들에게 한중으로 떠날 채비를 하게 하시오."

그때 한왕 유방의 군사는 10만 명이 넘었다. 그러나 패왕 항우는 유방이 큰 세력을 거느리고 가는 게 못 미더워 그중에서 3만 명만 데리고 갈 수 있게 하였다. 한왕이 그들 3만 명을 이끌고 한중으로 떠나자, 제후국의 군사들 중에서 한왕을 흠모하는 자들이 몰래 도망쳐 나와 한군(漢軍)이 되어 따라갔는데 그 수가 오히려 3만 명이 넘었다.

한왕은 두현(杜縣) 남쪽으로 해서 식(蝕)으로 접어들었다. 식은 한중으로 들어가는 골짜기 길의 이름으로 어떤 이는 뒷날의 자오곡(子午谷)을 이른다 하고, 또 어떤 이는 낙곡(駱谷)을 이른다고도 한다. 워낙 지세가 험해 바위벽을 뚫고 통나무를 박아 넣거나 벼랑에 나무다리를 매달아 만든 잔도(棧道)와 각도(閣道)가 유일한 길이었다.

그때 장량은 패왕을 따라온 한왕 성(成)을 다시 만나게 되어 한나라의 사도로 돌아가 있었다. 그러나 한왕 유방의 정에 이끌려 배웅을 평계로 포중까지 따라갔다. 유방이 돌아가려는 장량을 잡고 말했다.

"내 되도록이면 자방 선생의 맑은 대의를 지켜 주려 하였으나, 일이 돌아가는 꼴을 보니 차마 이대로 보낼 수가 없구려. 한왕 성은 그 사람됨이 무르고 여려 큰일을 하기는 어려울 듯싶소. 이번에 겨우 왕호와 봉지를 지켜 내기는 했지만, 이 같은 전란의 시대에 아무 세운 공도 없이 혈통만으로 얻은 나라와 왕위가 가봐야 얼마나 가겠소? 게다가 자방이 나를 따라 관중에 들어온 일도 항왕의 심사를 적잖이 건든 듯했소. 한왕 성은 아무래도 그 앞날이 밝지 못하니, 자방은 차라리 여기 남아 나를 도와주는 게 어떻소?"

그러자 장량이 여자처럼 고운 얼굴 가득 슬픔을 띠면서도 결연하게 한왕 유방을 올려다보며 말했다.

"대왕께서 제게 베푸신 무거운 은의로 보면 이 량은 백 번이라도 여기 남아 대왕과 흥망을 같이해야 마땅할 것입니다. 그러나 한왕 성은 제가 죽은 무신군에게 우겨, 옛 한나라 왕실의 여러 공자 가운데서 골라 뽑아 세우게 한 왕입니다. 또 저의 아비, 할아비는 그 한나라 왕실에서 다섯 대에 걸쳐 은덕을 입었으니, 이제 형세가 좋지 않다고 아비, 할아비의 나라와 그 왕실을 저버릴 수는 없습니다. 나라와 임금이 살아 있다면 한나라는 저의 나라이며 그 임금은 제 임금입니다."

그래 놓고는 숨을 가다듬은 뒤에 차분하게 말했다.

"저는 이제 저의 나라와 저의 임금을 찾아 한(韓)나라로 돌아가지만, 그래도 대왕께 입은 은혜를 못 잊어 한 말씀 올리겠습니다. 이제 여기서부터는 대군이 지나는 대로 잔도를 불살라 버리십시오. 그렇게 길을 끊어 버리면 제후들의 도병(盜兵, 항우에게 아부하는 다른 제후나 유방군의 재물을 노리는 도둑 떼)이 뒤쫓는 것을 막을 수 있을 뿐만 아니라, 대왕께서 동쪽으로 되돌아갈 뜻이 없으심을 보여 주어 항왕의 의심을 받지 않게 될 것입니다."

"그럼 나더러 한평생 파촉에 갇혀 지내란 말이오? 잔도를 불태워 길을 끊어 버린다면 나는 어떻게 다시 관중으로 나온단 말이오?"

한왕(漢王)이 어두운 얼굴로 반문했다. 그러나 장량은 미리 준비하고 있었던 듯 깨우쳐 주었다.

"그때는 또 그때의 길이 있을 것입니다. 지금 대왕께 급한 것은 아무 탈 없이 항왕과 범(范) 아부의 독한 손길에서 멀리 벗어나는 일입니다."

그러고는 마침내 한왕 유방을 떠나 한나라로 돌아갔다. 한왕은 그런 장량을 10리나 배웅하며 아쉬움과 남은 정을 아울러 드러냈다.

포중에서 남정까지의 남은 길은 옛 시인들이 노래한 '촉도난(蜀道難, 촉으로 가는 길 험하여라.)'의 시작이었다. 구름 걸린 산마루를 넘어가는데, 길이 꼬불꼬불하거나 기어올라가야 할 만큼 가파른 것은 차라리 나은 편이었다. 깎아지른 듯한 절벽 중턱에 굴을 파듯 하고 사람 한둘이 겨우 어깨를 나란히 해 걸을 만큼의 길을 열어 둔 곳이 있는가 하면, 아예 홈을 파고 통나무를 박아 넣어 사다리를 산 중턱에 뉘어서 걸어 놓은 것 같은 구름다리 길을 만들어 둔 곳도 있었다.

거기까지는 용기를 내어 따라왔던 장졸들도 차츰 마음이 흔들리기 시작했다. 정말로 한중 파촉까지 따라 들어갔다가는 영영 고향으로 돌아갈 수 없을 것 같은 두려움에 먼저 동쪽을 고향으로 둔 병사들이 대오를 빠져나가 달아나기 시작했다. 이어 서북 지방 출신의 사졸들마저도 마음이 달라져 하나둘 그 뒤를 따랐다.

남아 있는 한왕 유방의 장졸들 사이에서도 벌써 향수병의 조짐이 돌았다. 그들은 저마다 고향을 그리워하는 노래를 부르며 그곳에 있을 적의 대수롭지 않은 추억담에도 눈물을 글썽거렸다.

다른 제후들 밑에 있다가 한왕을 흠모해 스스로 따라온 사졸들도 그런 면에서는 크게 다르지 않았다.

하지만 그런 군사들을 이끌고 험한 잔도를 지나 남정으로 가고 있는 한왕에게도 이따금씩 작은 위로는 있었다. 아직도 한왕을 흠모해 멀고 험한 길을 마다않고 찾아오는 다른 제후군의 장졸들이 바로 그랬다.

하기야 그들의 흠모는 뒷날의 아첨하는 선비들이 말하듯 너그럽고 어진 한왕의 덕을 향한 것이 아닐 수도 있었다. 한왕의 잠재적인 가능성을 알아보고 그를 따름으로써 더 많은 것을 얻어내려는 난세의 영악함에서 비롯된 것도 있었을 것이다. 그러나 당장은 힘이 없어 한구석으로 몰리는 한왕을 따라 거기까지 온다는 것은 고마운 일이 아닐 수 없었다. 따라서 한군(漢軍) 장졸들은 언제나 그들을 반갑게 맞아들였다.

그러던 어느 날이었다. 하루는 생김과 차림부터가 좀 별난 손님 하나가 남정으로 가는 한군의 꼬리를 따라잡고 한편으로 받아 주기를 청했다. 키가 여덟 자에 얼굴이 허여멀쑥한 데다 해졌지만 비단옷을 입고 긴 칼을 허리에 찬 것이 다른 제후군의 이름 없는 졸개 같지는 않았다.

"당신은 누구요? 어디서 무얼 하다 왔소?"

그 손님을 처음 맞게 된 한군 하나가 그 생김과 차림을 만만치 않게 보고 물었다. 그 손님이 제법 거드름까지 피우며 대답했다.

"나는 초나라의 낭중 한신이라는 사람이오. 한왕을 따르고자 왔으니 윗전에 기별해 주시오."

이에 그 군사는 한신을 먼저 번쾌에게로 데려갔다. 번쾌는 멀쑥한 허우대와 의젓한 차림에 넘어갔다. 장수로 대접해 자신의 군막에 들인 것까지는 좋았으나 한신을 알아볼 눈은 없었다. 먼저 음식을 내어 대접하면서 부리는 군사들 가운데 한신을 아는 자가 있는지 수소문해 보게 했다.

오래잖아 회음(淮陰) 출신의 보졸 하나가 먼저 한신을 잘 안다고 나서며 말했다.

"고향에는 그 한신을 한(韓)나라 왕손쯤으로 알고 있는 사람도 있으나, 실은 비렁뱅이에 지나지 않았습니다. 벼슬을 할 만한 재주도 없고 장사로 먹고 살 만한 수완도 없어 늘 남에게 얻어먹고 살았지요……."

그러면서 해 준 얘기가 하향 마을의 남창 정장(亭長)과 품삯 받고 빨래하는 아낙[漂母]에게서 밥 빌어먹은 얘기였다. 그다음으로 한신을 잘 안다고 찾아온 군사 하나도 좋은 말은 들려주지 않았다.

"그 사람 멀쩡한 허우대에 긴 칼만 차고 다녔지 실상은 보잘 것없는 졸장부라고 들었습니다. 한번은 회음 저잣거리의 불량배 하나가 지나가는 그의 길을 막고……."

그러면서 한신이 백정의 가랑이 사이로 기어 나간 얘기를 들려주었다. 초나라에서 했다는 낭중 벼슬도 실은 패왕의 군막 근처에서 어슬렁거리며 잡일이나 거들던 집극랑(執戟郎)에 지나지 않았음이 밝혀졌다.

번쾌가 원래 그리 사람 보는 눈이 어두운 사람이 아니나, 원체가 타고난 무골인 데다 좋지 않은 소리만 듣고 보니 한신을 좋게 볼 수가 없었다. 그래도 군막에서 내쫓지는 않은 채 한왕 유방에게 한신이 투항해 온 일을 알렸다.

번쾌의 말을 들은 한왕도 한신을 별로 대단하게 여기지 않았다. 한신을 한번 불러 보는 법도 없이 번쾌에게 일렀다.

"그래도 한창 기세를 떨치는 항왕을 버리고 나를 찾아온 사람을 모르는 척할 수야 있겠느냐? 초나라에서 낭중이었다 하니 우리도 낭중 벼슬을 주고 연오(連敖)로 일하게 하여라."

연오라면 주로 손님 접대를 맡는 벼슬아치로 창을 들고 다니는 일[執戟郎]보다 별로 나을 게 없었다. 더구나 파촉 한중으로 쫓겨 가는 한나라의 연오는 할 일이 없는 것이나 다름없었다. 그런데도 한왕은 크게 보아주기라도 한 듯 한신을 연오랑으로 삼았다.

항량이 살았을 때부터 항우를 따랐던 한신은 좋은 계책을 내놓아도 항우가 써 주지 않아 실망을 거듭해 왔다. 거기다가 함양에 들어온 뒤로 항우가 저지른 실책들은 더욱 한신의 실망을 키웠다. 그리고 한생을 죽여 관중을 버리고 동쪽으로 돌아갈 뜻을 밝힘으로써 항우는 한신이 품고 있던 마지막 기대까지 접게 만들었다.

따라서 한신이 한왕을 찾아온 것은 처음부터 높은 벼슬을 구해서는 아니었다. 하지만 목숨을 걸고 초나라 군중을 빠져나와 험한 산길을 며칠씩이나 헤매다가 찾아온 길이라 그만큼 기대도 자라 있었다. 따라서 한신은 한왕 유방의 그처럼 허술한 대우에 적잖이 상심했다.

'잘못 왔구나. 차라리 항우 밑에 남아 그의 남다른 기력이 뺏어 모은 부귀의 부스러기나 얻어먹고 있는 게 나았다. 항우와 같은 기력이 없으면 요순처럼 어질거나 세상 보는 눈이라도 밝아야 할 것 아닌가. 그런데 이 유방이란 작자는 아무것도 없는 주제에 거만하고 무례할 뿐이로구나.'

그런 생각에 한신은 절로 탄식이 나왔다.

'내 팔자가 실로 기구하구나. 세상이 변하는 것을 보고 대장부의 뜻을 한번 펼쳐 보나 했더니 여전히 밥 비럭질에서 벗어나지도 못하였다. 천하 한구석으로 쫓겨나는 제후의 연오가 되어 있지도 않은 손님 접대를 맡아 밥을 먹으니 비럭질과 무엇이 다르랴. 나는 결국 이렇게 살다가 끝나게 되어 있는가……'

한신의 마음가짐이 그러하니 맡은 일을 제대로 할 리가 없었다. 한왕이 남정에 이른 뒤에도 군중의 일은 제쳐 놓고 틈만 나면 술을 마시거나 군사들과 어울려 다니며 못된 짓을 했다. 술도 못된 짓도 맛들이면 늘어나는 법이라, 그 때문에 갈수록 한신의 평판은 나빠졌다. 그게 다시 자포자기로 번져 더욱 한신을 대담하게 했다.

그러던 어느 날이었다. 그동안 못된 짓을 함께해 온 군사 여남은 명과 진채를 벗어난 한신은 술김에 부근의 한 토민 마을을 덮쳤다. 범 같은 군사 여남은 명이 시퍼런 창칼을 들이대자 크지 않은 마을 주민들은 숨도 크게 쉬지 못하고 그들 앞에 무릎을 꿇었다. 그러잖아도 얼큰하게 취해 있던 그들은 마치 큰 싸움 끝에 적지를 점령한 것처럼이나 대담해졌다. 마을을 뒤져 술을 거두어들인 뒤에 대낮부터 다시 퍼마셔 댔다. 그리고 술이 취하자 더욱 거칠어져 마음대로 재물을 노략질하고 부녀자까지 겁탈했다.

하지만 결국은 술이 화근이 되었다. 아무도 말리는 사람 없이 마신 술에 그들 여남은 명이 모두 곯아떨어지자, 성난 마을 사람들은 그들을 꽁꽁 묶어 가까운 한군(漢軍) 진채로 끌고 갔다. 하필 성미가 불같기로 이름난 관영(灌嬰)의 진채였다.

마을 사람들이 울면서 한신네 패거리가 한 못된 짓거리를 일러바치자 관영이 불같이 성을 냈다.

"대왕께서는 무엇보다 민폐를 엄히 금하고 계시거늘, 저놈들이 감히 벌건 대낮에 백성들을 약탈하고 욕보였단 말이냐? 여봐라, 저놈들을 끌어내어 여럿이 보는 앞에서 목을 베어라. 그다음 그 머리를 군문에 높이 내달아 모든 사졸들에게 군율의 무서움을 일깨워 주라!"

그렇게 소리치며 아직 술에서 제대로 깨나지도 못한 그들을 끌어내 목 베게 했다. 그 바람에 군문 앞으로 끌려 나간 한신네 패거리는 누구 손에 왜 죽는지도 모르면서 하나둘 머리를 잃어 갔다.

한신이 제정신을 차린 것은 이미 패거리 열세 명 모두가 목이 잘린 뒤였다. 마지막으로 목이 잘린 군사의 끔찍한 비명 소리에 술에서 확 깨어난 한신은 물에 빠진 사람이 지푸라기라도 잡는 심경으로 주변을 돌아보았다. 마침 태복(太僕) 하후영이 그 소란에 이끌려 관영의 진채로 왔다가 여럿 사이에 끼어 구경을 하고 있었다.

"등공(滕公), 등공. 나를 모르시겠습니까?"

한신이 하후영을 보고 다급하게 소리쳤다. 하후영은 예전 한왕이 항량의 군막을 드나들 때부터 언제나 그 수레를 몰고 함께 나타나 한신에게 낯이 익었다. 홍문의 잔치에 한왕을 따라왔을 때는 등공이라 불리던 걸 기억하고 한신은 그에게 매달려 보기로 했다.

자신을 부르는 소리에 하후영이 그 죄수를 보니 어딘가 낯이 많이 익은 듯했으나 누군지 얼른 기억나지 않았다. 한소리 외침과 함께 손을 저어 일단 참수(斬首)를 멈추게 해 놓고 떨떠름하게 물었다.

"너는 누구냐? 어떻게 나를 아느냐?"

"벌써 저를 잊으셨습니까? 서초 패왕의 군막에서 집극랑으로 있던 한신입니다. 무신군이 살아 계실 때부터 항왕을 곁에서 모셔 언제나 대왕과 함께 다니시는 등공을 알고 있었습니다."

"항왕의 집극랑? 그런데 네가 왜 거기 있느냐?"

하후영이 더욱 어리둥절해 물었다.

하후영이 그렇게나마 아는 척해 주자 한신은 더욱 기가 살아났다. 묶인 중에도 낯빛에 위엄을 살리고 목소리를 높였다.

"한왕께서는 천하를 얻고자 하시는 것입니까, 말자는 것입니까? 어찌하여 장사를 한번 써 보지도 않고 함부로 죽이려 하십니까?"

"우리 대왕께서 장사를 함부로 죽이다니? 나는 관 낭중께서 벌건 대낮에 떼를 지어 마을로 내려가 백성들의 재물을 노략질하고 부녀자를 희롱한 죄수를 목 벤다는 말은 들었어도, 우리 대왕께 천하를 얻어 줄 장사를 죽이고 있다는 소리는 듣지 못했다. 그럼 네가 바로 그 천하를 얻어 줄 장사란 말이냐?"

그제야 하후영이 한신의 죄목을 기억해 내고 차갑게 말했다. 그래도 한신은 기죽지 않고 받았다.

"나는 위로는 천문을 읽고 아래로는 지리를 알며 또 그 아래와 위를 이어 주는 사람의 마음을 부릴 줄도 압니다. 일찍이 항왕에게 투신하였으나, 아녀자처럼 다감한 마음으로 고향을 그리며 동쪽으로 돌아가는 것을 보고, 천하를 담을 그릇이 아니라 여겨 한왕을 뒤따라오게 되었습니다. 그런데도 한왕께서는 사람을 알아보지 못하고 바로 써 주지 않으시니, 이는 곧 장사를 함부로 죽이는 것이나 다를 게 없습니다. 할 일도 없는 연오가 되어 술로 기구한 팔자를 달래다 군율을 어겨 이리되었으니, 그것이 어찌 반드시 이 한신의 죄이겠습니까?"

어떻게 보면 넉살맞은 데까지 있었으나 하후영은 왠지 그런 한신이 밉지 않았다. 거기다가 허여멀쑥한 얼굴과 크고 우람한 몸집도 이름 없는 죄수로 죽을 팔자 같지는 않아 보였다. 먼저 아직도 새파란 얼굴로 집행을 재촉하는 관영을 찾아가 한신의 목숨부터 살렸다.

어자(御者, 마부)가 하는 일은 윗사람을 가까이에서 모시는 것이라, 모시는 사람의 마음을 잘 읽어 내고 그 상대를 알아서 대접해 주어야 했다. 그러려면 어쩔 수 없이 사람을 한눈에 알아보는 재주가 필요한데 하후영에게 바로 그런 재주가 있었다. 어릴 적부터 패현의 마구간에서 자라고 현령의 수레를 몰았으며, 한왕을 따라나선 뒤에도 줄곧 그의 말과 수레를 몰아 사람 보는 눈을 길러 온 까닭이었다.

한신을 형틀에서 풀어 내 제 군막으로 데려간 하후영은 다시 술상을 내어 그의 놀란 가슴을 달래 주며 물었다.

"공은 항왕이 동쪽으로 돌아가는 걸 보고 그가 천하를 담을 그릇이 아니라고 보았소. 항왕을 감히 갓 쓴 원숭이[沐猴而冠]에 비하다가 죽은 한생과 같은 뜻인 줄 아오. 또 공은 항왕의 위세에 눌려 파촉 한중으로 몰리는 우리 대왕에게 오히려 앞날을 걸고 뒤쫓아 왔소이다. 이는 파촉 한중에서 힘을 길러 뒷날을 도모하자는 우리 소(蕭) 승상의 뜻과 같소. 한생은 관중에서 학식 높기로 이름났고, 소 승상은 우리 한군(漢軍) 중에서 가장 살핌과 헤아림이 밝은 분이오. 그 같은 이들과 뜻을 같이하니 공의 높은 안목을 알 수 있거니와, 그 밖에 공은 특히 무슨 재주가 있소?"

"하늘과 땅과 사람의 모든 것을 공부하였습니다만 특히 시절이 어지러운 걸 보고 병법을 공들여 익힌 바 있습니다."

한신이 그렇게 대답했다. 아직도 그 말투에는 허풍스러운 데가 남은 듯해 하후영이 다시 물었다.

"병법도 크게 보면 사람을 부리는 것이라 들었소. 공은 사람을 얼마나 부릴 수 있소?"

"그야 많으면 많을수록 좋지요. 만 명이면 나라를 지키고 십만이면 제후를 호령하며 백만이면 천하를 모두 거둬들일 수 있을 것입니다."

한신이 시원스레 대답했다. 조금 전에 잡스러운 죄목으로 목을 잘릴 뻔한 사람 같지 않은 호기였다. 하후영은 그런 한신의 말을 다 믿지는 않았지만, 그 재주가 남다르다는 것은 넉넉히 알아볼 수 있었다. 훌륭한 인재를 얻게 된 것을 자기 일처럼 기뻐하면서 곧바로 한왕의 처소로 찾아가 한신을 다시 천거했다.

"그러면 나도 알고 있다. 여러 날 전에 번 장군이 이미 내게 천거하였는데, 그를 아는 다른 사람들의 평판이 신통치 않아 연오로 일하게 한 적이 있다. 그런데 그 일도 못 견뎌 죄수로 목을 잃을 뻔한 자가 무슨 기이한 재주가 있겠느냐? 언변만 번지르르하고 실속은 없는 책상물림일 것이다."

한왕이 그러면서 여전히 한신을 대수롭지 않게 여겼다. 그러다가 하후영이 두 번, 세 번 그의 재주를 치켜세우자 못 이긴 듯 말했다.

"정히 그렇다면 치속도위(治粟都尉)를 맡겨 보자. 군사를 잘 부리자면 잘 먹일 줄부터 알아야 하고, 잘 먹이자면 군량부터 잘 되질할 줄 알아야 할 것이다. 장수로 쓰고 아니 쓰고는 그다음에 정할 일이다."

치속도위는 군대의 곡식과 재화를 맡아 보던 치속내사(治粟內史)에 속한 벼슬아치였다. 낭중이나 별반 나을 게 없는 자리였으나 그때 치속내사를 겸하던 승상 소하 밑에 들게 된 것이 한신의 운세를 바꾸어 놓았다.

하후영은 한신을 치속도위로 삼으라는 한왕의 명을 받아 내자 몸소 승상 소하를 찾아가 한왕의 명을 전하고 한신을 소개했다. 도필리로 오래 사람과 물자를 다루어 온 소하는 한눈에 한신의 비범함을 알아보았다. 바로 자기 곁에 두고 밤낮으로 그 재주와 학식을 떠보았다.

　　"공은 나처럼 우리 대왕이 파촉 한중에서 힘을 기르면 서초 패왕과 천하를 다투어 볼 수 있다고 하셨다고 들었소. 하지만 관중에 삼진(三秦)의 왕이 저렇게 버티고 있으니 그들은 어떻게 하시겠소? 더구나 장함은 진나라에서 으뜸으로 치던 장수였고, 사마흔과 동예도 저마다 그 꾀와 재주로 이름난 장재들이니, 그 셋이 힘을 합치면 관중은 철옹성을 두른 것보다 더 깨뜨리기 어려울 것이오."

　　한번은 소하가 한신에게 걱정 삼아 그렇게 물었다. 이번에도 한신은 전혀 걱정하는 기색이 없었다.

　　"그들 셋은 진나라의 자제 수십만을 관동으로 끌고 가 모두 잃고 아무도 데리고 오지 못했습니다. 특히 신안에서 항왕에게 생매장당한 항병(降兵)들의 부모 형제는 그들 세 사람의 고기를 산 채 씹지 못하는 게 한이니, 아무리 관중 땅이라지만 그런 백성을 데리고 그들이 무슨 힘을 쓰겠습니까? 우리가 힘을 길러 한번 치고 나가면 그들 삼진은 항왕을 위해 썩은 바자 노릇도 하지 못할 것입니다."

　　그렇게 소하를 후련하게 해 주었다. 다시 여러 날이 지나 한신의 비범함을 온전히 믿게 된 소하가 한왕을 찾아보고 그 재주와 학식을 치켜세웠다. 그러나 어찌 된 셈인지 이번에는 소하가 말해도 한왕은 귀담아들으려 하지 않았다. 어쩌면 뒷날 두 사람이 맞게 될 불행한 결말이 어두운 예감으로 닿아 와 한왕을 그토록 주저하게 만들었는지도 모를 일이었다.

산동의 맞바람

한(漢) 원년 4월 하순 서초 패왕(西楚覇王) 항우는 군사들을 이끌고 관중을 떠나 도읍인 팽성으로 길을 잡았다. 희수(戲水) 가에 모였던 제후들이 저마다 탈 없이 봉지로 돌아가는 것을 보고 군사를 돌리다 보니 출발이 다른 제후들보다 보름 넘게 늦어진 까닭이었다. 하지만 당장은 모든 것이 자신의 뜻대로 이루어져 돌아가는 길이라 패왕의 호기는 한껏 치솟았다.

그런데 패왕이 홍문을 떠나려는 날 아침 그 호기에 찬물을 끼얹는 일이 있었다. 오중에서 떠날 때부터 패왕의 전마(戰馬)를 도맡아 돌봐 온 구장(廐將)이 찾아와 겁먹은 얼굴로 말했다.

"대왕께서는 싸움에 타실 말을 새로 고르셔야겠습니다. 간밤에 오추마가 기어이 죽고 말았습니다."

"무어라? 오추마가 죽었다고?"

패왕이 자신도 모르게 떨리는 목소리로 되물었다. 그도 그럴
것이 오추마에 대한 패왕의 정은 남달랐다. 오중에서 얻어 전마
로 탄 지 3년, 힘든 싸움터마다 한 몸이 되어 달려 준 말이었다.
거록에서의 피투성이 싸움부터 마지막 함곡관을 두드려 부술 때
까지 크고 작은 수십 번의 싸움에서 언제나 패왕이 이길 수 있
었던 것은 그 자신의 빼어난 용력에 못지않게 오추마의 도움도
컸다.

"그렇습니다. 끝내 여물도 꼴도 먹기를 마다하고 자진(自盡)하
였습니다."

구장이 마치 비장하게 죽은 사람 얘기를 하듯 그렇게 말했다.
그게 가슴 서늘하면서도 패왕이 짐짓 꾸짖듯 말했다.

"자진이라니? 구장은 말 못하는 짐승을 두고 무슨 당치 않은
소리인가?"

"오추마는 말 못하는 짐승이었으나, 그래도 여느 말은 아니었
습니다. 대왕의 패업을 돕기 위해 하늘이 내리신 천마(天馬)였습
니다."

"나도 오추마가 병들어 거동이 어렵게 되었다는 얘기는 들었
다. 그럼 그게 병든 게 아니고 스스로 먹기를 마다하고 죽은 것
이란 말이냐?"

"대왕이 걱정하실까 저어하여 숨겨 왔으나, 실은 그러하였습
니다."

"그럼 오추마가 언제부터 먹지 않았느냐?"

"대왕께서 함양에 드신 뒤로 먹는 게 신통치 않더니, 홍문의
진채로 되돌아오신 뒤로는 아예 꼴도 여물도 입에 대지 않았습
니다."

그런 구장의 말에 실린 묘한 여운이 패왕의 심기를 건드렸다.
그러나 패왕은 은근히 치솟는 화를 억누르며 별 억양 없는 목소
리로 물었다.

"너는 평소에 백락(伯樂)을 자처하며 말에 관한 것이라면 무엇
이든 안다고 하였다. 천마도 말이니, 그럼 천마인 오추마가 왜 스
스로 죽기를 바라며 먹기를 그만두었는지 그 까닭도 알겠구나."

"그것은 하늘의 뜻이니, 저같이 하찮은 것이 하늘의 뜻을 어찌
알겠습니까마는 대략 짚이는 바가 없지는 않습니다."

"내가 함양에 들어가 한 일이라면 진왕(秦王) 자영을 죽이고
함양을 도륙한 것이며, 얻은 것은 진나라의 재보와 우(虞) 미인이
었다. 그럼 입맛을 잃을 만큼 오추마가 처음 못마땅하게 여긴 일
은 그것들이겠구나."

아무도 함부로 말하지는 못했지만 그때는 패왕도 진왕 자영을
죽인 일과 진시황의 능묘를 파헤치고 아방궁을 불사른 것 같은
일들이 좋은 소리를 듣지 못하고 있다는 것을 알고 있었다. 또
진나라의 재화와 보물을 독차지하고 진나라 후궁에서 얻은 우희
(虞姬)를 미인(美人, 후궁의 한 직급)에 봉한 일도 등 뒤로 적잖이
비웃음을 사고 있음을 느끼고 있었다. 구장이 짚이는 바가 있다
고 하자 대뜸 그런 일들을 말하려는 것으로 지레짐작한 패왕이
앞질러 이죽거리듯 말했다. 그런 패왕의 두 눈에 이는 흉흉한 불

길을 보고 비로소 구장의 낯빛이 변했다.

"또 홍문에 돌아와서는 내가 동쪽으로 돌아가는 것을 말리는 한생(韓生)을 삶아 죽이고, 끝내 아부(亞父)의 말을 듣지 않고 유방을 살려 한왕(漢王)에 봉했으며, 이제는 동쪽에 치우쳐 있는 내 도읍 팽성으로 떠나려 하고 있다. 오추마가 먹기를 그만두고 마침내 숨이 끊어진 것은 내가 홍문에 와서 한 이 같은 짓들로 내 패업(覇業)도 끝장났다고 보아 스스로 나를 떠난 것이겠구나. 하늘이 그리하라고 시킨 것이로구나."

패왕이 한층 살기를 드러내며 그렇게 말을 마치고는 무섭게 그 구장을 쏘아보았다. 그제야 놀란 구장이 후들후들 떨며 더듬거렸다.

"아닙니다. 감히 그럴 리가 있겠습니까? 황제란 하늘에서는 귀신의 우두머리[鬼神之首]요, 땅에서는 임금 중의 임금[王中之王]이라고 들었습니다. 대왕께서는 장차 황제가 되시어 천하를 다스릴 분이신데, 아무리 하늘인들 대왕께서 하신 일을 어떻게 감히 나무랄 수 있겠습니까? 오추마가 먹지 못하게 된 것은 물과 땅이 맞지 않고[水土不服], 여기까지 오는 동안의 힘든 싸움에 지쳐 그리된 것입니다."

그러면서 식은땀을 줄줄 흘렸다. 급하게 둘러댄 말이었지만 그래도 패왕의 자부심과 허영에 호소하는 데는 효험이 컸다. 여러 해 가까이서 패왕을 모시면서 그 성품을 익히 알게 된 덕분이었다. 패왕이 조금 살기를 누그러뜨리며 다짐받듯 물었다.

"네 정녕 솥에 삶기기 싫어 둘러대는 말은 아니렷다?"

"그렇습니다. 오중에서 대왕을 따라나선 이래 한 번도 대왕께서 받으신 천명을 의심해 본 적이 없습니다."

그러자 패왕이 깊숙한 한숨과 함께 얼굴에서 살기를 걷어 내며 엄중하게 말했다.

"그렇다. 하늘의 뜻을 받들어 내려온 천마 같은 것이 어디 있겠느냐? 사람의 공력과 정성이 곧 하늘의 뜻이다. 너는 지금 가서 함양 궁궐 마구간에서 끌어온 말 중에 힘 좋고도 날래면서 검은 털 섞인 부루말[烏騅馬] 한 마리를 골라 보아라. 그리고 낯모르는 농부를 시켜 하늘이 죽은 오추마를 대신해 보낸 말이라고 하며 내게 끌어다 바치게 하라. 이제부터는 그 오추마가 이 패왕의 대업을 돕기 위해 하늘이 보낸 천마다!"

진승과 오광이 여우를 가장하거나 물고기 배를 빌려 자기들에게 유리하게 하늘의 뜻을 조작했던 것처럼 패왕 항우도 어느새 자기현시(自己顯示)를 넘어서는 그런 상징 조작의 기술을 터득하고 있었다.

패왕이 대군과 함께 팽성에 이른 것은 여름 5월 중순이었다. 그동안 쌓인 전리(戰利)로 말이나 갑옷투구를 치장한 강동자제 8천 명은 겉모습만으로도 눈부신 승리의 전사들이었다. 그들 8천 명을 앞세우고 행군하는 서초(西楚) 30만 대군의 위세는 말 그대로 천지를 떨쳐 울리는 듯했다.

패왕 항우는 흰 비단 전포에 금은으로 장식한 갑주를 걸치고 새로 얻은 오추마 위에 높이 앉아 있었다. 시황제처럼 여러 대의

온량거(輼輬車)를 늘어세우지도 않았고, 앞뒤로 창칼을 번쩍이며 따르는 갑사들과 번다한 기치도 없었으나, 그 위엄은 보는 이들의 가슴을 절로 떨리게 했다. 실로 더할 나위가 없는 금의환향이었다.

거기다가 팽성 사람들을 더욱 감탄시킨 것은 그 행렬을 뒤따르는 수레들이었다. 수레마다 함양에서 약탈한 재보가 가득했고, 그 마지막 비단 휘장을 드리운 수레에는 우 미인이 타고 있었다. 부로(俘虜) 삼아 함양에서 끌고 온 숱한 부녀들도 사람들의 눈길을 끌었다.

팽성 사람들은 그런 패왕을 자기들의 임금으로 기꺼이 맞아들였다. 망해 버린 옛 초나라의 비통한 역사를 상징하는 명장 항연(項燕)의 손자, 그러나 초나라 회복의 주춧돌이 된 항량과 더불어 민초 속에서 몸을 일으켰고, 마침내는 진나라를 쳐 없애 망국의 한을 씻어 준 그를 서초 땅이 마다할 까닭이 없었다. 이에 패왕은 새로 임금이 된 그 누구보다 백성들이 믿고 따르는 임금으로 팽성에 뿌리를 내려 갔다.

패왕을 따르던 막빈과 장수들도 이제 더는 전장을 떠도는 농민군의 우두머리가 아니었다. 범증은 아부라 불리며 군사로서 그 어떤 막빈보다 아래위 모두의 믿음과 우러름을 받았다. 계포도 그사이 믿음을 회복해 모사보다는 장수로서 어엿하게 자리를 잡아 갔다. 종리매와 용저도 젊고 날랜 맹장에서 패왕이 믿고 아끼는 장군들로 자라 있었으며, 소공(蕭公) 각(角), 환초(桓楚), 정공(丁公) 등도 한 갈래 군사를 이끄는 관록 있는 장수들이 되었다.

항백, 항장, 항타, 항양(項襄) 같은 항씨가(項氏家) 사람들도 그저 패왕의 혈육이란 이유로 장수 대접을 받지는 않았다. 저마다 싸움터에서 한몫을 했다.

하지만 패왕 항우를 따라 팽성으로 오게 된 사람들이 모두 그리 좋게만 자리 잡은 것은 아니었다. 그중에서도 특히 한왕(韓王) 성(成)이 받는 대접이 고약했다. 그는 언제나 패왕 곁에 있으면서도 볼모나 포로와 다름없는 처지였다.

관중에서의 분봉(分封) 때만 해도 패왕은 한왕 성을 한(韓)나라 왕으로 인정하고 양적으로 도읍을 삼게 했다. 그러나 관중을 떠나면서 마음이 바뀌었다. 장량이 파촉(巴蜀) 한중(漢中)으로 들어가는 한왕 유방을 따라간 일 때문이었다.

"장량은 한나라의 사도(司徒)인데 어찌하여 한왕 유방을 따라갔소?"

패왕의 그 같은 물음에 한왕 성이 대수롭지 않다는 표정으로 대답했다.

"유방을 따라 관중으로 들어와 여러 달 함께 고생하는 동안에 생긴 정분 때문이겠지요. 하루 이틀 배웅하고는 이리로 돌아올 것입니다."

하지만 그 말을 받는 패왕의 눈길은 곱지 않았다.

한나라는 무관을 사이에 두고 한중과 이어져 있었다. 만약 장량이 유방과 한왕 성을 맺어 놓으면 무관은 아무런 구실을 못하고 한중과 한(韓)나라는 한 덩이가 되고 만다. 다시 말해 유방은 굳이 삼진(三秦)을 뚫고 나오지 않아도 중원으로 고개를 내밀 수가 있었다. 패왕이 장량의 움직임을 날카롭게 살피는 까닭은 그 때문이었다.

한왕 성의 말대로 장량은 며칠 안 돼 되돌아왔다. 한왕 유방을 포중까지 바래다주고 다시 옛 임금을 섬기려 돌아온 셈이었다. 하지만 패왕은 제후들이 모두 봉지로 돌아간 뒤에도 한왕 성을 곁에 잡아 두었다가 끝내는 자신과 함께 관중을 떠나게 하였다. 그리고 한왕 성을 끼고 가다시피 동쪽으로 돌아가던 패왕은 한나라에 이르러 갑자기 말을 바꾸었다.

"아무래도 한왕(韓王)은 나와 함께 팽성으로 가야겠소. 아직 천하가 안정치 못하니 무관 같은 요해처(要害處)는 다른 장수를 보내 지키게 함이 옳을 것이오."

그 말에 한왕 성과 함께 패왕에게 불려 갔던 장량이 뻔히 그 말뜻을 알면서도 시치미를 떼고 패왕에게 물었다.

"무관을 지키신다 함은 누구로부터 무관을 지키신다는 뜻이옵니까?"

"배에는 허풍만 가득하고 머릿속은 계집 생각과 재물 욕심만 들어찬 주제에 엉뚱한 꿈을 꾸며 중원을 바라보는 같잖은 물건 때문이오. 삼진 땅은 이름난 장수와 지모 있는 책사를 왕으로 세워 겹겹이 울타리를 둘러쳐 두었으니, 중원으로 나오려면 당연히 무관을 넘어 한나라 땅으로 들어오는 길을 노리지 않겠소?"

말투로 보아 그사이 범증이 적잖이 패왕을 쑤석거린 뒤끝인 듯했다. 그 무렵 한왕 유방에 대한 패왕의 의심은 미움의 수준으로 끌어올려져 있었다. 장량이 이때다 싶어 패왕 앞으로 나섰다.

"대왕께서 가리키시는 사람이 한왕 유방이라면 아마도 대왕께서는 잘못 헤아리고 계신 듯합니다. 제가 보기에 한왕은 다시 동쪽으로 나올 뜻이 전혀 없어 보였습니다."

"어째서 그렇단 말이오?"

"제가 포중에서 한왕과 작별하고 오다가 돌아보니 한군이 지나간 계곡에는 먼지와 연기가 자욱하였습니다. 바로 잔도(棧道)를 부수고 불사르는 통에 나는 먼지와 연기였습니다. 그것으로 미루어 한왕께는 두 번 다시 파촉 한중에서 되돌아 나올 뜻이 없음에 분명합니다."

장량의 그와 같은 말에 패왕이 조금 밝아진 얼굴로 되물었다.

"그게 사실이오? 장(張) 사도는 그 말을 보증할 수 있소?"

"이 량(良)이 두 눈으로 똑똑히 본 일입니다. 지금이라도 빠른 파발마를 포중으로 보내 알아보시면 어김없을 것입니다."

장량이 그렇게 다짐하자 패왕의 얼굴은 더욱 밝아졌다. 하지만 끝내 한왕 성을 그 도성인 양적으로 보내지 않고 자신의 도성인 팽성으로 데려갔다. 그 바람에 장량도 팽성까지 함께 따라가지 않을 수 없었다.

그런데 더욱 고약한 것은 팽성에 이른 뒤였다. 범증이 무어라고 쑤석였는지 한왕 유방에 대한 패왕의 의심은 갈수록 커져, 나중에는 천하에서 자신과 대적할 수 있는 이가 한왕밖에 없는 것처럼 그를 걱정하고 미워했다. 장량은 그게 걱정이 되었다.

'큰일이다. 이대로 두면 패왕이 먼저 군사를 내어 한중으로 밀고 들지도 모르겠다. 누군가 이 의심과 미움을 나눠 가지 않으면

한중과 우리 한나라가 아울러 무사하기 어렵겠구나.'

그런 생각으로 가만히 사람을 풀어 천하의 형세를 살펴보게 하였다. 패왕의 주의를 끌어 줄 또 다른 맞바람을 알아보기 위해서였다.

패왕의 엄청난 기세에도 불구하고, 사람을 풀어 알아보니 모든 제후가 반드시 그 뜻을 받들고 따르는 것은 아니었다. 그중에서도 제나라에서는 전영(田榮)이 이미 패왕에 맞서 일을 꾸미고 있었다.

전영은 제나라의 왕족으로 적현에서 군사를 일으켜 스스로 제나라 왕이 된 전담의 사촌 아우였다. 전담이 진군에게 에워싸인 위나라 왕 구(咎)를 구원하러 갔다가 장함에게 기습을 당해 임제성 아래에서 죽자, 전영은 아우 전횡(田橫)과 함께 패잔병을 모아 동아로 달아났다.

제나라 사람들은 전담이 죽었다는 소문을 듣자 옛 제나라 왕 전건(田建)의 동생 전가(田假)를 새로운 왕으로 세웠다. 그리고 역시 옛 왕족인 전각(田角)을 재상으로, 전간(田間)을 장군으로 삼아 제나라를 이어 가게 했다.

장함은 전영이 동아로 달아나자 그를 뒤따라가 그 성을 에워쌌다. 항량이 그 소식을 듣고 곧 동아로 달려가 그 성 밖에서 장함이 이끈 진나라 군사를 크게 쳐부수었다. 놀란 장함이 서쪽으로 달아나자 항량이 이긴 기세를 타고 장함을 뒤쫓았다.

하지만 전영은 제나라 사람들이 형 전담을 가볍게 잊고 전가를 왕으로 세운 것에 화가 나서 장함을 뒤쫓는 항량을 따라가지 않았다. 곧바로 제나라로 돌아가 전가를 왕위에서 몰아냈다. 그런 전영에게 쫓겨 제나라 왕이었던 전가는 초나라로 달아났고, 재상 전각은 조나라로 달아났다. 또 장군 전간은 먼저 조나라에 사신으로 가 있다가 형이 쫓겨 오는 걸 보고 그대로 조나라에 눌러앉았다.

전영은 전담의 아들 전불(田市)을 제나라 왕으로 세우고 자신은 재상이 되어 그를 보살폈다. 전영은 또 아우 전횡을 장군으로 삼아 그들을 따르지 않는 세력을 평정하게 하였다. 그러자 오래잖아 제나라는 온전히 그들 형제의 손안에 들어왔다.

한편 장함을 뒤쫓아 간 항량은 갈수록 진나라 군사가 늘어 가는 것을 보고 제나라와 조나라에 사람을 보내 도움을 청했다. 두 나라 모두 군사를 내어 자신과 함께 장함을 쳐부수자는 내용이었다. 제나라의 실권을 쥔 전영이 초나라와 조나라에 사람을 보내 말하였다.

"초나라가 전가를 죽이고 조나라가 전각, 전간을 죽인다면 우리도 기꺼이 군사를 내겠소."

그러자 초나라 회왕이 제나라 사신에게 대답했다.

"전가는 가깝게 지내던 이웃 나라의 왕으로서 궁지에 몰려 우리에게 의지하러 왔소. 우리 초나라가 그를 죽이는 것은 실로 의롭지 못한 일이오."

조나라 왕도 제나라 사신에게 말하였다.

"사냥꾼도 품 안으로 날아든 새는 쏘지 않는다 했소. 전각과 전간은 일신의 환란을 피해 우리나라에 의지해 온 사람들이오. 그들을 죽여 가면서까지 제나라와 친하고 싶지는 않소."

그러자 제나라 사신이 조나라 왕에게 말하였다.

"독사가 손을 물면 손을 자르고, 발을 물면 발을 자르는 까닭이 무엇이오? 독이 스민 그 손과 발이 몸에 해를 끼치기 때문입니다. 그런데 지금 전가와 전각, 전간이 조나라와 초나라로 달아난 것은 그 두 나라에 독사의 독이 스민 것과 같습니다. 하지만 그들은 조나라와 초나라의 손과 발이 아닌데도 어찌하여 죽이려고 하지 않습니까? 게다가 우리가 서로 돕지 못하고 진나라가 다시 천하의 호응을 얻는다면, 지금 군사를 일으킨 제후들은 모두 반란자가 되어 그 무덤까지 파헤쳐질 것입니다."

하지만 그래도 조나라와 초나라는 제나라의 말을 듣지 않았다. 사자로부터 그 일을 전해 들은 전영은 화가 나서 끝내 항량을 도울 군사를 내지 않았다.

오래잖아 장함은 다시 항량을 기습하여 죽이고 그 군사를 크게 쳐부수었다. 초나라 군사들이 기세를 잃고 동쪽으로 달아나니, 장함은 군사를 돌려 조나라를 치고 거록을 에워쌌다. 그 바람에 항우는 아버지나 다름없던 숙부 항량을 잃게 되었을 뿐만 아니라, 그 자신도 거록에서 목숨을 걸고 피투성이 싸움을 벌이지 않을 수 없었다.

패왕이 된 항우가 전영이 왕으로 세운 전불에게서 제나라를 거두고, 교동왕(膠東王)으로 내쫓아 즉묵에 도읍하게 한 것은 바로 그때 제나라가 한 짓 때문이었다. 패왕은 전불에 갈음해 장군 전도(田都)를 제나라 왕으로 세우고 임치에 도읍하게 하였다. 전도는 일찍이 패왕과 더불어 거록에서 싸워 조나라를 구원하였고, 함곡관 안으로 따라 들어간 뒤에도 세운 공이 많았다.

패왕은 다시 옛 제나라 마지막 왕 전건의 손자인 전안(田安)을 제북왕(濟北王)으로 세우고 박양에 도읍하게 하였다. 전안은 패왕 항우가 막 하수를 건너 조나라를 구원했을 때, 제수(濟水) 북쪽의 성 몇 개를 진나라로부터 빼앗은 뒤 제 발로 패왕에게 투항해 온 적이 있었다. 그리고 그 뒤로도 패왕을 따라다니며 세운 공이 적지 않아 제나라 땅 일부를 봉지로 받게 되었다.

제나라의 실권을 쥐고 있으면서도 자신이 세운 왕은 제나라 동쪽 좁고 구석진 땅으로 쫓겨나고, 내쫓은 왕의 아우는 다시 제나라 왕이 되어 노른자위가 되는 땅을 차지하게 되자 전영은 그렇게 만든 패왕을 크게 원망하였다. 거기다가 또 전안까지 제북왕으로 세워 제나라를 세 토막으로 가르자 전영은 더 참을 수가 없었다. 가만히 군사를 일으켜 패왕이 새로 왕으로 세운 전도가 제나라로 돌아오기만을 기다렸다.

전영은 패왕에게 맞서려고 군사를 움직인 일이 밖으로 새어 나가지 못하도록 엄하게 단속했지만, 장량이 풀어놓은 눈과 귀를 속이지는 못했다. 전도가 도읍인 임치에 이르기도 전에 장량의 귀에 그 소식이 들어갔다.

장량은 패왕의 눈길을 한왕 유방과 한중으로부터 전영과 제나라로 돌리게 하는데 그 일을 써먹기로 작정했다. 이번에는 패왕에게 글을 올려 전영이 꾀하는 바를 일러바쳤다.

……전영은 일찍이 무신군(武信君)께서 정도의 외로운 넋이 되도록 만든 자입니다. 본국이 어지럽다는 평계로 무신군을 도와 장함과 싸우기를 마다하였을 뿐만 아니라, 대왕께서 거록을 구원하실 때도 끝내 제후군에 가담하지 않았습니다. 대왕께서 관중을 평정하실 때는 전도만 따라 보내고 구경하더니, 이제 전도가 그때 세운 공으로 제나라 왕이 되자 앙앙불락 대왕을 원망해 왔습니다.

근래 신 량(良)이 가만히 사람을 풀어 알아본 바, 전영은 스스로를 높이고 스스로를 크게 여김[自存自大]이 끝이 없어 이제는 감히 대왕께 맞설 궁리마저 서슴지 않고 있습니다. 몰래 군사를 일으켜 새로 오는 제왕 전도와 제북왕 전안을 기다리고 있는데, 그 뜻이 참으로 흉악합니다. 제왕과 제북왕을 모두 죽이고 교동왕 전불까지 없앤 뒤에 스스로 삼제(三齊)의 왕이 되려 하고 있습니다.

듣기로 하수의 둑도 개미구멍 하나로 시작하여 허물어진다 합니다. 대왕의 위엄과 기력은 천하를 뒤덮고, 전영이 하는 일이 버마재비가 수레바퀴에 맞서려 함[螳螂拒轍]과 다름없으나, 때를 놓치고 손을 늦춰 작은 부스럼을 큰 종기로 키워서는 아니 됩니다. 전영이 대왕의 너그러움과 참을성을 눈 어둡고 어리석은 것으로 잘못 알아 마침내 동북의 큰 우환으로 자라나지 않도록 하십시오…….

하지만 패왕은 그런 장량을 잘 믿으려 하지 않았다. 거기다가 범증까지 전영보다는 한왕 유방이 더 큰 걱정거리임을 곁에서 되뇌자 여전히 한왕과 한중 땅만을 날카롭게 살폈다.

그런데 장량의 글이 올라온 지 보름도 안 돼 곁에서 부리는 신하 하나가 패왕에게 급한 목소리로 아뢰었다.

"사수 쪽으로 나가 있는 용저 장군에게서 급한 전갈이 왔습니다. 제나라 왕 전도가 산동에서 쫓겨 나와 패왕을 뵙고자 팽성으로 오고 있다고 합니다."

"전도가 쫓겨 왔다고? 누구에게서, 왜?"

장량이 올린 글은 깜빡 잊고 패왕이 놀라 물었다. 근시가 대답했다.

"잘은 모르오나 제나라 전 승상 전영이 임치를 치고 전도를 내쫓았다고 합니다. 나머지는 제나라 왕이 들거든 직접 하문하시옵소서."

이에 패왕은 전도를 불러들이게 했다. 한나절도 못 돼 빠른 말로 먼 길을 달려온 전도가 패왕 앞에 후줄그레한 모습으로 엎드렸다.

"전영이 제왕을 내쫓았다고 하는데 사실이오?"

"그렇습니다. 전영이 임치성 밖에서 기다리다가 저희 군사들을 불시에 들이쳤습니다."

"그렇지만 제왕도 적지 않은 군사를 거느리고 있지 않았소? 더구나 그 대부분은 함곡관 안으로 들어가 싸움을 거듭한 군사들이 아니었소?"

"워낙 뜻밖의 일이라……. 뿐만 아니라 누가 감히 대왕께서 정한 일을 거역하랴 싶어 마음을 놓은 게 화근이었습니다."

전도가 무안해하면서도 슬며시 패왕의 심기를 건드렸다. 패왕이 벌써 적잖이 뒤틀린 목소리로 물었다.

"전영, 이 쥐 같은 놈이……. 그래 왕은 내 이름을 앞세워 보았소?"

"그야 말할 나위가 있겠습니까? 대왕의 명이라 하였으나 전영은 되레 비웃기만 했습니다."

"무어라? 전영이 나를 비웃었다?"

드디어 패왕이 범처럼 으르렁거리기 시작했다.

"미욱한 주제에 황소 같은 힘만 믿고 천하를 제멋대로 쥐락펴락하려 드는 고집불통이라 하였습니다. 언제든 산동에서 만나기만 하면 단단히 버릇을 가르쳐 주겠다고도 했습니다."

전도가 그렇게 패왕이 들으면 성낼 말만 골라 전했다.

"여봐라, 무엇들 하느냐? 어서 장졸들을 모아들여라. 갑옷투구를 내오고 오추마에 안장을 얹어라. 내 전영을 목 베어 천하에 우리 서초의 위엄을 떨쳐 보이겠다!"

패왕이 그렇게 소리치며 몸을 일으켰다. 그때 곁에 있던 범증이 나서서 말렸다.

"제나라는 예부터 동쪽의 강국으로, 진나라 시황제조차도 맨 마지막에 가서야 속임수로 겨우 멸망시킬 수 있었습니다. 한쪽 말만 믿고 함부로 제나라를 적으로 돌려서는 아니 됩니다. 먼저 사람을 풀어 내막을 차분히 알아본 뒤에 군사를 내도 늦지 않을 것입니다."

그러자 패왕도 퍼뜩 앞뒤 없는 분노에서 깨어났다. 억지로 숨결을 고른 뒤에 못마땅한 눈길로 전도를 노려보며 말했다.

"아부의 말씀이 옳소. 일에는 반드시 까닭이 있게 마련이니 먼저 그것부터 알아봐야겠소. 거기다가 전도 장군은 제나라를 받고서도 끝내 지켜 내지 못했으니 더는 왕위에 머물 수가 없소. 당분간은 한 객장으로 내 군막에 머물면서 하회를 기다리시오!"

그리고 범증의 말을 따라 제나라에 가만히 사람을 풀어 일의 경과를 알아보게 했다.

한편 전영은 패왕이 보낸 제나라 왕 전도를 쳐부순 기세로 교동왕 전불을 덮쳐 갔다. 그때 역시 패왕이 정해 준 봉지인 교동으로 가고 있던 전불은 도중에 먼저 이른 전영의 사자를 만나자 난감하기 짝이 없었다. 홀로 궁리하다가 마음을 정하지 못해 신하들을 모아 놓고 물었다.

"패왕은 내게 교동왕이 되어 즉묵에 도읍하라 이르셨소. 그런데 또 승상 전영은 나더러 임치로 와서 전처럼 제나라 왕 노릇을 하라는구려. 힘이 약하고 거느린 군사가 적으니 도대체 어느 장단에 춤을 추어야 할지 알 수가 없소."

전불의 물음에 곁에 있던 신하들이 입을 모아 말했다.

"지금 항왕(項王)의 힘과 기세는 천하에서 아무도 대적할 자가 없습니다. 거기다가 성격이 사납고 거칠어 그 뜻을 거스르고는 살아남기 어려우니 대왕께서는 마땅히 즉묵으로 가셔야 합니다. 임치로 가셨다가는 반드시 위태로운 지경에 빠지게 되실 것입니다."

이에 전불은 전영에게서 도망치듯 자기 봉지로 달아났다. 그
소식을 들은 전영은 몹시 화가 났다. 곧 대군을 휘몰아 전불을
뒤쫓았다.

패왕 항우는 멀리 팽성에 있고, 전불은 원래가 남의 힘으로 세
워진 왕이라 거느린 군사가 많지 않았다. 바닥부터 세력을 다져
제나라의 실권을 잡고 있는 전영을 그런 전불이 당해 낼 리 없었
다. 싸움이랄 것도 없이 쫓기다가 도읍으로 정해 준 즉묵 땅에
이르러 마침내 전영에게 사로잡히고 말았다.

"전불은 제 백성과 제 나라를 버리고 초나라의 꼭두각시 임금
노릇이나 하려 했다. 거기다가 그릇된 것을 바로잡으려는 우리
군사에게 맞서기까지 했으니 임금 노릇은커녕 죽어 마땅한 죄인
이다. 전불을 죽여 그 어리석음을 벌함과 아울러 천하를 제멋대
로 나눈 항우의 미련스러움과 포악함을 널리 밝히자!"

전영은 그러면서 전불을 죽이게 했다. 한때는 왕으로 섬겼고,
사사롭게는 친형보다 더 우러르고 따랐던 종형 전담의 아들 되
는 전불이었다.

제왕(齊王) 전도가 초나라로 쫓겨 가고 교동왕 전불이 죽자 패
왕 항우가 셋으로 나누었던 제나라 땅 가운데 둘이 전영의 손안
에 들어왔다. 제북왕 전안이 아직 남아 있었으나 땅이 북쪽에 치
우쳐 있는 데다 세력이 미약해 말할 만한 것이 못 되었다. 그러
자 전영의 장수들이 나서서 권했다.

"전가가 죽고 전불이 죽어 전건으로부터 이어 오는 옛 제나라

왕통과 전담에서 시작된 새로운 제나라의 왕통이 모두 끊어진 셈입니다. 이제 승상께서 왕위에 오르시어 우리 제나라를 다시 일으키시고 이끄실 때입니다."

전영도 은근히 기다리던 참이라 한 번 사양하는 법도 없이 장수들의 청을 받아들였다. 스스로 제나라 왕위에 올라 전도와 전불의 땅을 아울러 다스렸다. 하지만 제북에 전안이 남아 있는 게 못내 마음에 걸렸다.

그때 전영의 신하 하나가 묘한 꾀를 내었다.

"대왕께서는 어찌하여 팽월을 거두어 쓰시지 않으십니까? 팽월이라면 제북왕 전안쯤은 쉽게 잡을 수 있을 것입니다."

팽월의 이름은 전영도 들어 알고 있었으나 근황을 자세히 알지 못했다.

"팽월이라면 거야택(巨野澤)에서 도둑질하던 그 팽월을 말함인가?"

"허나 지금은 만 명이 넘는 무리를 거느리고 있습니다. 산동에서도 한 갈래 만만찮은 세력을 이끄는 효웅입니다."

"지난해 팽월은 거야택을 나와 지금은 한왕이 된 패공과 더불어 창읍 근처에서 싸우고 있다는 소리를 들은 적이 있다. 그런데 왜 그 길로 패공을 따라 서쪽으로 가지 않고 아직도 거야택에 남았다고 하더냐?"

전영이 그렇게 묻자 신하가 아는 대로 대답했다.

"팽월이 원래 남의 밑에 들기를 좋아하지 않는 데다, 위왕(魏王) 구(咎)가 죽은 뒤 흩어진 위나라 군사들을 거둬들일 만한 세력이 없었기 때문이라고 합니다. 팽월이 군사 천여 명과 남아 위나라 군사를 거두겠다고 하자 패공이 허락한 것입니다. 하지만 그 바람에 팽월은 관중으로 들어가 공을 세울 기회를 잃어, 군사를 1만여 명이나 거느리고도 돌아갈 곳 없는 신세가 되고 말았습니다."

그러고는 잠시 목소리를 가다듬어 전영에게 권했다.

"대왕께서 지금이라도 팽월에게 장군인을 내리시고 제나라 장수로 부르신다면 팽월은 기꺼이 달려올 것입니다. 그런 팽월에게 명하시어 제북왕 전안을 쳐 없애게 하시면 대왕께서는 손바닥에 침 한번 뱉지 않고 삼제(三齊)를 모두 거두어들일 수 있습니다. 뿐만 아니라 그리되면 패왕 항우는 팽월을 미워할 것이니, 팽월이 또 하나의 경포가 되는 것을 막는 길도 됩니다. 어서 팽월을 불러 쓰도록 하십시오."

이에 전영은 온전하게 믿지 못하면서도 그 신하가 시키는 대로 해 보았다. 장군인을 새겨 사자에게 주며 팽월을 찾아보게 하였다. 제나라 장수가 되어 제북왕 전안을 쳐 달라는 전영의 당부와 함께였다.

뜻밖에도 제나라의 사자로부터 장군인을 받은 팽월은 몹시 기뻐했다. 천하를 갈라 여럿에게 나눠 주면서 자신만은 빼 버린 패왕에게 무슨 앙갚음이나 하듯, 전영의 장수가 되어 싸우기를 마다하지 않았다.

팽월은 날래고 거친 무리 1만여 명을 거느리고 바람처럼 제북으로 밀고 들었다. 전안이 맞선다고 맞섰으나 될 일이 아니었다.

제대로 싸워 보지도 못하고 팽월의 세력에 밀려 약간의 장졸들과 함께 박양성 안에 갇히는 신세가 되고 말았다.

팽월이 다시 무리를 휘몰아 급하게 박양성을 들이쳤다. 더 물러날 곳이 없게 된 성안의 장졸들이 힘을 다해 맞섰으나 오래 견뎌 내지 못하였다. 열흘도 안 돼 박양성은 팽월의 손에 떨어지고 전안은 어지럽게 뒤엉켜 싸우는 군사들 사이에서 누구에게 당하는지도 모른 채 어이없게 죽고 말았다.

팽월이 제북을 평정한 소식을 전하자 전영은 크게 기뻐했다.

"제북의 근심을 덜어 준 장군의 공을 높이 치하하오. 이제 장군을 대장군으로 높여 세우나니 제음에서 남하하여 항우가 봉지로 삼고 있는 양(梁, 위)나라로 가시오. 어렵더라도 양나라 땅에 자리 잡고 항우와 맞서 주시면 우리 제나라가 그 뒤를 든든히 받쳐 줄 것이며, 다른 제후들도 대장군을 도와 마침내는 양왕(梁王)에 오르게 될 것이오……."

그렇게 팽월의 공을 치켜세움과 아울러 새로운 일을 맡겼다. 그런데 팽월은 이번에도 왠지 두말없이 전영의 명을 따랐다. 그 사이 배로 늘어난 무리를 이끌고 남쪽으로 내려와 양나라 땅을 근거로 패왕에게 맞서기 시작했다.

장량의 말을 믿지 않던 패왕도 삼제가 차례로 전영의 손에 떨어지자 전영의 모반을 믿지 않을 수가 없었다. 그러다가 팽월의 군사들이 코앞인 양나라 땅까지 내려오자 비로소 손을 썼다.

"아부께서 공연히 사람을 의심하는 통에 멀리 파촉 한중 땅과 한왕(漢王) 유방을 살피느라 삼제 땅이 전영의 손에 통째 떨어지는 걸 구경만 하였소. 하지만 우리로 보아서는 등짝이나 뒤통수와 다름없는 땅이 산동이오. 전영을 저대로 그냥 두어서는 아니 되겠소. 장량의 말대로 한왕이 잔도를 불사른 것은 다시 동쪽으로 돌아올 뜻이 없음을 드러낸 것임에 틀림없는 듯하니 눈앞의 우환거리인 전영부터 먼저 쳐 없애야겠소!"

먼저 범증을 불러 그렇게 말한 뒤에 다시 맹장으로 이름을 높여 가고 있는 소공 각을 불렀다.

"장군은 군사 3만 명을 데리고 지금 당장 양 땅으로 가서 거기서 날뛰는 팽월이란 자를 죽이고 그 목을 가져오라. 또 그 무리는 단 한 명도 살리지 말고 모두 땅에 묻어 뒷날의 본보기로 삼게 하라. 들기로 팽월은 제나라의 대장군이라 하나, 원래는 거야택 물가에서 도둑질하던 무리의 우두머리였다고 한다."

범증도 패왕에게는 당장 할 말이 없었다. 그러나 패왕이 적을 너무 가볍게 여기는 것 같아 소공 각에게 정색을 하고 일렀다.

"하지만 도둑질도 도(道)가 있어 오래되면 무르익는 법이오. 팽월은 수십 년 도둑질로 늙고 닳아빠진 데다 거느린 군사까지 2만 명이나 된다 하니 결코 가볍게 보아서는 아니 되오."

"군사의 말씀을 가슴에 새겨듣겠습니다. 살피고 삼가 반드시 팽월의 머리를 가져오겠습니다."

소공 각은 그렇게 말하고 물러났으나 그 마음은 이미 팽월을 잔뜩 깔보고 있었다.

'거야택에 자리 잡고 텃세 삼아 좀도둑질이나 하던 약아빠진 늙은이가 어쩌다 흘러 다니는 백성들 몇 만 명을 긁어모았다고 해서 너무 날뛰는구나. 거록에서 함양까지 만 리를 시체 더미 헤쳐 가며 싸운 우리 초나라 군사들에게 영문도 모르고 죽어 갈 그 졸개들이 불쌍하다……'

그렇게 중얼거리면서 군사 3만 명을 급하게 몰아 양 땅으로 달려갔다.

소공 각이 3만 대군을 이끌며 오고 있다는 소문은 누구보다도 적의 움직임을 살피는 데 밝은 팽월의 귀에 곧 들어갔다. 지금까지 들판에서 진세를 펼치고 정면으로 승부를 보는 싸움보다는 작게 나뉜 군사들로 모였다 흩어졌다 하며 바람같이 치고 빠지는 싸움에 재미를 보아 온 팽월이었다. 이번에도 정면으로 맞서 좋을 게 없다 여기고 재빠르게 치고 빠지는 싸움으로 몰아 갔다.

처음 팽월이 군사를 일으킬 때 따라나섰던 거야택 부근의 소년들 대부분은 그새 어엿한 장수로 자라 있었다. 팽월은 그들과 새로 얻은 장수 몇 십 명을 불러 놓고 말했다.

"적병은 함곡관 안으로 들어갔다 나온 역전의 용사들로 이루어진 대군이며, 그 대장 소공 각은 항우 밑에서도 쳐주는 맹장이다. 정면으로 맞서 봤자 승산이 없다. 이제부터 장군들은 각기 5백 명씩 거느리고 한 덩이가 되어 때와 장소를 가리지 말고 괴롭힐 수만 있으면 적을 괴롭혀라. 하지만 언제나 탈 없이 빠져나갈 길은 확보되어 있어야 한다."

그리고 잠시 뜸을 들인 뒤에 다시 말을 이었다.

"그렇게 닷새만 적을 괴롭히면 적은 틀림없이 군사를 나누어 우리를 뒤쫓을 것이다. 그때 우리는 지정한 곳에 다시 모여 집중

된 힘으로 적의 중군을 짓밟아 버리자. 이미 여러 갈래로 군사를 나누어 보낸 뒤라 적의 중군은 그리 많은 병력을 지니고 있지 못할 것이다. 우리가 힘을 다해 들이치면 반드시 쳐부술 수 있다!"

팽월의 장수들은 그 말을 잘 알아들었다. 이미 진나라 시절부터 그렇게 싸워 수많은 대군을 물리쳐 온 그들이었다.

소공 각의 대군과 유군(遊軍)으로 분산된 팽월의 작은 부대들이 접촉하기 시작한 것은 그 이틀 뒤부터였다. 팽월은 진작부터 대량(大梁) 근처의 마제산(馬蹄山)을 숨을 곳으로 삼고 밀려들어오는 소공 각의 초나라 대군들을 요격하기 시작하였다. 한껏 몸을 가볍게 한 몇 백 명이 초나라 대군의 꼬리나 뒤처진 부대를 매섭게 후려치고는 빠른 바람처럼 빠져나가 버리는 방식이었다.

사흘 내리 그런 싸움으로 적잖은 피해를 입은 소공 각은 마침내 군사를 여러 갈래로 나누어 팽월의 작은 부대들을 뒤쫓게 했다. 그게 바로 팽월이 기다린 바였다.

닷새 뒤 마제산 골짜기에 가만히 병력을 집중한 팽월은 이리저리 군사를 갈라 주고 5천 명도 남지 않은 초나라 중군을 벼락같이 들이쳤다. 갑자기 세 배가 넘는 팽월군의 기습을 받은 소공 각의 중군은 싸움다운 싸움도 해 보지 못하고 무너져 버렸다. 가까이 있던 초나라 군사들이 급히 구원을 왔으나, 결과적으로는 3만 군사를 몇 천 명씩 쪼개 차례로 투입한 꼴이라, 집중되어 2만 명에 가까운 팽월의 대군을 물리칠 수 없었다.

팽월이 소공 각의 대군을 크게 쳐부수므로써 항우를 향해 부는 맞바람은 이제 세상에 그 실체를 드러내었다. 전영이 일으킨 맞바람만 해도 제나라의 내분과 비슷한 데가 있어 그리 강렬한 인상으로 제후들의 눈과 귀를 끌지 못했다. 그런데 팽월이 바로 패왕 항우가 믿는 장수 소공 각에게 딸려 보낸 초나라 대군을 여지없이 쳐부수어 제후들을 놀라게 했다.

그 소문이 퍼지자 맞바람도 번지기 시작했다. 그리하여 전영, 팽월에 이어 움직인 것은 하수 물가에서 낚시와 사냥으로 세월을 보내던 전(前) 조나라 대장군 진여(陳餘)였다.

패왕이 관중에서 제후들에게 천하를 나누어 줄 때 조나라 승상 장이(張耳)를 상산왕(常山王)으로 봉하자 진여를 높이 치는 사람들이 패왕에게 말하였다.

"진여는 장이와 똑같이 조나라에 공이 있습니다. 진여도 마땅히 왕으로 봉해야 합니다."

그러나 패왕은 진여가 함곡관 안으로 따라오지 않아 세운 공이 적다는 핑계로 그 말을 들어주지 않았다. 다만 진여가 남피에 있다는 말을 듣고 부근의 세 현을 식읍으로 내주었을 뿐이었다. 또 장이와 진여가 세운 조왕 헐(歇)도 공이 적음을 들어 대(代) 땅으로 옮겨 왕으로 봉했다.

"장이와 나는 세운 공이 같은데, 장이는 왕이 되고 나는 후(侯)에 그친 것은 항우가 공평하지 못했기 때문이다."

진여는 그렇게 말하면서 그때부터 항우에게 이를 갈아 왔는데 이제 항우를 향한 맞바람이 일어나는 것을 보자 그냥 있을 수가 없었다. 자신을 따르는 장동(張同)과 하열(夏說)을 가만히 제왕 전영에게 보내 달래었다.

"항우는 천하를 다룸에 있어 공평하지 못하여 자신을 따른 여러 장수들은 모두 좋은 땅에 왕으로 봉해 주고, 이전의 왕들은 모두 나쁜 땅으로 옮기게 하였습니다. 그 바람에 우리 조왕(趙王)께서는 기름진 조나라를 내주고 궁벽한 대 땅으로 쫓겨나시고 말았습니다. 바라건대 대왕께서 신에게 군사를 빌려 주신다면 우리 조왕께 옛 땅을 찾아 드릴 뿐만 아니라, 신이 봉지로 받은 남피의 땅을 들어 대왕의 나라를 막고 지키는 울타리가 되게 하겠습니다."

그런 진여의 말은 곧 상산왕 장이를 칠 군사를 빌려 달라는 뜻이었다. 제나라 왕 전영에게는 결코 나쁠 게 없는 제안이었다. 이에 전영은 오히려 기뻐하며 군사 한 갈래를 떼어 진여에게 보냈다.

전영이 보낸 군사가 남피로 오는 동안 진여도 식읍으로 받은 하간의 세 현을 쥐어짜듯 하여 군사를 모았다. 그러자 산동에 이어 하간, 하북에 이르기까지 패왕에게 맞서는 군사들의 움직임으로 술렁거렸다. 거기다가 한나라 땅으로 돌아가 있던 장량이 다시 패왕에게 글을 보내 알려 왔다.

제나라가 이제는 조나라까지 부추겨 대왕께 맞서려 합니다. 두 나라가 힘을 합쳐 서초를 쳐 없애고 의제께 천하를 돌려준다고 큰소리치고 있습니다.

소공 각이 팽월에게 형편없이 당하고 쫓겨 오면서 벌겋게 달아 있던 패왕은 그 말을 듣자 더 참지 못했다. 당장 대군을 일으켜 제나라를 짓밟아 버리겠다며 길길이 뛰었다. 하지만 나라 안팎의 사정이 그렇지가 못했다. 파촉 한중에 가둔다고 가뒀지만 한왕 유방의 위협이 다 가시지 않은 데다, 의제(義帝)는 회왕 시절부터의 조신들과 옛 초나라 귀족 떨거지들에 둘러싸여 팽성에 남아 있었다.

"한(韓)나라는 한중과 땅이 이어져 있고, 무관은 중원으로 들어오는 요긴한 길목이다. 그런데 한왕 성은 진나라를 쳐 없애는 데 세운 공이 적을 뿐만 아니라, 무관에 걸터앉아 서쪽에서 밀고 드는 도적 떼를 막아 낼 장재(將材)도 없다. 따로 마땅한 장수를 골라 한나라를 맡길 것이니, 한왕 성은 열후(列侯)로 물러앉아 이대로 팽성에 머물도록 하라."

패왕은 먼저 그렇게 하여 한나라가 한왕 유방에게 길을 열어 주는 걱정부터 덜었다. 그리고 다시 의제에게도 사람을 보내 진작부터 정해 놓은 대로 통보하게 하였다.

"예로부터 천자의 영토는 사방 천 리로서 그 도읍은 반드시 물의 상류에 있었습니다. 이제 널리 살펴보니 장사 침현(郴縣)이 바로 그러한 땅입니다. 바라건대 폐하께서는 장사군 천 리를 근기(近畿)로 삼으시고 침현에 도읍하시어 천하를 굽어보시옵소서."

말은 공손해도 실상인즉 구석지고 막힌 곳으로 의제를 내쫓는 셈이었다. 의제는 기가 막혔으나 힘없는 천자가 무슨 수로 천하를 움켜잡고 있는 패왕의 뜻을 거스르겠는가. 패왕이 그렇게라도 보살펴 주는 데 오히려 감사하면서 떠날 채비를 하게 했다.

하지만 무상한 게 권력이요, 못 믿을 게 권력 주변을 맴도는 군상들의 심성이었다. 그래도 의제로 받들어지고, 겉으로라도 천자 대접을 받을 때는 충성을 내세우며 주변에서 웅성거리던 조신들과 옛 초나라 귀족 떨거지들은 하루아침에 등을 돌렸다. 모두 패왕의 눈치를 보며 팽성에 남을 궁리만 하니, 의제를 모시고 장사로 떠나려는 사람은 한 줌도 되지 않았다.

대장군 한신

한왕 유방이 처음 한중으로 들 때만 해도 아직 봄기운이 남아 있었는데 어느새 계절은 늦여름으로 접어들고 있었다. 남정에 임시로 마련한 한왕의 왕궁은 한낮의 늦더위 속에 고요했다. 말이 왕궁이지 옛날 부호의 집을 빌려 급한 곳만 손본 것이라 대청을 대전으로 쓰자니 궁색하기 짝이 없었다.

"참으로 고요하구나, 관(綰)아. 허나 나는 이 고요함이 싫다."

그날따라 유난히 어두운 얼굴로 평상에 걸터앉아 있던 한왕이 문득 그림자처럼 곁에 붙어 서 있는 노관을 쳐다보며 물었다. 직위를 붙이지 않고 어릴 적에 부르던 이름 그대로 노관을 부르는 것으로 미루어 무언가 사사롭게 풀고 싶은 마음속의 응어리가 있는 듯했다. 노관이 말없이 한왕을 마주 보며 다음 말을 기다렸다.

"어젯밤에는 장졸 합쳐 몇 명이나 달아났다고 하더냐?"

한참 뒤에 한왕이 불쑥 그렇게 물었다. 유들유들하고 뱃심 좋은 그답지 않게 어둡고 가라앉은 목소리였다. 그제야 노관도 한왕이 무엇 때문에 울적해하는지 알 만했다. 늘 그래 왔듯 아는 대로 간결하게 대답했다.

"위랑(衛郎)과 칠대부가 각기 한 사람씩에 사졸이 대략 쉰 명 남짓입니다."

"그런가? 그럴 테지. 실은 나도 이곳이 지겹다."

한왕이 다시 어린아이 시절로 돌아간 듯 솔직하게 말했다. 같은 마을에서 한날한시에 태어나 그 뒤 40년이 넘는 세월을 붙어 살다시피 한 노관도 그런 한왕의 심사를 알 듯했다.

한중에 들어온 지 한 달이 지나면서 마지못해 따라온 원래부터의 한나라 장졸들은 말할 것도 없고, 한왕을 흠모해 제 발로 따라나선 다른 제후의 군사들까지도 마음이 변해 갔다. 저마다 고향을 그리워하는 노래를 부르며 밤마다 잠을 못 이룰 만큼 간절하게 돌아가고 싶어 했다. 그러다가 석 달이 다 돼 가는 그 무렵에는 장졸을 가리지 않고 다섯 명씩, 열 명씩 무리를 지어 군중을 빠져나가 동쪽으로 달아났다.

"허나 대왕께서 그렇게 말씀하셔서는 아니 됩니다. 소(蕭) 승상이 말한 대로, 대왕께서는 오히려 이 파촉 한중 땅에서 힘을 길러 흙먼지를 말아 올리는 기세로 되돌아가야[捲土重來] 합니다. 반드시 오늘의 이 구차함과 욕스러움을 씻고 당당히 동쪽으로 나아가셔야 백제(白帝)의 아들을 베어 죽이고 새 세상을 열 적제(赤帝)의 아드님일 수 있습니다."

노관이 한왕의 울적한 심사에 휩쓸리지 않으려고 애쓰며 그렇게 말을 받았다.

그때 갑자기 어수선한 발자국 소리와 함께 누가 급하게 대전으로 들어왔다. 한왕과 노관이 아울러 살펴보니 갑주를 삼엄하게 두르고 칼을 찬 번쾌였다.

"번 낭중이 무슨 일로 이리 급하게 달려오셨소?"

노관이 한왕을 대신해 물었다. 그 무렵 번쾌는 낭중으로 벼슬이 올라 있었다. 번쾌가 숨결조차 제대로 가다듬지 못하고 일러바치듯 한왕을 보고 말했다.

"대왕, 기막힌 일이 터졌습니다. 오늘 아침 소하가 달아났다고 합니다."

"승상 소하가? 아니 그게 무슨 소린가?"

한왕이 알 수 없다는 얼굴로 되물었다. 번쾌가 멀리서도 들릴 만큼 숨을 씨근거리며 대답했다.

"아침상을 받는 척하다가 갑자기 수저를 내던지고 마구간으로 내닫더니 가장 빠른 말을 골라 타고 동쪽으로 달아났다는 것입니다."

"무슨 급한 볼일이 있었겠지. 설마 승상이……."

한왕 유방이 아무래도 믿을 수 없다는 듯 고개를 저으며 말끝을 흐렸다. 번쾌가 그게 더욱 분통 터진다는 듯 목소리를 높였다.

"저도 처음에는 그리 알고 기다렸지요. 그런데 한참 뒤에 폐구로 빠지는 동쪽 곡구(谷口)를 지키던 부장 하나가 알려 왔습니다. 소하가 승상임을 내세워 파수 보는 군사의 물음에 대답도 않고 말을 달려 동쪽으로 가 버렸다는 것입니다. 그리고 조금 전 점심 나절에는 다시 그 곡구에서 동쪽으로 30리 떨어진 곳의 진장(鎭將) 하나가 똑같은 전갈을 해 왔습니다. 그러고도 다시 한 식경, 이제 더는 전갈이 없는 걸 보고 이렇게 달려온 것입니다. 이게 달아난 게 아니고 무엇이겠습니까?"

하기는 번쾌도 그리 경박한 성품은 아니었다. 그제야 일이 심상치 않음을 알아차렸는지 한왕의 낯이 일그러지며 숨결이 거칠어졌다.

"승상이 어찌하여 달아났단 말인가. 승상이 어찌하여 나를 버렸는가……."

그러면서 손발이라도 잃은 사람마냥 어찌할 줄 몰라하며 허둥댔다.

돌이켜 보면 소하는 장돌뱅이 유계(劉季)를 한왕(漢王) 유방으로 올려세우는 데 누구보다도 큰 몫을 해낸 사람이었다. 소하는 패현의 주리로서 일찍부터 유계의 비범함을 알아보았고, 또 저잣거리 건달들과의 마뜩잖은 거래로 언제나 범죄 언저리를 기웃대는 그를 보호하였다. 늦은 나이지만 유계가 정장 노릇이라도 할 수 있게 주선한 것도 소하였으며, 그가 역도들과 함양으로 부역 갈 때 패현의 다른 벼슬아치들은 3백 전인데 소하만은 5백 전을 여비로 내놓아 남다른 믿음과 기대를 드러냈다.

유계를 패공(沛公)으로 만든 데에도 소하의 공이 가장 컸다. 현령을 부추겨, 죄를 짓고 숨어 살던 유계를 패현으로 불러들이게 한 것도 그였으며, 현령이 다시 의심을 품었을 때는 조참과 함께 성을 빠져나가 유계에게 투항함으로써 성안의 사기를 꺾어 놓은 것도 그였다. 나중에 유계가 글로 성안 부로(父老)들을 달랠 때도 소하가 유계 편에 서 있다는 게 큰 힘이 되었다.

유계가 패공 유방으로 다시 출발한 뒤에도 그랬다. 싸움터라 도필리인 소하의 업적이 그리 드러나지는 않았지만 그가 없는 패공의 군대는 유지되기 어려웠을 것이다. 번쾌나 주발, 관영 같은 장수들의 용력에 못지않게 소하가 빈틈없이 돌본 병참과 보급도 패공의 세력을 키우는 데 큰 몫을 했다. 특히 함양에서 소하가 손에 넣은 진나라의 문서와 전적은 당장도 한왕 유방이 천하대세를 읽는 데 없어서는 안 될 요긴한 자료였다.

한왕은 그런 소하가 자신을 떠났다는 데 크게 상심했다. 먹고 마시기조차 잊고 하루를 보낸 뒤 이튿날 새벽같이 태복 하후영을 불러 말했다.

"아무래도 아니 되겠다. 태복은 어서 나가 빠른 말들을 골라 수레에 매고 기다려라. 내가 소 승상을 직접 찾아봐야겠다."

그러자 하후영이 왠지 감회에 찬 얼굴로 한왕을 가만히 올려다보다가 억지 부리는 아이 달래듯 차분한 어조로 말렸다.

"소 승상을 찾는 일이라면 제게 맡기시고 대왕께서는 자중하십시오. 소 승상은 제가 패현 마구간에서 막일을 할 때부터 가까이서 모셔 잘 아는 분입니다. 결코 그리 떠날 분이 아니십니다.

반드시 까닭이 있을 터, 저 홀로 뒤쫓아 가도 어떻게 찾아낼 수 있을 듯합니다."

한 번 먹은 마음이라 그런지 한왕이 그런 하후영의 말에 오히려 목소리를 높였다.

"소하라면 나도 태복에 못지않게 오래 알아 온 사람이다. 그런 내가 그 까닭을 짐작조차 못하겠는데 태복이 어떻게 떠난 지 벌써 하루가 지난 그를 찾는단 말인가?"

"마음에 짚이는 일이 있습니다. 소 승상을 모셔 온 뒤에 아뢰겠사오니, 대왕께서는 부디 마음을 편히 하고 기다려 주십시오."

하후영이 다시 한왕을 달랬다. 그래도 한왕은 함께 나서겠다고 우기다가 한참 만에야 겨우 하후영 혼자 소하를 뒤쫓도록 해 주었다. 한왕의 허락을 받은 하후영은 가장 빠른 말 네 마리를 골라 참마(驂馬)까지 달고 수레를 몰아 왕궁을 나갔다.

그런데 그날 해가 지기도 전이었다. 걱정하며 기다리는 한왕에게 노관이 달려와 말했다.

"태복이 소 승상을 모시고 돌아왔다고 합니다."

그 말을 들은 한왕이 제자리에 앉아 있지 못하고 벌떡 몸을 일으켰다. 한달음에 대전으로 달려 나가려는데 소하가 홀로 한왕을 찾아보러 내전으로 들어왔다.

"공은 나를 버리고 달아나려 했다고 들었소. 그 까닭이 무엇이오?"

한편으로는 괘씸하기도 하고 다른 한편으로는 반갑기도 했지만, 한왕은 짐짓 꾸짖듯 소하에게 물었다. 소하가 별로 움츠러드는 기색 없이 대꾸했다.

"신이 어찌 감히 달아나겠습니까? 신은 다만 달아나는 자를 뒤쫓았을 뿐입니다."

"달아나는 자를 뒤쫓는 일이라면 다른 장수를 시킬 수도 있었고, 또 공이 직접 가더라도 내게 알리고 떠날 수 있었지 않소."

"그럴 겨를이 없었습니다. 아침상을 받고 있다가 그가 이미 간밤에 달아났다는 말을 들었습니다. 수저를 내던지고 마구간으로 달려가 빠른 말을 골라 타고 뒤쫓기에 바빴습니다."

"그게 누구요? 누구를 뒤쫓았다는 말이오?"

한왕이 그래도 못 믿겠다는 듯 다시 물었다. 소하가 한왕을 지그시 올려보며 무언가를 일깨워 주듯 말했다.

"한신(韓信)입니다. 다행히 뒤쫓은 지 하루 만에 한신을 붙잡아 되돌아가자고 달래는데, 태복이 빠른 수레를 몰고 뒤따라와 함께 데리고 돌아왔습니다."

그 말에 한왕이 잠시 멈칫했다. 한신이라면 한왕도 알 만했다. 처음에 번쾌가 데려와 연오랑(連敖郎)으로 써 보았고, 나중에 다시 하후영이 무겁게 써 달라고 추천하기에 치속도위(治粟都尉)로 올려 세운 바 있었다. 그 뒤에는 소하도 몇 번 한신의 재주를 칭찬한 것 같았다. 곰곰이 돌이켜 보면, 오래전 항량이 살았을 때 그 군막에서 한신을 본 기억도 있었다.

여러 가지로 미루어 한신에게 남다른 재주가 있음은 분명하였다. 그러나 한왕은 왠지 한신을 가까이 두고 무겁게 쓰고 싶은 마음이 선뜻 일지 않았다. 한신이 여러 번 주군을 바꾼 데서 비롯된 의심이나, 젊은 시절의 마뜩지 못한 행실을 전해 들어서만은 아니었다. 어떤 근원적인 의구심, 또는 떨쳐 버릴 수 없는 불길한 예감 같은 것이 한왕을 망설이게 했다.

"이제까지 우리 장수들 중에 동쪽으로 달아난 자만 해도 여남은 명은 넘을 것이오. 허나 공은 한 번도 그들을 뒤쫓아 간 적이 없었는데, 이제 한신을 그렇게 뒤쫓아 갔다니 아무래도 믿을 수가 없소!"

한왕 유방이 여전히 꾸짖는 말투로 따졌다. 소하가 조금도 흐트러짐 없이 차근차근 말했다.

"이제까지 달아난 그런 장수들은 얼마든지 쉽게 얻을 수가 있습니다. 하지만 한신처럼 빼어난 인물[國士]은 천하를 뒤져 둘을 찾아내기 어렵습니다[無雙]. 대왕께서 이대로 한중에 눌러앉아 왕 노릇이나 즐기시려면 한신을 부리셔야 할 일은 없겠습니다마는, 만일 동쪽으로 돌아가 천하를 다투고자 하신다면 한신이 아니고서는 함께 일을 꾀할 만한 사람이 없을 것입니다. 허나 모든 것은 대왕께서 어떤 뜻을 품고 계신가에 달렸습니다."

한왕이 한번 멈춰 생각해 보는 법도 없이 그 말을 받았다.

"나도 또한 동쪽으로 돌아가기를 바라오. 이 답답한 곳에 언제까지 머물러야 한단 말이오!"

"대왕께서 반드시 동쪽으로 돌아갈 뜻을 품고 계시다면 한신을 무겁게 쓰실 수 있을 것이고, 무겁게 써 준다면 한신은 우리에게 머물 것입니다. 그러나 한신을 무겁게 써 주지 않으시면 그는 끝내 달아나고 말 것입니다."

소하가 다시 한번 한왕을 다그치듯 말했다. 한왕은 그러면서 자신을 바라보는 소하의 눈길에서 한신에 대한 믿음과 아울러 아직도 꺾이지 않은 그 나름의 자부심을 보았다.

'이 사람이 한신을 그렇게 보았다면 나도 한신을 그렇게 믿어야 한다. 이 사람은 아무도 눈여겨보지 않는 시골 저잣거리 건달인 내게서 천하를 떠받칠 재목을 보고 서슴없이 자신의 삶을 건 사람이다. 만약 이 사람이 한신을 잘못 보았다면 나도 잘못 본 것일 수 있고, 그렇다면 내 남은 삶은 실로 아무것도 바라볼 수 없는 삶이 되고 만다……'

한왕은 속으로 중얼거리면서 그때껏 한신에게 품었던 까닭 모를 의구와 불안을 일시에 거두었다.

"알겠소. 내 공의 뜻을 따라 한신을 장수로 삼겠소!"

그러나 소하는 별로 밝은 표정이 아니었다. 오히려 더 걱정스러운 얼굴이 되어 말했다.

"장수로 삼는다 해도 한신은 우리에게 남지 않을 것입니다."

"그럼 대장군으로 삼겠소!"

소하의 뜻을 알아본 한왕이 얼른 그렇게 한신을 높였다. 그제야 소하의 얼굴이 환해졌다.

"참으로 다행입니다. 그리하시면 한신을 머무르게 하실 수 있을 것입니다."

이에 한왕은 그 자리에서 한신을 불러 대장군으로 삼으려 했다. 소하가 다시 차분하게 한왕을 깨우쳤다.

"대왕께서는 평소의 오만하고 무례하심 그대로 지금 대장군세우는 일을 마치 어린아이 부르듯 하려 하십니다. 이번에 한신이 떠나려 한 것도 어쩌면 그 때문이었을 것입니다. 대왕께서 정히 한신을 대장군으로 높이시려거든 반드시 엄숙한 격식을 갖추셔야 합니다. 좋은 날을 골라 재계(齋戒)하신 뒤에 크고 넓게 제단[壇場]을 쌓고 엄숙한 의례와 함께 그를 대장군으로 세우십시오.”

한왕 유방은 소하의 말을 따라 다음 날로 남정 교외의 한군(漢軍) 진채 안에 흙으로 높고 넓게 제단을 쌓게 했다. 여러 장졸들이 그 제단 쌓는 까닭을 궁금히 여기자 소하가 넌지시 알려 주었다.

“대왕께서는 격식을 갖춰 대장군을 세우려 하십니다.”

하지만 누구를 대장군으로 세울지는 밝히지 않았다. 그러자 장수들은 저마다 자신이 세운 공이 가장 크다 여겨 스스로 대장군이 되리라고 믿으며 그날이 오기만을 기다렸다.

일자(日者, 군중에서 천문을 보고 길흉을 점치는 사람)가 고르고 고른 날이 오자 많은 장졸들을 그 아래 불러 모은 한왕은 정하게 재계하고 제단에 올랐다. 그 뒤를 대장군의 인뒤웅이와 부월(斧鉞)을 받쳐 든 연오(連敖)들이 따랐다. 이어 홀기(笏記)를 부르는 예관(禮官)이 소리쳤다.

“치속도위 한신은 단장 위로 올라와 대장군의 인수와 부월을 받으라!”

그 뜻밖의 외침에 제단 아래 몰려 있던 장졸들은 모두가 놀라 마지않았다. 특히 자신이 바로 그 대장군이 될지도 모른다고 여겨 은근히 그날을 기다려 온 장수들은 놀라움을 넘어 묘한 허탈감까지 느꼈다. 큰 칼을 차고 언제나 한왕 곁에서 그를 지켜 왔을 뿐만 아니라 싸움마다 가장 앞장서 적을 무찌른 번쾌, 기장(騎將)으로 날랜 말을 몰며 매서운 기세로 적진을 누벼 온 관영, 옥리에서 몸을 일으켰으나 그 몇 년 싸움터를 헤쳐 오면서 누구 못지않은 맹장으로 자리 잡은 조참, 강한 활을 쏘며 가장 앞서 성벽에 뛰어올라 적의 간담을 서늘케 한 주발, 전차로 적진을 가르고 치열하게 싸워 등공(滕公)에 이른 하후영 같은 장수들이 그랬다.

그런 장수들의 마음을 헤아렸던지 한왕이 인수와 부월을 한신에게 내리기 전에 높이 쳐들어 보이면서 엄숙하게 소리쳤다.

"여기 이 인수와 부월은 곧 과인을 갈음한다. 누구든 이 인수와 부월을 받든 이에 거역하는 것은 곧 나를 거역하는 것이다!"

뿐만이 아니었다. 한왕은 배례(拜禮)가 끝나자마자 한신을 윗자리에 큰 스승 모시듯 앉히고 물었다.

"전부터 승상이 여러 번 장군에 관해 말한 적이 있었소만 과인이 오만하고 무례하여 장군을 알아보지 못하였소. 이제 장군을 대장군으로 세우는 의례를 끝냈으니 장군은 어떤 계책으로 과인을 가르치시겠소?"

그런 게 바로 한왕 유방이었다. 매사에 느긋하고 유들거리지만 결단이 필요한 때를 당하면 칼로 베듯 명쾌했으며, 어지간한 사람은 눈앞에 없는 듯 얕보아도 한 번 믿음을 주면 모든 걸 통째로 맡겼다.

달라진 것이 놀랍기는 한신도 마찬가지였다. 약간 머리를 숙이고 두 손을 모아 군례(軍禮)로 한왕의 믿음에 답하는데, 그 의젓함이 벌써 장졸들이 전부터 알고 있던 한신이 아니었다. 초나라를 버리고 왔는데도 자신을 알아주지 않는 한나라에 불평만 가득하던 연오랑도, 용케 목숨을 건진 주제에 허구한 날 하후영이나 소하를 잡고 허풍만 쳐 대던 치속도위도 보이지 않았다. 그 대신, 어디 내놓아도 모자람이 없는 헌칠한 대장군이 거기 서 있었다.

"이제 대왕께서 동쪽으로 돌아가신 뒤에 더불어 천하를 다투시려고 하는 이는 항왕(項王)이 아니시옵니까?"

군례를 마친 뒤 그렇게 한왕에게 묻는 한신의 목소리도 불평으로 뒤틀리거나 허풍으로 들떠 있던 지난날의 그 목소리는 아니었다. 그 맑고 우렁찬 목소리에 실린 물음을 전에 없이 진지하고 겸허해진 한왕이 받았다.

"그러하오."

"대왕께서 스스로 헤아리시기에 씩씩함과 사나움, 어짊과 굳셈 [勇悍仁强]에서 항왕과 견주어 어느 쪽이 낫다고 보십니까?"

한신의 그와 같이 거침없는 물음에 한왕이 한참이나 말이 없다가 다시 덤덤하게 받았다.

"과인이 항왕에 미치지 못할 것이오."

그러자 한신이 문득 한왕에게 두 번 절하여 우러르는 뜻을 드러낸 뒤 목소리를 가다듬어 말했다.

"적을 알고 나를 알면 백 번 싸워도 위태로울 것이 없다[知彼知己 不戰不殆] 하였으니, 예부터 나를 아는 것은 장수 된 자의 으뜸가는 덕목(德目)이라 하였습니다. 대왕께서 바로 그 덕목을 지니셨음을 진심으로 경하드립니다.

실은 이 한신이 보기에도 대왕께서는 씩씩함과 사나움, 어짊과 굳셈에서 모두 항왕에게 미치지 못하십니다. 허나 신은 일찍이 항왕을 섬겨 보았기에 그 사람됨을 알고 있습니다. 바라건대, 신이 아는 바대로 말씀드릴 수 있게 해 주십시오."

"대장군은 서슴지 말고 가르침을 이어 주시오."

"항왕이 성내어 큰 소리로 꾸짖으면 뭇사람이 모두 떨며 엎드리게 됩니다. 허나 어진 장수를 믿고 군권을 맡기지 못하니 이는 필부의 용맹일 뿐입니다. 항왕이 사람을 대할 때는 공경하는 듯하고 자애로우며, 그 말은 은근하고 부드럽습니다. 누가 병에 걸리면 눈물을 흘리며 음식을 나눠 줄 만큼 인정이 넘칩니다. 하지만 자기가 부리는 사람이 공을 세워 마땅히 땅을 갈라 주고 벼슬을 내려야 할 때에 이르러서는, 내주기가 아까워 그 도장 모서리가 닳고 인수가 해지도록 붙들고 있습니다. 이는 이른바 여인네의 어짊[婦人之仁]에 지나지 않습니다. 따라서 항왕의 용맹도 어짊도 두려워할 것은 없습니다.

항왕이 비록 천하의 패자(霸者)가 되어 여러 제후들을 신하로 삼았지만 관중에 있지 못하고 팽성에 도읍하게 되었습니다. 이는 그 안목이 보잘것없어 남면(南面)하여 천하를 다스릴 땅을 버리고, 사방으로 적을 맞게 되는 길거리에 나앉은 꼴입니다. 또 항왕은 일찍이 의제께서 제후들에게 하신 약조를 저버리고 자기가 가깝게 여기는 순서대로 땅을 갈라 주며 왕과 제후를 세웠습니다. 이는 불공평한 일이니 반드시 그 뒤탈이 있을 것입니다.

항왕은 의제를 강남(江南)으로 옮겨 만족(蠻族)의 땅 한구석으로 내쫓으려 합니다. 자기 나라로 돌아간 제후들은 그걸 보고 자기 임금을 쫓아내고, 그 좋은 땅을 뺏어 스스로 임금이 되었습니다. 항왕의 군대가 지나간 곳은 모두 떼죽음을 당하고, 그 성읍은 모두 잿더미가 됩니다……."

한신의 말은 거침없이 흐르는 물결처럼 이어졌다.

"백성들은 항왕을 가깝게 여겨 따라 주지 않고, 다만 그 위세에 겁먹고 있을 따름입니다. 이름은 패자이나 실상은 천하의 인심을 모두 잃었으니 항왕의 굳셈을 여림으로 만들기는 아주 쉽습니다. 그런데 이제 대왕께서는 항왕이 해 온 그 같은 짓을 거꾸로 뒤집듯 해 오셨습니다. 천하의 용맹하고 어진 자들에게 모든 것을 믿고 맡기시니, 쳐 없애지 못할 적이 어디 있겠습니까? 세상의 성읍을 모두 공 있는 신하들에게 나눠 봉해 준다면 마음으로 따르지 않을 신하가 어디 있겠습니까? 의로운 군사들로 하여금 동쪽으로 돌아가고 싶어 하는 장사들을 뒤따르게 한다면, 그 앞을 누가 감히 막아설 수 있겠습니까?

거기다가 저 삼진(三秦)의 왕 장함과 사마흔, 동예는 본디 모두가 진나라 장군들이었습니다. 그들이 진나라 자제들을 거느리고 있었던 여러 해 동안 죽거나 달아나 없어진 수가 얼마나 되는지 이루 헤아리기 어려울 지경입니다. 그러고도 남은 군사들은 속여 제후에게 항복하게 하고 신안으로 왔는데, 항왕은 그렇게 항복해 온 진나라 사졸 20만 명을 모두 구덩이에 묻어 죽여 버리고 말았습니다. 그때 오직 장함과 사마흔과 동예 세 사람만 살아남았으니, 죽은 진나라 사졸의 부형들은 그들 셋을 원망하여 통한이 골수에 스몄습니다. 이제 초나라가 힘으로 밀어붙여 그들 세 사람을 삼진의 왕으로 세웠습니다만 진나라 백성들 가운데 그들을 좋아하고 섬기려는 자는 아무도 없습니다……."

처음에는 무겁고 어두운 마음으로 한신의 얘기를 듣던 한왕도 거기까지 듣자 얼굴이 환해졌다. 그러나 한신은 그걸로 그치지 않았다. 잠시 숨을 고른 뒤에 다시 말을 이었다.

"그런데 대왕께서는 무관을 넘어 관중으로 드신 뒤에는 터럭만큼도 백성들을 해친 적이 없으시며, 진나라의 가혹한 법을 폐지하고 삼장(三章)의 법만을 남기겠다고 약속하셨습니다. 따라서 진나라 백성들 가운데 대왕께서 관중의 왕이 되시기를 바라지 않는 자가 없습니다.

또 일찍이 제후들 가운데 가장 먼저 관중으로 들어가는 사람이 관중의 왕이 된다는 약조가 있었던 만큼, 대왕께서 마땅히 관중의 왕이 되셔야 했습니다. 관중의 백성들도 모두 그 일을 알고 있는데, 대왕께서 항왕 때문에 마땅히 차지해야 할 왕위를 잃고 한중으로 들게 되시니 진나라 백성들치고 한스럽게 여기지 않는 자가 없습니다.

이제 대왕께서 군사를 이끌고 동쪽으로 쳐들어가신다면, 저 삼진의 땅은 격문 한 장으로 평정될 것입니다."

한신이 그렇게 말을 마치자 한왕은 매우 기뻐하며 늦게 만나게 된 것을 한탄하였다. 이야기를 들은 다른 장수들도 그 밝고 바른 식견에 감탄하며 한신을 전과 달리 보게 되었다. 거기다가 동쪽으로 쳐들어가자는 한신의 주장은 그 무렵 모든 한나라 장졸들이 부르는 애절한 노래와도 같은 것이어서 더욱 그들의 호감과 믿음을 샀다.

그런데 『사기』 「한신 노관 열전(韓信盧綰列傳)」에 보면 나중 한(韓)나라 왕이 된 또 다른 한신이 한중에서 그 비슷한 말을 한 것으로 나와 있다. 아마도 회음후(淮陰侯) 한신과 이름이 같아 무슨 착오가 있었던 듯하다. 한왕(韓王) 신(信)은 장량이 세운 장수로서, 그때 한중으로 따라 들어간 것은 틀림없지만, 그런 큰일을 한왕 유방과 마주 논의하여 그 대군을 움직일 만한 자리에 있지는 못했다.

한신이 한군(漢軍)의 대장군이 되고, 동쪽으로 돌아가 패왕과 천하를 다투어 보자는 그 주장이 한왕 유방에게 받아들여지자, 남정의 한군 진영은 아연 활기를 띠었다. 특히 관동에서 따라온 많은 장졸들은 천하의 향방보다도 고향으로 돌아간다는 데 마음이 들떠 한중을 떠날 날만 기다렸다.

하지만 동쪽으로 관중 땅을 평정하고 다시 관동으로 나가 중원을 다툰다는 게 몇 마디 그럴듯한 말이나 자신만의 각오와 다짐만으로 되는 것은 아니었다. 패왕 항우와 범증이 머리를 맞대고 의논한 끝에, 한왕 유방을 가둬 둔다는 생각으로 보낸 파촉 한중이라, 거기서 빠져나오는 일이 쉬울 리 없었다. 먼저 찾아야 하는 것은 관중으로 돌아 나갈 길이었다.

"지난번 한중으로 들어올 때 잔도(棧道)를 모두 불살라 버렸으니 어떻게 돌아간단 말이오? 항왕의 의심을 덜거나 등 뒤를 두들겨 맞지 않고 남정까지 오는 데는 좋았지만, 이제 다시 나가려니 우리 대군이 되돌아 나갈 길이 없구려."

대장군의 배례가 끝나고 장수들만의 술자리가 만들어졌을 때 한왕이 문득 한신에게 물었다. 그러나 한신은 별로 걱정하는 기색이 없었다.

"길이야 새로 열면 되는 것 아니겠습니까? 태울 잔도가 있었다면 다시 그 잔도를 만들 수도 있을 것입니다. 먼저 군사들을 식(蝕) 골짜기로 보내 대왕께서 불태워 버리게 하신 잔도를 다시 얽게 하겠습니다."

"하지만 어느 세월에 그 숱한 잔도를 모두 다시 얽는단 말이오? 거기다가 그때쯤은 우리가 다시 돌아온다는 소문을 들은 삼진의 대군이 그 곡도(谷道) 어귀를 굳게 틀어막고 있을 것인즉 그 일은 또 어쩌시겠소?"

"우리가 한꺼번에 대군을 보내 몰래 잔도를 다시 얽게 하면 되지 않겠습니까?"

한신은 그렇게 말해 놓고 잠깐 입을 다물었다가 문득 엄중해진 얼굴로 덧붙였다.

"대군이 들고 나는 것은 모두 엄한 군기(軍機)이니, 술자리에서 길게 말할 일이 아닙니다."

그제야 한왕도 심상찮은 느낌이 들어 더 따져 묻지 않았다.

한신은 다음 날 한왕과 단둘이 마주하게 되었을 때에야 대군이 한중에서 나갈 계책을 밝혔다. 아침 일찍 대전을 찾아온 한신은 소매에서 흰 비단 한 자투리를 꺼내 한왕에게 바쳤다. 한왕이 받아 펼쳐 보니 산과 물의 형상을 그려 놓고 여러 가지 표시를 한 도적(圖籍)이었다.

"대장군, 이게 무엇이오?"

한왕이 그래도 잘 알 수 없다는 눈길로 물었다. 한신이 희미하게 웃으며 답했다.

"우리 대군이 돌아갈 길입니다. 대왕께서 걱정하신 잔도를 대신할 수 있을 것 같아 눈여겨보아 두었다가 비단에 옮겨 그려 본 것입니다."

"이 길이 어디 있으며, 이리로 가면 삼진 어느 땅으로 나아가게 되오?"

"고도현을 지나 대산관(大散關)을 나서면 진창(陳倉) 서쪽으로 빠집니다. 식 골짜기를 지나 두현(杜縣) 남쪽으로 나가지 않고도 곧바로 옹(雍) 땅의 염통을 내지를 수 있는 길입니다."

"대장군은 어떻게 이 길을 알게 되었소?"

한왕이 그렇게 묻자 한신이 새삼 감회 어린 얼굴로 대답했다.

"대왕께서는 이 한신이 대왕의 장졸들보다 한 달이나 늦게 한중으로 들어왔음을 알고 계십니까? 그때 신은 대왕의 자취를 더듬어 두현까지는 따라갔으나 식 골짜기에 이르러 보니 잔도는 이미 모두 불타고 없었습니다. 그래서 부근을 헤매며 파촉 한중으로 들어갈 길을 찾게 되었는데 폐구를 지나 진창에 이르도록 서쪽으로 갈 길이 없었습니다. 그러다가 대산관에 이르러 근처에 있다는 고도현이란 땅 이름을 듣자 문득 짚이는 게 있었습니다."

"그게 무엇이오?"

한왕 유방이 자신도 모르게 한신의 얘기에 빨려들어 물었다.

"잔도가 크게 열리기 이전에도 파촉 한중은 진(秦)나라의 다스림을 받았고, 사람과 물자의 왕래도 빈번하게 있었습니다. 그렇다면 그때에도 그리로 드나들 길은 있지 않았겠습니까? 비록 잔도보다 길이 험하거나 에돌아도 반드시 옛길이 있었을 것입니다. 그런데 고도(古道)란 바로 옛길이 아니겠습니까? 따라서 신은 고도현에 바로 그 옛길이 있으리라 믿고 그곳 지리에 밝은 토박이들에게서 한중으로 드는 옛길을 잘 아는 사람을 수소문해 보았습니다."

"그럴 법하오."

"오래잖아 아직도 그 길로 남정을 드나든다는 사냥꾼 하나를 찾았습니다. 신은 지녔던 은덩이로 그를 사서 길라잡이로 삼고 대왕의 뒤를 좇았습니다. 함양에서 떠나기로 한다면 길을 배나 도는 셈이기는 했지만, 정말로 옛길은 있었습니다. 그것도 대군이 지나기에는 오히려 잔도보다 나을 것 같은 길이었습니다. 신은 뒷날 반드시 쓰일 데가 있을 것 같아 그 길을 구석구석 꼼꼼히 살펴 두었다가 나중에 이렇게 비단에 옮긴 것입니다."

그렇다면 한신은 처음 한왕 유방을 찾아올 때부터 장수가 되어 대군을 이끌고 동쪽으로 돌아갈 일을 준비하고 있었던 셈이었다. 그런데도 몇 달이나 연오니 치속도위니 해서 하찮은 대접을 받았으니 그 실망이 어떠했을지 짐작이 갔다. 하지만 당장 한 왕이 궁금한 것은 따로 있었다.

"그런데 대산관이 그 끝에 있으니 그것은 어떻게 하겠소? 이는 진나라가 서쪽에서 오는 적에 대비하여 세운 관이라 진나라 장수였던 옹왕(雍王) 장함도 잘 알고 있을 것이오. 거기에 대군을 보내 막고 있으면 우리가 무슨 수로 삼진의 땅을 밟는단 말이오?"

한왕이 걱정스레 물었다. 한신이 문득 주위를 둘러보더니 목소리를 낮추었다.

"그것은 장함의 눈길을 잔도 쪽으로 끌어 두면 될 것입니다. 신에게 이미 계책이 서 있으나 이 또한 미리 새어 나가서는 안 될 엄한 군기라……."

아무래도 대전 안팎의 이목이 걱정된다는 듯 한신이 그렇게 말끝을 흐리자 한왕이 자신 있게 말했다.

"대장군은 너무 심려하지 마시오. 이곳에는 과인이 수족처럼 믿고 의지하는 사람들뿐이오."

그러자 한신이 역시 준비해 온 듯 말했다.

"그렇다면 번(樊) 낭중을 불러 주십시오. 번 낭중처럼 거칠고 사나운 장수만이 교활한 장함을 속일 수 있는 계책입니다."

오래잖아 번쾌가 불려 오자 한왕이 먼저 일깨워 주듯 엄하게 말했다.

"번 낭중은 대장군의 명을 받들라. 우리가 한중을 나가기 전에 먼저 장함을 속여 두어야만 될 일이 있다고 한다. 반드시 번 낭중 같은 맹장이라야 성사시킬 수 있는 계책이라 하니 결코 소홀히 듣지 말라!"

"무슨 일입니까?"

대장군이 한신으로 밝혀지기 전까지는 새로 세우는 대장군 감으로 가장 많이 물망에 오르내렸던 번쾌였다. 홍문의 잔치로부터 반년밖에 되지 않는 그 무렵으로 봐서는 실상으로도 공이 장수들 가운데 으뜸이라 할 만했다. 그런 만큼 전날의 배례에서 느낀 서운함과 놀라움도 커서 마음속의 응어리가 퉁명스러운 목소리에 남아 있었다.

"번 장군은 군사 5백 명을 뽑아 줄 테니 지금 당장 식 골짜기로 가서 우리가 불사른 잔도를 모두 새로 만드시오. 다음 달 초순에는 대군을 낼 터이니 그때까지는 반드시 잔도를 훤하게 닦아 놓아야 하오!"

가을 7월이라고는 하지만 아직 장마가 다 걷히지 않은 때였다. 합쳐 2백 리가 넘는 곡도에 수백의 길고 짧은 잔도를 놓는 일을 겨우 5백 명 인부로 스무날 안에 마치라 하니 한왕이 듣기에도 무리였다. 아니나 다를까 번쾌가 퉁명스레 받았다.

"5백 명 가지고는 두현까지 그냥 갔다 오기에도 스무날로는 빠듯하겠소. 5천 명이라도 넉넉하지는 못할 것이오."

그러자 한신의 얼굴이 갑자기 굳어졌다.

"지금 장군 번쾌는 무슨 소리를 하는가? 이는 군명(軍命)이고, 군명은 불가(不可)로 답할 수 없다. 장수 되어 군명을 받들지 못한다면 참수(斬首)가 있을 뿐이다!"

그렇게 소리치며 번쾌를 쏘아보았다. 그 목소리가 얼마나 우렁차고 그 눈길이 얼마나 번쩍이던지 어지간한 번쾌도 움찔했다. 여덟 자 넘는 한신의 키가 그날따라 유난히 우뚝해 보이고 희멀쑥한 얼굴도 서릿발 같은 위엄으로 차게 빛났다. 거기다가 한왕이 다시 한신을 거들었다.

"번 낭중은 한군의 장수로서 대장군 앞에 서 있음을 잊지 말라!"

"신은 군명을 어기고자 함이 아니라, 일이 실로 그러함을 밝히고 있을 뿐입니다. 대왕께서도 그 골짜기를 지나오셨으니 그 길이 얼마나 험한지를 잘 아실 것입니다. 그곳의 바위를 깎고 뚫어 10만 대군과 물자가 지나갈 잔도를 매다는 일이 어떻게 군사 5백 명으로 스무날 만에 이뤄지겠습니까?"

"닥쳐라! 안 되면 되게 하는 것이 병법이다. '적이 뜻하지 않는 곳으로 나아간다[出其不意].'거나 '동쪽에서 소리친 뒤 서쪽을 두드린다[聲東擊西].'고 하는 것은 적이 보기에는 안 되는 일을 해야만 쓸 수 있는 계책이다. 홍문의 잔치에서 번 장군이 우리 대왕을 구할 수 있었던 것도 장군이 바로 그렇게 항왕(項王)의 의표를 찔렀기 때문이다. 거록의 싸움 이래로 누가 항왕의 기세를 면전에서 꺾어 낼 수 있다고 믿었겠는가?"

이번에는 한신이 다시 받았다. 말은 그럴듯했으나, 한왕이 듣기에도 어딘가 억지로 끼워 맞춘 듯한 소리였다.

"번 낭중은 어서 대장군의 명을 받들도록 하라!"

한왕은 그래도 한신을 편들어 번쾌를 억눌렀다. 그러자 번쾌도 더는 뻗대지 못하고 한신의 명을 받아들였으나, 대전을 나가는 그의 얼굴은 금방이라도 터질 듯하였다.

"대장군, 정말로 군사 5백 명이 스무날 만에 잔도를 다 만들 수 있겠소?"

번쾌가 나가자 한왕이 아무래도 걱정스러운 듯 물었다. 한신이 한왕의 물음을 동문서답으로 받았다.

"이제 대왕께서는 장군 조참과 주발을 불러 제 명을 받들게 해 주십시오."

그리고 조참과 주발이 불려 오자 또 엉뚱한 소리를 했다.

"두 분 장군은 오랫동안 사졸들과 함께 싸워 온 터라 누구보다 그들의 출신이나 성품을 잘 아실 것이오. 진나라 땅에서 나고 자랐으며 여기까지 오기는 했지만 마음으로 우리 한나라를 따르지 않는 자들과, 관동에서부터 따라왔더라도 달아나 고향으로 돌아갈 틈만 노리는 자들로 5백 명만 골라 주시오. 되도록이면 원망 많고 불평 많은 자들로 고르되, 일부러 그런 자들을 골랐다는 게 밖으로는 알려지지 않도록 하시오. 또 날이 많지 않으니 그들 5백 명을 고르는 데 하루를 넘겨서는 아니 되오."

조참과 주발은 그런 한신의 말을 듣고 어리둥절했으나 워낙 한신이 급하게 몰아대니 그 군사들의 쓰임조차 물어보지 못하고 나갔다. 그러나 한왕은 그 머릿수를 듣자 짐작이 갔다.

"원망, 불평 많은 자들이 일을 제대로 할 리 있겠소? 그런 군사들에게 가뜩이나 어려운 잔도 일을 맡겨도 되겠소? 또 그러잖아도 이번 일을 못마땅해하는 번 장군은 어떻게 달래겠소?"

한왕이 다시 걱정이 되어 물었으나 한신은 여전히 모를 소리만 했다.

"대왕께서는 너무 심려 마십시오. 번 장군이 화를 많이 내면 많이 낼수록 우리 계책은 더 잘 먹혀들 것입니다."

그렇게 대답하고는 한왕 앞을 물러나왔다.

다음 날이었다. 조참과 주발이 충실하게 대장군의 명을 받들어 군사 5백 명을 골라 왔다. 동쪽으로 달아나다가 붙잡힌 자들과, 아직 몸은 한군에 남아 있어도 마음은 이미 떠 버려 동배들에게조차 따돌림을 받고 있는 사졸들이었다.

한신은 궁궐 밖에 성안의 장졸을 모두 모아 두게 하고, 대장군의 위의(威儀)를 갖춘 뒤 그리로 나갔다. 그리고 번쾌에게 여럿 앞에서 대장군으로서 첫 번째 군명을 내렸다.

"번 장군은 이들 5백 명을 데리고 식곡(蝕谷)으로 가서 스무날 안으로 우리가 한중으로 들어올 때 부수고 불태워 버린 잔도를 다시 고쳐 세우시오. 우리는 바로 폐구로 치고 나가, 한 싸움으로 옹왕 장함을 사로잡고 그 땅을 평정할 것이오."

그 말에 번쾌의 얼굴이 시뻘겋게 부풀어 올랐다. 한군의 으뜸 가는 장수로서 한낱 역도의 우두머리 꼴이 되어 길을 닦으러 가는 것도 성이 나는데, 주어진 병력마저 그렇게 한심한 것들이니 그럴 만도 했다. 무어라 한마디 하려는데 한신이 아무것도 모르는 것처럼 다시 번쾌의 심사를 건드렸다.

"이는 대군의 진퇴가 걸린 일이니 기한을 어겨서는 아니 되오. 번 장군은 군령장을 써 두고 가시오. 만일 기한을 어기면 허리를 베이게 될 것이오!"

"대장군께서는 이 번(樊) 아무개를 너무 작게 보시는 게 아니오? 내 대왕을 따라 패현을 떠난 뒤로 크고 작은 수십 번의 싸움에서 장수로서 부끄럽지 않게 싸워 왔거늘, 장군의 반열에 오른 지금에 이르러 겨우 잡일꾼 몇 백 명을 데리고 길이나 닦으란 것이오? 그리고 애초부터 지키지도 못할 기한을 주며 목숨을 내놓겠다는 군령장을 쓰라니 어찌 이리도 사람을 업신여기고 몰아대는 것이오?"

마침내 참지 못한 번쾌가 한신을 노려보며 소리쳤다. 머리칼이 곤두서고 눈초리가 찢어질 듯 눈을 부릅뜬 게 홍문의 잔치에서 보여 주었던 풍모를 떠올리게 했다. 그러나 한신은 한 번 움찔하는 법도 없었다. 며칠 전 한왕 유방에게서 받은 부월을 높이 쳐들고 엄하게 번쾌를 쏘아보며 소리쳤다.

"이 부월은 대왕께서 대장군의 인수와 함께 내리신 신표(信標)이다. 낭중 번쾌는 한나라 장수로서 대장군의 군령에 맞서려는가?"

"감히 군령에 맞서려 함이 아니라, 이 번쾌에게도 쳐들고 다닐 낯이 있어야 함을 말하고 있소이다. 대장군께서는 번쾌가 오늘 이처럼 짓밟히고도 다음 날 장수로서 군사들을 이끌고 싸움터로 나설 낯짝이 남아 있으리라고 보시오?"

번쾌가 좀 수그러들었지만 여전히 꺾이지 않는 기세로 맞섰다. 한신이 부월을 한층 높이 쳐들며 목소리를 높였다.

"군령관(軍令官)은 어디 있는가? 군령관은 대장군의 명을 받들어 낭중 번쾌를 옥에 가두라. 감히 군령에 맞선 죄를 물어 내일 여럿 앞에서 그 목을 베고 군문에 높이 매달 것이다!"

그때 군령은 글을 읽어 법을 아는 역(酈) 선생 이기(食其)가 맡아 보고 있었다. 번쾌가 아무리 한군에서 으뜸가는 용장이요, 홍문의 잔치에서 한왕의 목숨을 구한 공이 크다 하나 당장은 서슬푸른 대장군의 군명을 받들지 않을 도리가 없었다. 사졸들을 풀어 번쾌를 옥에 가두게 했다.

그 소식을 들은 한왕 유방이 달려 나와 한신에게 빌었다.

"번쾌는 과인이 목숨을 빚진 장수일 뿐만 아니라, 사사롭게는 손아래 동서이기도 하오. 과인의 낯을 보아서라도 번 낭중을 용서해 주시오."

하지만 한신은 성난 낯빛을 풀지 않았다.

"비록 임금이라 할지라도 대장군의 병권은 거둘 수 있지만 이미 발동된 군령을 막아서실 수는 없는 것입니다. 정히 번쾌를 살려 주시려면 차라리 이 한신에게서 대장군의 인수와 부월을 거두어 가십시오!"

그렇게 버티다가 한왕 유방이 한신 앞에 무릎을 꿇는 시늉까지 하고서야 겨우 번쾌를 풀어 주었다. 하지만 그마저도 여러 장졸 앞에서 한 번 더 망신을 준 뒤였다.

"이번에는 대왕의 위엄을 거스를 수 없어 용서한다만 이런 일은 두 번 다시 되풀이되지 않을 것이다. 어서 가서 우리 대군이 동쪽으로 나갈 길을 엶으로써 떨어지다 만 그 목을 지켜라. 군사들을 엄하게 다잡아 반드시 기일 안에 잔도를 열어 놓도록 하라!"

이에 쫓기듯 떠나기는 했으나 그렇게 무참한 꼴을 당하고 떠난 번쾌의 심사가 온전할 리 없었다. 곧 한신이 몰래 딸려 보낸 군사에게서 한신에게 전갈이 들어왔다.

"번 장군께서는 연일 술에 취하여 군사들을 모질게 몰아대고 있습니다. 걸핏하면 게으르고 느리다 매질인데 심하면 죽이기까지 하니, 그러잖아도 불평 많던 군사들은 벌써부터 떼를 지어 달아나고 있다고 합니다. 이제 길 떠난 지 닷새밖에 되지 않는데 머릿수가 이미 백 명이 넘게 줄었습니다. 이대로 가면 식 골짜기에 이르기도 전에 잔도를 닦을 군사가 하나도 남지 않겠습니다."

그 말로 미루어 번쾌는 뒤틀린 심사를 군사들에게 풀고 있는 듯했다. 한왕도 따로 소식을 듣는 데가 있는지, 오래잖아 그 일을 들어 알았다. 그날로 한신을 불러들여 걱정했다.

"원래도 그 머릿수로는 해내기 어려운 일인데 군사들까지 달아난다니 큰일이외다. 번쾌가 마침내 그 일을 해낼 수 있을지 실로 걱정이오."

그제야 한신이 공손하게 두 손을 모으며 새삼 한왕에게 빌듯이 말했다.

"장함을 속이기 위해 번 장군을 격동시키려 하다 보니 대왕까지 속이게 되었습니다. 군사를 부리는 데는 속임수를 마다하지 않는다고 하지만[兵不厭詐], 남의 신하 되어 임금을 속이는 죄 또한 작지는 않을 것입니다. 실은 이번에 번 장군을 짐짓 몰아댄 것은 성난 번 장군이 더 모질게 군사들을 몰아쳐 더 많은 우리 군사가 장함 쪽으로 달아나도록 만들기 위함이었습니다. 그럴수록 우리는 장함의 이목을 잔도 쪽에 잡아 둘 수 있기 때문입니다.

그러니 대왕께서는 이제 아무 염려 마시고 다시 노약한 군사 5백 명만 더 잔도 쪽으로 보내 주십시오. 번 장군의 매질을 못 견디 달아난 우리 군사들은 반드시 장함의 군사들을 찾아갈 것인데, 그때도 잔도를 닦는 우리 군사들이 남아 있어야 합니다. 그래야만 우리가 동쪽으로 나가는 길은 잔도밖에 없음을 적이 믿게할 수 있을 것입니다."

그 말을 듣자 한왕도 감탄하며 고개를 끄덕였다. 다시 이름 없는 부장 하나를 뽑아 노약한 군사 5백 명을 주며 번쾌를 뒤따라가게 했다.

"이제 오래전에 쓰던 그 옛길[古道]로는 언제 군사를 낼 것이오?"

잔도를 닦으러 가는 두 번째 군사들을 보낸 날 한왕은 다음 일이 궁금하다는 듯 한신에게 은근하게 물었다. 한신이 기다렸다는 듯 대답했다.

"번 장군이 군사를 모두 잃고 기일을 넘겨 죄를 빌러 올 때쯤이 좋겠습니다. 다만 그 전에 먼저 해 두어야 할 일이 두 가지 있습니다."

"그게 무엇이오?"

"첫째는 병력과 물자를 확보하기 위한 장구한 계책입니다. 이제 우리가 군사를 이끌고 동쪽으로 나가게 되면 짧아도 몇 년은 길고 힘든 싸움을 치러야 합니다. 옛날같이 유민들을 긁어모아 되는 대로 먹고 입히며 오직 함양만 바라보고 밀고 나가는 그런 마구잡이 싸움이 아닙니다. 각기 봉지(封地)를 근거로 병력과 물자를 수급받아 이곳저곳에서 세력을 다투면서, 한 발 한 발 천하의 대세를 결정해 가는 나라들 사이의 길고 소모적인 전쟁인 것입니다. 그리고 그때 싸움으로 비어 버린 머릿수와 필요한 물자를 제때에 채우지 못하면 천하 쟁패는 영 글러지고 맙니다."

"군사들의 머릿수를 헤아려 그들을 먹이고 입히는 일이라면 소 승상이 잘해 나가고 있소. 앞으로도 승상에게 맡기면 큰 어려움은 없을 것이오."

"그렇지 않습니다. 지금까지 소 승상께서 해 오신 일은 한낱 유민군의 징집관이나 군량관(軍糧官)이 하는 일에 지나지 않았습니다. 이제는 그때그때 생기는 사람과 재물만으로 임시변통하는 식으로는 아니 됩니다. 이왕에 한중 파촉 땅을 얻어 한왕(漢王)이 되셨으니, 하루속히 한나라의 관부를 갖춰 군사로 불러 쓸 수 있는 장정과 거둘 수 있는 부세를 헤아린 뒤에 거기 맞춰 병력과 물자의 수급을 정해야 합니다. 대왕께서는 먼저 소 승상께 군사약간을 딸려 주어 멀리 관중의 전화가 미치기 어려운 파촉에다 승상부를 차리게 하십시오. 그리하여 거기서 거둔 것들로 우리 한군의 뒤를 대게 하신다면 삼진을 평정할 때까지는 넉넉할 것입니다."

"대장군의 말을 듣고 보니 그것도 길게 내다보고 세운 양책인 듯싶소. 소 승상을 불러 그리하도록 하겠소. 그다음에 할 일은 무엇이오?"

한층 겸허해진 한왕이 다시 물었다.

"삼군과 오병의 제도를 정비하고 기(奇), 외(外), 별(別) 삼부(三部)를 더하여 우리 한군에게 천하 쟁패의 싸움을 감당할 기틀을 마련해 주어야 합니다. 임금의 명을 받고 싸우는 군대[王師]로서 정면으로 대군을 맞아 싸우는 데는 삼군과 오병의 공고함보다 나은 것이 없습니다. 그러나 적을 유격(遊擊)하고, 간세를 부리며, 척후와 반간(反間)을 맡아 하는 삼부도 천하 쟁패를 위해서는 결코 가볍게 여겨서는 아니 됩니다. 그 모두를 갖춘 뒤에는 항오(行伍), 단병(短兵)의 법과 행군, 설진(設陣)의 요령을 가르치면 동쪽으로 나갈 채비는 대강 마련이 될 것입니다."

"그런 일들은 모두가 군사를 부리는 일이니, 과인은 이미 대장군에게 모두 맡긴 터요. 따로 허락을 구할 것 없이 모두 대장군이 알아서 처결하시오!"

한왕이 그렇게 시원스레 한신의 말을 받아들여 주자 그날부터 한군은 달라지기 시작했다. 대강 장수에 따라 나뉘고 그때그때 싸움 형편에 따라 몇 갈래로 합치거나 갈라졌던 대군은 엄격한 삼군, 오병의 편제에 따라 다시 짜였다. 그리고 기병(奇兵)과 유군(遊軍)을 다루는 기부(奇部)에, 간세와 척후를 맡는 외부(外部), 반간을 맡는 별부(別部)가 더해져 본부 대군의 감춰진 이빨과 발톱[爪牙]이 되었다.

그다음 남정 교외의 벌판은 그 어느 때보다 엄중한 조련에 들어간 한나라 군사들의 열기와 함성 소리로 가득 찼다. 오래된 사졸은 3년 넘게 전장을 누볐고, 나중 중원으로 들어와서 얻은 군사도 관중에서의 힘든 싸움을 몇 번이나 겪었지만, 한신이 가르친 대로 조련을 받자 열흘도 안 돼 한군의 기세는 눈에 띄게 날카로워졌다.

조련과 더불어 한신은 또 필요한 헛소문을 퍼뜨리는 일도 잊지 않았다.

"승상 소하가 파촉에서 곧 5만 군사를 뽑아 보낼 것이다. 그들을 합쳐 10만 명의 정예군을 기른 뒤 식 골짜기를 지나 두현으로 나아간다. 그때쯤은 번쾌 장군이 새로 닦고 있는 잔도도 다 이루어져 남정에서 열흘이면 옹왕 장함의 도읍인 폐구를 에워쌀 수 있다. 그 한 싸움으로 장함을 사로잡고 바로 함곡관을 나가 천하 대세를 결정한다!"

말할 것도 없이 장함의 이목을 잔도 쪽으로만 끌어 놓기 위해서였다.

(5권에서 계속)

초한지 4
서초 패왕 西楚覇王

개정 신판 1쇄 발행 2020년 11월 5일
개정 신판 2쇄 발행 2022년 11월 15일

지은이 이문열

발행인 양원석
펴낸 곳 ㈜알에이치코리아
주소 서울시 금천구 가산디지털2로 53, 20층 (가산동, 한라시그마밸리)
편집문의 02-6443-8842   **도서문의** 02-6443-8800
홈페이지 http://rhk.co.kr
등록 2004년 1월 15일 제2-3726호

copyright ⓒ 이문열

ISBN 978-89-255-8970-1 (04820)
　　　 978-89-255-8974-9 (세트)